Arnaldur Indridason, né à Reykjavík en 1961, est sans conteste le maître du polar islandais. Diplômé en histoire, il a été journaliste et critique de cinéma. Il est l'auteur de romans policiers, dont plusieurs best-sellers internationaux, parmi lesquels *La Cité des Jarres*, paru en Islande en 2000 et traduit dans plus de vingt langues (prix Clé de verre du roman noir scandinave, prix Mystère de la critique et prix Cœur noir), *La Femme en vert* (prix Clé de verre du roman noir scandinave, prix CWA Gold Dagger et Grand Prix des lectrices de *Elle*), *La Voix*, *L'Homme du lac* (Prix du polar européen), *Opération Napoléon* et plus récemment *Les Roses de la nuit* et *Ce que savait la nuit*.

Arnaldur Indridason

LES FANTÔMES DE REYKJAVIK

ROMAN

Traduit de l'islandais
par Éric Boury

Éditions Métailié

TEXTE INTÉGRAL

TITRE ORIGINAL
Stúlkan hjá brúnni

Published by agreement with Forlagið
www.forlagid.is

ISBN 978-2-7578-8170-5

« Crois-tu que les anges égarés dans les villes immenses déambulent, solitaires, par les rues et les places… »

Bubbi Morthens

1

Le jeune homme avait descendu la rue Skothusvegur, s'était arrêté sur le pont qui enjambait le lac de Tjörnin et, penché par-dessus le garde-corps métallique, il avait aperçu la poupée dans l'eau.

Ce pont dessinait un arc élégant là où le lac rétrécissait avant de continuer vers le sud, jusqu'à Hljomskalagardur, le Parc du kiosque à musique. Le jeune homme se tenait au sommet de l'ouvrage. C'était le soir. Dans la rue pour ainsi dire déserte, une voiture passa au ralenti. Bientôt, les ronflements de son moteur venus troubler la quiétude vespérale s'évanouirent. Le flâneur crut apercevoir un homme rue Soleyjargata. Un autre, vêtu d'un chapeau et d'un imperméable, le dépassa en marchant d'un pas résolu, sans regarder à gauche ni à droite. Accoudé à la rambarde, le jeune homme contemplait le lac, la Maison de l'Industrie en arrière-plan, les bâtiments du centre et, à l'horizon, le mont Esja, rassurant et immuable dans le crépuscule. La lune flottait en surplomb, comme un conte de fées issu d'un monde lointain. C'est en baissant les yeux qu'il vit la poupée dans l'eau.

Cette vision éminemment poétique toucha la sensibilité du jeune écrivain. Il sortit de sa poche son petit calepin et le stylo-plume qu'il avait toujours sur lui et griffonna quelques mots sur la perte de l'innocence, la fragilité de l'enfance et l'eau, à la fois source de vie et force destructrice. Ce joli calepin recouvert de cuir noir et portant l'inscription 1961 en lettres dorées contenait les méditations d'un jeune homme qui souhaitait devenir poète et y mettait toute son âme. Ses tiroirs renfermaient déjà largement de quoi publier un recueil, mais il n'avait jusque-là pas eu le courage de montrer ses textes à un éditeur. Craignant surtout qu'on le juge trop durement et qu'on lui oppose un refus, il passait son temps à les peaufiner, y ajoutant toujours un petit quelque chose, comme il le faisait en ce moment-même pour ces lignes sur la vanité de la vie.

Il était persuadé qu'une petite fille avait laissé tomber sa poupée dans le lac et n'avait pas réussi à la récupérer. Cela aussi, il l'écrivit dans son calepin. Il s'efforçait de saisir la quiétude du soir, de mettre en mots les lumières qui se reflétaient sur le Tjörnin. Il regarda vers l'îlot pris d'assaut par les sternes arctiques. Elles étaient aussi silencieuses que le voile de nuit recouvrant la ville, griffonna-t-il. Il remplaça le mot *nuit* par *soir*, raya ce dernier mot, biffa le *voile*, essaya d'y substituer le mot *rideau*, ce vers ne lui convenait pas.

Il rangea son stylo-plume et son calepin dans la poche de sa veste et s'apprêta à reprendre sa route, mais il se ravisa et se dit qu'il allait tenter d'attraper la poupée pour la déposer sur le pont au cas où la pauvre gamine reviendrait chercher sa compagne de jeu. Il descendit jusqu'à la rive, tendit le bras, mais le jouet était trop loin du bord pour qu'il puisse l'atteindre. Il remonta sur le pont, fouilla du regard les environs en quête d'un objet qui pourrait lui servir de crochet, un bâton ou une branche, mais ne trouva rien.

Renonçant à son projet, il remonta la rue Skothusvegur en direction du cimetière de Holavallakirkugardur. Ces lieux étaient souvent pour lui source d'inspiration. Au bout de quelques dizaines de mètres, il trouva la branche d'arbre qu'il avait cherchée quelques instants plus tôt, rebroussa chemin et redescendit sous le pont. Le bout de bois était assez long pour atteindre la poupée, mais cette dernière résistait, coincée de l'autre côté du bras d'eau. Il la secoua énergiquement et fut sur le point de renoncer une seconde fois lorsque, enfin, elle se libéra. Elle s'éloigna vers l'autre côté du pont. Il l'observa quelques instants, remonta sur la chaussée, redescendit et la repêcha.

Cette vieille poupée abîmée dont les yeux s'ouvraient portait une robe usée, sa bouche entrouverte émettait un petit couinement quand on lui appuyait sur le ventre. Ses cheveux étaient arrachés par endroits. On voyait les trous où les mèches avaient été plantées. Il lui appuya à nouveau sur le ventre, de l'eau coula de ses yeux comme si elle pleurait.

Immobile, le jeune homme regarda vers la pointe sud du lac où il aperçut une masse. En scrutant plus attentivement, il comprit ce que c'était. Il entra dans l'eau qui lui monta rapidement aux aisselles et avança, les pieds dans la vase, insensible au froid. Bientôt, il atteignit la forme et, quand il la tira vers lui, ses craintes se confirmèrent.

Il remonta sur la rive, épouvanté par sa découverte. Il venait de trouver le corps d'une petite fille tombée dans le lac de Tjörnin où elle s'était noyée.

2

Eyglo ne comprenait pas vraiment ce qui la mettait mal à l'aise. Une foule d'enfants et d'adultes avait envahi les deux étages de la villa pour fêter l'anniversaire de la fille de la maison. Il y avait là toutes ses copines de classe et quatre garçons, alors que ces derniers n'étaient en général pas invités aux anniversaires des filles. Les gentilles tantes de la reine de la fête organisaient toutes sortes d'activités pour distraire les mômes, parties de cache-cache et jeux de société. On jouait aux gendarmes et aux voleurs dans le jardin immense. On avalait des litres de soda, on mangeait du pop-corn et des gâteaux délicieux, décorés de bonbons. Les gamins avaient même droit à une séance de cinéma. Les parents de la jeune fille possédaient un projecteur et une belle collection de dessins animés américains en Super 8.

Tout cela aurait dû suffire à distraire Eyglo, mais quelque chose la retenait. C'était peut-être cet environnement. Jamais elle n'était entrée dans une maison aussi riche, son regard restait rivé sur les merveilles qui s'y trouvaient. Les murs étaient ornés de tableaux, un piano noir rutilant trônait dans un coin du grand salon. Tous les meubles semblaient neufs. On aurait dit que le canapé et les fauteuils blancs étaient encore en exposition dans la vitrine du magasin et que personne ne s'y était jamais assis. Ses pieds s'enfonçaient dans la moquette du salon, blanche, épaisse et incroyablement moelleuse. Il y avait également un poste de télévision avec un bel écran convexe et des boutons qui semblaient sortis d'un monde parallèle. Eyglo n'avait jamais vu ce genre d'appareil. Quand elle avait passé sa main sur le verre, le père de sa camarade de classe était subitement apparu à la porte en lui demandant gentiment de ne pas toucher l'écran. Eyglo était seule dans le salon, épargné par la fête d'anniversaire.

Elle pensait à l'entresol qu'elle habitait avec ses parents. Il y faisait sombre, le robinet de la cuisine fuyait et la fenêtre était percée si haut dans le mur qu'elle devait monter sur une chaise pour apercevoir la rue. Le sol n'était pas recouvert de moquette, mais de lino usé. Sa mère travaillait du matin au soir à l'usine de congélation et ils ne mangeaient pour ainsi dire que du poisson. Elle ne connaissait pas vraiment la profession de son père qui rentrait parfois ivre à la maison et se faisait réprimander par sa mère. Elle était désolée quand ce genre de chose arrivait. C'était pourtant un brave homme et, en général, ses parents s'entendaient bien. Il était toujours gentil avec sa fille, il l'aidait à faire ses devoirs et lui lisait des histoires. Parfois, il disparaissait pendant plusieurs jours sans que sa mère sache où il se trouve.

La jeune fille fêtait ses douze ans ce jour-là, les deux gamines n'étaient pas vraiment amies. Eyglo avait été invitée comme toutes les autres filles de leur classe. En réalité, elle n'aurait pas dû faire partie de ce groupe, constitué d'enfants de bonne famille. Les enfants des pauvres, on les inscrivait en général dans de moins bonnes classes. Son professeur avait cependant très vite repéré ses aptitudes scolaires et veillé à ce qu'elle fréquente la meilleure classe de l'établissement, où les enseignants pouvaient se concentrer sur les apprentissages plus que sur la discipline. Les autres élèves l'avaient acceptée sans difficulté même si, un jour, deux garçons s'étaient bouché le nez à son passage en lui demandant pourquoi ses vêtements sentaient si mauvais. C'est sans doute à cause de l'humidité de notre appartement, avait-elle répondu.

Peut-être avait-elle l'impression de ne pas être à sa place au sein de toute cette richesse. Au bout d'un moment, elle avait cessé de participer aux jeux et déambulé dans la maison. Elle était allée visiter les chambres, les salons, la cuisine et la buanderie, admirant tout ce qu'elle découvrait. Sa mère lui avait conseillé d'en profiter pour lier connaissance avec d'autres enfants. Elle s'inquiétait de voir que sa fille était souvent seule, mais c'était justement ainsi qu'elle se sentait le mieux. Sa mère disait qu'elle tenait ça de son père. Ça ne l'empêchait toutefois pas d'avoir des amis. Plus intelligente que la plupart des gamins de son âge, elle avait su comment se comporter avec ses nouveaux camarades de classe qui avaient immédiatement reconnu ses qualités et recherché sa compagnie.

Elle avait longuement déambulé dans la maison puis était revenue dans le joli salon à la moquette moelleuse meublé d'un canapé et de fauteuils blancs. C'est alors qu'elle avait aperçu une fille qu'elle n'avait pas remarquée jusque-là. Elles avaient le même âge, mais cette autre gamine était encore plus pauvrement vêtue qu'elle et que tous ceux qu'elle connaissait.

– Salut ! avait lancé Eyglo en se regardant sur le verre convexe de l'écran.

L'autre fille semblait triste, on aurait dit que quelque chose de grave lui était arrivé. Elle portait une robe usée, des chaussettes hautes et des chaussures d'été.

– Ça ne va pas ? s'était inquiétée Eyglo.

L'autre ne lui avait pas répondu.

– Comment tu t'appelles ?

– Je l'ai perdue, avait murmuré l'inconnue en s'approchant. Puis elle était passée devant elle sans s'arrêter et avait quitté le salon. Eyglo l'avait suivie du regard jusqu'à la porte. En baissant les yeux sur la moquette, elle avait remarqué une chose qui s'était gravée dans sa mémoire, un phénomène nouveau et surprenant. Le verre de l'écran n'avait pas reflété la silhouette de l'autre petite fille lorsqu'elle était passée devant la télévision et ses pieds n'avaient laissé aucune empreinte dans la moquette épaisse. Elle était aussi légère que l'air.

3

Le couple venu exposer ses problèmes à Konrad semblait très inquiet. Le portable du mari sonna deux fois, il se contenta de regarder le numéro sans décrocher avant de continuer à raconter les épreuves qu'ils traversaient. Konrad comprenait leur désarroi même s'il n'était pas certain de pouvoir les aider. Il les connaissait vaguement sans jamais les avoir fréquentés. Erna, sa défunte épouse, était une vieille amie de la dame, mais Konrad était toujours resté en dehors de leur relation. C'était le mari qui lui avait téléphoné en demandant à le rencontrer. Leur petite-fille leur posait des problèmes et ils espéraient qu'il pourrait les conseiller. Ils savaient qu'il avait longtemps travaillé à la Criminelle et, même s'il était aujourd'hui à la retraite, il connaissait bien le genre d'affaire dans laquelle la gamine était impliquée. Pour leur part, ils n'y entendaient rien. Konrad s'était montré très réticent. Il avait toutefois fini par céder face à l'insistance du mari. Il se souvenait également qu'Erna avait toujours dit le plus grand bien de son épouse, qu'elle décrivait comme une femme adorable. Ces gens avaient perdu leur fille toute jeune dans un accident de voiture et avaient pris en charge l'éducation de leur petite-fille.

Tenant à être tout à fait honnêtes, ils lui avouèrent qu'ils s'adressaient à lui plutôt qu'à la police parce qu'ils ne voulaient pas que l'affaire s'ébruite. L'épouse menait autrefois une carrière politique et, même si elle l'avait abandonnée depuis un certain temps, ils craignaient que la presse à scandale ne s'empare de cette histoire si elle établissait un lien entre eux et leur petite-fille. Des informations fuitaient quotidiennement au sein de la police. Ils ne voulaient pas que Konrad se méprenne. S'il leur conseillait de s'adresser au commissariat, ils l'écouteraient sans hésiter.

– En fait, avoua le mari, nous sommes sans nouvelles depuis plusieurs jours. Son téléphone est probablement déchargé, à moins qu'elle ne l'ait pas sur elle, en tout cas elle ne décroche pas. Certes, ce genre de chose s'est déjà produit, il nous arrive régulièrement d'avoir du mal à la joindre, mais ça ne dure jamais aussi longtemps…

– … Nous avons appris récemment qu'elle servait de mule, interrompit la femme en regardant son mari. Heureusement, elle n'a pas été arrêtée à la douane et elle nous a juré qu'elle n'avait fait ça qu'une seule fois, pour des hommes dont elle refuse de nous dévoiler l'identité. Mais ce n'est peut-être qu'un tissu de mensonges. Nous ne croyons plus rien de ce qu'elle nous raconte. Absolument plus rien. Si ce n'est que c'est une nouveauté, je veux dire, le fait qu'elle serve de mule.

La colère le disputait à l'inquiétude sur son visage. Peut-être se reprochait-elle ce qui arrivait à sa petite fille. Peut-être n'avait-elle pas eu le temps de s'occuper de la gamine à l'époque où elle se consacrait à sa carrière politique. À moins que la petite n'ait jamais vraiment remplacé la fille qu'elle avait perdue.

– Vous croyez qu'elle a quitté l'Islande ? demanda Konrad.

– Il est bien possible qu'elle ait emporté son passeport, répondit la femme. Nous l'avons cherché dans sa chambre, mais il est introuvable. C'est une des choses que nous aimerions vous demander de vérifier, si vous le pouvez. Les compagnies aériennes ne répondent pas à nos requêtes.

– Je crois que vous feriez mieux d'aller voir la police, dit Konrad. Je…

– Nous ne savons même pas à qui nous adresser au commissariat. Elle ne sait plus ce qu'elle fait, voilà maintenant qu'elle introduit de la drogue en Islande, on ne voudrait surtout pas qu'elle soit arrêtée et mise en prison, plaida l'épouse. Nous savons qu'elle se drogue. Ça a commencé par l'alcool, puis elle est passée à d'autres choses. Nous n'arrivons pas à la raisonner. Elle est tellement revêche. Elle est intraitable.

– Elle voyage beaucoup ?

– Pas plus que ça. Il lui est arrivé de partir en week-end à l'étranger avec son petit ami.

– Nous pensions que vous pourriez peut-être parler à cet homme, reprit le mari. Il n'est jamais venu chez nous et nous ne l'avons jamais vu, mais ça ne nous étonnerait pas qu'il se serve d'elle.

– Il y a longtemps qu'ils sont ensemble ?

– Nous avons appris son existence il y a quelques mois, répondit la femme.

– Elle vit encore sous votre toit ? demanda Konrad.

– Oui, théoriquement, répondit l'épouse en lui tendant une photo de la jeune fille. Nous pouvons vous rétribuer pour votre travail. C'est terrible de la savoir quelque part en compagnie d'une bande de junkies et de ne rien pouvoir faire. Évidemment, elle est libre de ses mouvements, elle a vingt ans et nous n'avons pas à lui dire quoi que ce soit…

– Même si je la retrouvais, je suis presque certain qu'elle disparaîtrait à nouveau, prévint Konrad en regardant la photo.

– Je sais, mais nous voulons quand même essayer… nous voulons juste être sûrs qu'elle va bien. Et savoir si nous pouvons faire quelque chose pour l'aider.

Konrad comprenait parfaitement leurs inquiétudes. Il s'était plus d'une fois retrouvé face à des parents désemparés, à l'époque où il était policier. Des parents qui avaient fait de leur mieux mais avaient vu, impuissants, leur enfant sombrer dans l'alcool ou la drogue. C'était une épreuve pour les familles. Beaucoup finissaient par jeter l'éponge après un certain nombre de tentatives. Ou parvenaient cependant parfois à sortir les égarés de l'ornière et à les ramener à une vie normale.

– Elle vous a avoué qu'elle a passé de la drogue en Islande ? s'enquit Konrad en glissant la photo dans sa poche.

– Elle n'en a pas eu besoin, répondit le mari.

– C'est ce qui nous inquiète le plus, reprit la femme. Elle est peut-être piégée dans une situation qu'elle ne contrôle pas.

Elle regardait Konrad d'un air désespéré.

– Je l'ai surprise dans les toilettes il y a trois jours, reprit-elle. Elle rentrait du Danemark. Elle devait être pressée parce qu'elle avait oublié de fermer à clef. Je ne savais même pas qu'elle était là et, quand j'ai ouvert la porte, elle était en train de se débarrasser de ces produits dans les W-C. Ils étaient emballés dans des préservatifs qu'elle avait cachés… dans son vagin. C'était… Ça m'a… affreusement choquée.

– Depuis elle a disparu, conclut l'époux.

4

Chaque fois qu'il longeait le boulevard Saebraut, Konrad ne pouvait s'empêcher de jeter un regard vers la rue Skulagata où se trouvaient jadis les abattoirs du Sudurland avec leur grande cour fermée par un imposant portail noir en acier. C'était une réaction machinale, presque un tic dont il n'arrivait pas à se débarrasser. Aujourd'hui, de grands immeubles longeaient la rue. Konrad les trouvait hideux. D'autres dans le même style avaient également été construits dans la rue perpendiculaire qui montait vers la colline de Skolavörduholt. Pour lui, ces bâtiments récents et démesurés avaient saccagé le vieux quartier de Reykjavik connu sous l'appellation de Skuggahverfi, le quartier des Ombres. C'était là qu'il avait passé son enfance, longtemps avant que les promoteurs ne décident d'y construire ces horreurs. Il était désolé du sort réservé à son ancien quartier. Il avait du mal à comprendre pourquoi il avait fallu que la bêtise humaine s'en prenne à cet endroit précis pour en faire le lieu le plus affreux de la ville.

S'il regardait vers l'ancien emplacement des abattoirs du Sudurland, ce n'était toutefois pas pour se lamenter sur les désastres de l'urbanisme. Son père avait trouvé la mort en 1963, poignardé par un inconnu, tout près du porche de cette entreprise. Depuis que Konrad était à la retraite, cet événement revenait le hanter avec toujours plus d'insistance. Il n'y avait pas si longtemps, il était allé un soir à l'endroit précis où on avait découvert le corps poignardé de deux coups mortels. Il était resté là un long moment à méditer. Il y avait des années qu'il n'avait pas fait ce genre de chose. Le rapport de police précisait que la victime s'était vidée de son sang sur le trottoir.

Konrad se gara derrière le commissariat de la rue Hverfisgata et alla voir un homme qu'il connaissait bien à la brigade des Stups pour lui faire part des inquiétudes du couple qui s'était adressé à lui, sans toutefois mentionner les préservatifs dans la cuvette des toilettes. Ces gens ne connaissaient que le diminutif du petit ami de la gamine. Elle l'appelait Lassi mais avait refusé de leur dévoiler son prénom à l'état civil. C'est juste un copain, avait-elle éludé. Ils ne voyaient pas comment le contacter. Ils ignoraient sa profession et ne connaissaient même pas son vrai nom.

– Le garçon qu'elle fréquente doit se prénommer Lars, Larus ou quelque chose comme ça, en tout cas elle l'appelle Lassi, expliqua Konrad. Je me dis qu'il a peut-être eu affaire à vous. La gamine s'appelle Daniela. Danni pour les intimes.

– Pourquoi tu t'intéresses à ces gens ? demanda le policier, un quinquagénaire barbu maigre comme un clou qui portait les cheveux longs et se passionnait tellement pour le hard-rock qu'il avait même été membre d'un groupe.

– Je les connais, répondit Konrad. Leur petite-fille a fugué. D'après eux, elle se drogue. Ils m'ont demandé de me renseigner.

– Te voilà maintenant détective privé ?

– Si on peut dire, répondit Konrad, qui s'attendait à ce type de remarque. Tu veux bien vérifier ?

Le fauteuil de bureau grinça quand le policier se tourna vers son ordinateur pour y entrer le nom de Daniela tout en précisant qu'il n'avait absolument pas le droit de faire ce genre de chose. Konrad répondit qu'il était au courant et le remercia d'accepter de lui rendre ce service. L'écran n'afficha aucun résultat. Si cette jeune fille avait eu affaire aux Stups ou aux Douanes, l'information aurait figuré dans la banque de données. En revanche, trois individus portant le diminutif de Lassi apparurent. L'un d'eux, prénommé Larus, avait le même âge que la fille. Il avait écopé de plusieurs condamnations avec sursis pour vol et fait de la prison pour trafic de drogue.

– Si elle est avec lui, elle est dans de beaux draps, observa le hard-rockeur. Ce type est un sacré crétin.

– On verra bien, répondit Konrad en notant le nom des trois individus. Ces gens s'inquiètent pour leur petite-fille. C'est tout ce que je sais.

– N'oublie pas de me prévenir si tu découvrais quelque chose d'intéressant, déclara le rockeur, pour la forme. Konrad savait qu'il était débordé et que c'étaient des paroles en l'air.

– Bien sûr, répondit-il, tout aussi convaincu.

De toute manière, il ne comptait pas consacrer trop de temps à cette gamine qui n'avait sans doute pas vraiment disparu mais fuyait simplement ses grands-parents. Si ce que la femme avait vu dans les toilettes était bien réel, l'adolescente était mal en point et Konrad doutait qu'elle revienne dans le droit chemin même si elle rentrait chez eux cette fois encore. C'était surtout par respect pour la mémoire d'Erna qu'il prenait la peine de faire ces quelques recherches, après tout son épouse avait été amie avec ces gens. S'il ne la retrouvait pas à la première tentative, il irait les voir et leur conseillerait à nouveau de s'adresser à la police même si cela risquait d'entacher la réputation de la famille. Il était conscient que, quoi qu'il arrive, il devrait tôt ou tard informer les services compétents de cette histoire de drogue.

Plongé dans ses pensées, il retourna à sa voiture qui l'attendait sur le parking derrière le commissariat où il croisa sa vieille amie et ancienne collègue. Marta fondit sur lui en lui demandant ce qu'il venait foutre ici. C'était la femme la plus brute de décoffrage qu'il ait jamais rencontrée : grande, de forte corpulence et rouspéteuse, elle était redevenue célibataire après avoir vécu plusieurs fois avec des femmes qui avaient toutes fini par renoncer à cohabiter avec elle pour des raisons diverses. Elle avait fait ses premiers pas à la Criminelle sous la direction de Konrad et ils n'avaient pas tardé à se lier d'amitié. Pour lui, c'était la meilleure des policières.

– Bonjour, Marta, répondit-il. Toujours aussi rayonnante !

– Tu n'es pas censé jouer au golf ou à ce genre d'inepties dégoûtantes ? À moins que Leo ne t'ait encore cherché des noises ?

– Non. Au fait, quelles nouvelles de lui ?

– Il est toujours aussi pénible. Il passe son temps à te critiquer. À parler de votre coopération d'autrefois et à insinuer toutes sortes de choses. Enfin, tu le connais. Il s'est remis à boire et il imagine qu'on ne s'en rend pas compte. C'est vraiment qu'un pauvre type !

– Je croyais qu'il avait fait une cure.

– Oui, l'an dernier. Ça n'a eu aucun effet. Et toi, qu'est-ce que tu fais de tes journées ? Tu dois t'ennuyer à mort, non ?

– Je suppose que ça finira comme ça, avoua Konrad.

– Enfin, je t'envie quand même, conclut Marta en agitant la main en guise d'au revoir. Je t'assure que je vais en profiter à fond quand j'en aurai fini avec toutes ces conneries.

Konrad esquissa un sourire. Elle tenait souvent ce genre de propos, il savait qu'elle n'en pensait pas un mot. Il lui avait dit plus d'une fois que, si elle ne réussissait à retenir aucune femme, c'était parce qu'elle était mariée avec la police.

Ayant obtenu l'adresse des trois Lassi, il se mit en route vers chez celui qui était le plus susceptible d'héberger Daniela. Larus Hinriksson était connu des services de police depuis l'adolescence pour trafic de drogue et petite délinquance, il avait écopé de plusieurs condamnations et ne s'amendait pas. Il vivait dans le quartier de Breidholt, que Konrad devait traverser pour rentrer chez lui. L'automne touchait à sa fin, de même que le jour : la nuit tombait. La bise glaciale venue du nord signalait l'approche de l'hiver.

Il trouva l'adresse et descendit de voiture. Lassi louait une chambre au sous-sol d'après les renseignements du hard-rockeur. Au pied de l'immeuble, on voyait une enfilade de garages. La porte était verrouillée, Konrad appuya sur une des sonnettes, personne ne répondit. Il enfonça une autre sonnette, puis une troisième et la porte s'ouvrit sans que quiconque lui demande de comptes à l'interphone. Il entra dans la cage d'escalier et descendit les marches qui menaient au sous-sol. Quelque part dans les étages supérieurs, une porte s'ouvrit et une voix demanda qui avait sonné. Konrad ne répondit rien et attendit que l'homme retourne dans son appartement.

Il arriva dans le long couloir où se trouvaient les caves ainsi que deux chambres. Il frappa à la première et tendit l'oreille, personne ne répondit. Il appuya sur la poignée et constata que la porte était fermée à clef. Il alla à l'autre chambre et recommença. Lorsqu'il agita la poignée, la porte s'ouvrit. En entrant dans la tanière dégoûtante à l'odeur fétide, il comprit qu'il arrivait trop tard.

Un matelas crasseux était accolé au mur, le sol jonché de restes de nourriture et de saletés. Au milieu de ces détritus, une jeune fille d'une vingtaine d'années en jeans et T-shirt avait une seringue fichée dans le creux du bras. Konrad s'agenouilla auprès d'elle et chercha son pouls. Elle était morte, sans doute depuis un certain temps. Allongée sur le côté, les yeux fermés, elle avait l'air apaisé. On aurait dit qu'elle dormait.

Il laissa échapper quelques jurons en se relevant et sortit la photo de sa poche pour s'assurer qu'il s'agissait bien de la gamine pour laquelle le couple se faisait du souci. La sonnerie de son portable vint troubler le silence. Le nom d'Eyglo s'afficha sur l'écran et il reconnut immédiatement sa voix, qu'il n'avait pourtant pas entendue depuis quelque temps.

– Il faut que je vous voie, annonça-t-elle.

– Qu'est-ce qui se passe ?

– J'ai des choses à vous dire.

– Eh bien, je suis hélas un peu occu…

– De préférence ce soir, Konrad. Vous pouvez venir chez moi ?

– D'accord, mais ça risque d'être assez tard.

– Qu'importe, venez quand même.

Il prit congé d'Eyglo et appela le portable de Marta qui décrocha au bout de quelques sonneries.

– Allô ! répondit-elle d'un ton peu engageant.

– Tu devrais me rejoindre au plus vite ici à Breidholt, annonça-t-il, et amène avec toi les gars de la Scientifique.

5

Une demi-heure plus tard, les lieux grouillaient de policiers. La Scientifique avait barré l'accès à l'immeuble, condamnant l'escalier du sous-sol et la chambre où Konrad avait découvert le corps. Seul le légiste venu constater le décès avait été autorisé à entrer dans le périmètre. Marta attendait patiemment avec ses collègues de la Criminelle que la Scientifique ait terminé. Une ambulance était arrivée pour emmener le corps à la morgue de l'Hôpital national. Tout laissait à penser que le décès était accidentel. La jeune fille était morte d'une overdose. La Scientifique écartait toute autre hypothèse.

Konrad expliqua à Marta qu'il avait rencontré les grands-parents de Daniela plus tôt dans la journée. Ces derniers s'inquiétaient pour leur petite-fille qui prenait des substances et se retrouvait manifestement impliquée dans une affaire de trafic de drogue. Pour des raisons personnelles, ils n'avaient pas voulu s'adresser à la police. Ils espéraient sans doute qu'ils parviendraient à ramener la gamine à la raison. Elle avait quitté leur domicile et disparu. Ayant obtenu l'adresse de Lassi, petit ami de Daniela, auprès de la brigade des Stups, Konrad avait décidé de passer le voir en rentrant chez lui et c'est ainsi qu'il avait trouvé la gamine.

– Ce sont des amis à toi ? demanda Marta dans la cage d'escalier où ils observaient leurs collègues de la Scientifique. Les occupants de l'immeuble rentraient un à un du travail. Ils purent bientôt regagner leurs appartements avec leurs sacs de supermarché Bonus pleins à craquer, suivis par leurs enfants qui, comme eux, observaient la scène, bouche bée. Les policiers de la Criminelle montèrent alors dans les étages et frappèrent à leurs portes pour les interroger sur les locataires du sous-sol.

– Oui, la femme était une amie d'Erna. Pour ma part, je ne les connais pratiquement pas.

– Tu préférerais peut-être aller leur annoncer la nouvelle ?

– Non, répondit Konrad, pensif, je crois qu'il vaut mieux suivre la procédure habituelle.

– Ce ne sera pas une partie de plaisir.

– D'autant que ce n'est pas la première fois qu'ils vivent ce genre de chose.

– Ah bon ?

– Il y a des années ils ont perdu leur fille dans un accident de voiture, précisa Konrad. C'était la mère de cette gamine. Tu sauras leur annoncer ça avec le tact nécessaire.

– Jésus Marie, soupira Marta.

Il exposa en détail la manière dont il s'était retrouvé lié à cette affaire et le fil ténu des événements qui l'avaient conduit à pousser la porte de cette chambre. Il ne connaissait pas le policier chargé de prendre sa déposition, mais comme ce dernier était extrêmement pointilleux, cela demanda un certain temps. Konrad était impatient de pouvoir repartir. Il souhaitait se détacher de cette histoire au plus vite pour que la police puisse faire son travail et regrettait de s'être impliqué dans la vie de ce couple et le décès de cette jeune fille. Il éprouvait une profonde compassion pour ces gens, mais se sentait impuissant à apaiser leur douleur.

Il avait finalement pris congé de Marta et rentrait chez lui au volant de sa voiture quand il se souvint de l'appel d'Eyglo. Elle semblait assez déprimée, ce qui ne lui ressemblait pas. Ils s'étaient rencontrés récemment. Ils s'étaient vus quelques fois pour parler du père de Konrad, quand l'ancien policier avait à nouveau cherché à comprendre ce qui s'était passé. Leurs pères s'étaient connus pendant la guerre. Ils avaient organisé des séances de spiritisme plus que douteuses jusqu'à ce qu'on finisse par les démasquer et par découvrir leur supercherie.

Très choqué par cette histoire, Engilbert, le père d'Eyglo, avait coupé les ponts avec celui de Konrad et ne l'avait jamais revu. Les années avaient passé. Quelques mois après l'assassinat du père de Konrad, Engilbert était tombé dans la mer, on avait retrouvé son corps dans le port de Sundahöfn. On n'avait jamais su s'il s'agissait d'un accident ou d'un suicide. Konrad avait récemment contacté Eyglo. Il n'avait pas grand-chose en main pour le prouver à part quelques papiers de son père, mais il pensait que les deux hommes organisaient peut-être à nouveau des séances de spiritisme à but lucratif comme ils l'avaient fait pendant la guerre. Eyglo lui avait répondu que c'était absolument exclu.

C'était la première fois qu'elle l'invitait chez elle. Jusque-là, ils s'étaient parlé au téléphone ou vus dans des cafés, généralement à la demande de l'ancien policier. Au début, elle avait été réticente à le rencontrer. Elle détestait le père de Konrad qu'elle considérait comme unique responsable du mal-être et du destin funeste qu'avait connu le sien. Elle s'était toutefois adoucie depuis leur première entrevue. Son attitude avait changé, peut-être que ça lui faisait du bien de pouvoir enfin parler de cette histoire avec quelqu'un.

Konrad se gara devant la petite maison jumelée du quartier de Fossvogur. Une ombre passa brièvement devant la lumière faiblarde qui brillait à la fenêtre. C'était sans doute Eyglo. Elle l'attendait. Il gravit les quelques marches menant à la porte qui s'ouvrit à son approche. Eyglo l'invita à entrer. Une discrète odeur d'encens flottait dans la maison. On entendait à peine la musique qui jouait en sourdine dans le salon. À chacune de leurs entrevues précédentes, Eyglo était habillée en noir et c'était également le cas ce soir-là. Elle portait une jupe et un chemisier noirs, et une croix en argent autour du cou. Bien que sexagénaire, elle paraissait dix ans de moins. Les cheveux bruns, élégante, les traits fins et les yeux vifs, aucun détail n'échappait à son attention. Il supposait qu'elle se faisait des teintures et essayait d'imaginer à quoi elle aurait ressemblé si elle s'en était abstenue. Erna ne s'était jamais teint les cheveux, elle avait toujours laissé libre cours à la nature.

– Pardonnez mon impatience, mais je tenais à vous voir immédiatement, déclara-t-elle en l'invitant dans le salon. Vous venez d'où ? poursuivit-elle en humant discrètement l'air. Vous êtes allé jeter des choses à la décharge ?

Konrad supposait que la puanteur de la chambre de Lassi avait imprégné ses vêtements et qu'elle l'avait sentie. Elle avait travaillé en tant que médium autrefois, tout comme son père. Un odorat développé est sans doute bien utile dans cette profession, comme le sont probablement tous les autres sens, se dit Konrad.

N'ayant aucune raison de lui cacher la vérité, il lui parla du couple et de cette jeune fille qu'il avait trouvée morte en ajoutant que c'était à ce moment-là qu'elle l'avait appelé.

– Pardon, répondit-elle, bouleversée. Je ne pouvais pas tomber plus mal.

– Ce n'est pas très grave, la rassura Konrad.

– Et cette gamine est morte d'une overdose ?

– Apparemment. Il faut que les médecins examinent ça de plus près. Vous souhaitiez me parler de quoi ?

Eyglo attrapa la croix d'argent qu'elle avait autour du cou. C'était un geste machinal qui semblait l'apaiser chaque fois qu'elle en avait besoin.

– Je voulais vous dire deux choses, répondit-elle, si bas qu'il dut se pencher vers elle pour l'entendre. La première, je l'ai apprise hier soir et je n'en ai pas cru mes oreilles. La seconde concerne une petite fille que je n'ai jamais oubliée depuis mes douze ans…

Elle le regarda intensément.

– Voyez-vous, il y a des années que je n'avais pas organisé de séance.

6

Un à un, les invités avaient quitté la maison et Eyglo s'était retrouvée seule avec la vieille dame. Elle se sentait fatiguée, complètement vidée, exactement comme autrefois, lorsqu'elle essayait d'aider les gens à entrer en contact avec l'au-delà. Lorsqu'elle avait pris congé d'eux, elle n'avait plus aucune énergie et s'était rassise sur sa chaise, à la table ronde où s'était déroulée la séance. La vieille dame était toujours là, digne, fluette, presque entièrement aveugle et sourde. Les deux longues tresses qui lui tombaient dans le dos, les lunettes de soleil qui protégeaient ses yeux fragiles et les appareils auditifs qu'elle portait à chaque oreille lui donnaient l'air d'un vieux chef indien attendant qu'on vienne le chercher pour le ramener dans son sanctuaire. Son fils, censé la reconduire à la maison de retraite, était en retard.

Eyglo la connaissait de longue date même si elle ne l'avait pas vue depuis des années. Il y avait si longtemps qu'elle n'avait pas organisé de séance chez elle. Elle s'était cependant vite rendu compte que tout se passait comme autrefois. Les invités faisaient partie du groupe de gens qui étaient venus la consulter au fil du temps, certains lui avaient demandé de manière répétée si elle pouvait les recevoir. Elle les connaissait depuis cette époque. Elle était même allée chez certains d'entre eux quand une maladie grave frappait leur foyer pour essayer d'apaiser leurs souffrances. Puis elle avait mis un frein à ses activités avant d'y renoncer complètement. Il y avait des années qu'elle n'avait pas exercé son don de voyance.

Elle avait contacté chacun des invités par téléphone pour leur proposer d'assister à cette séance. Six personnes étaient venues la retrouver dans sa maison de Fossvogur, quatre femmes et deux hommes. Aucun n'avait refusé. Ils s'étaient installés autour de la table. Tout était comme autrefois si ce n'est qu'ils avaient considérablement vieilli. Aucun événement notable ne s'était produit. L'un des deux hommes, devenu veuf, était en quête de réponses sur son épouse. Il n'en avait hélas obtenu aucune. La mère d'une des participantes s'était manifestée. Eyglo avait perçu sa présence dans le salon et établi un lien avec une maladie grave dans l'entourage de l'intéressée, ce que cette dernière avait confirmé. C'est votre mari ? avait demandé Eyglo sans même savoir pourquoi. À nouveau, la participante avait hoché la tête. Il est très malade, avait ajouté l'officiante. Il est en soins palliatifs, avait reconnu la femme avant d'ajouter : est-ce qu'on peut faire quelque chose pour lui ? La présence s'était estompée. Votre mère veut que vous fassiez confiance aux médecins, avait répondu Eyglo.

Au bout d'une demi-heure de questions-réponses, elle avait prié ses invités de bien vouloir l'excuser, elle ne s'était pas livrée à cet exercice depuis longtemps et se fatiguait vite. Les participants s'étaient montrés compréhensifs, ils avaient discuté un moment puis étaient repartis chez eux. À l'exception de Malfridur, la vieille dame qui attendait son fils.

Cette dernière avait été très active au sein de la Société islandaise de spiritisme dans les années 50 et 60. Elle avait été mariée à un médium réputé qu'elle avait assisté dans la préparation des séances et accompagné pendant les visites qu'il rendait aux gens désireux de profiter de son don, et qui le croyaient capable d'entrer en contact avec les défunts. Pour sa part, elle n'avait aucun doute sur l'existence d'un au-delà et parlait régulièrement du monde de l'éther, cette dimension parallèle où les âmes se retrouvaient après avoir quitté les corps. Une foule de gens en quête de réponses sur la vie après la mort s'étaient adressés à son époux. Malfridur avait été témoin d'un grand nombre d'événements que seuls reconnaissaient ceux qui croyaient aux phénomènes surnaturels. Eyglo se souvenait des longues conversations qu'elles avaient eues dans sa jeunesse, à l'époque où elle découvrait ses dons sans en comprendre la nature. Désireuse d'en savoir plus et, si possible, de les développer, elle s'était adressée à la Société islandaise de spiritisme. Malfridur l'avait guidée et aidée à ne pas avoir peur de ce qu'elle percevait. Elle lui avait appris à vivre avec ces facultés comme si elles étaient tout à fait naturelles et à accepter d'être un peu différente du commun des mortels.

– Décidément, ce gamin n'arrive pas, avait dit la vieille dame en parlant de son fils, lui-même très âgé.

– Il a dû supposer que la séance durerait plus longtemps, avait répondu Eyglo, navrée. J'aurais sans doute pu mieux faire.

– Ne t'inquiète pas, l'avait rassurée Malfridur. Tu t'es très bien débrouillée. Comme toujours. Ta présence est aussi apaisante que celle de ton père.

La vieille dame s'était avancée sur sa chaise.

– Pourquoi avoir organisé cette séance ?

– Comment ça ?

– Pourquoi nous avoir rassemblés ? Comment s'explique ton regain d'intérêt pour le spiritisme ?

– J'avais envie de voir si j'étais encore capable de quelque chose après tout ce temps, avait répondu Eyglo, hésitante. Elle s'était plus ou moins attendue à cette question, mais ne savait pas comment y répondre.

– Tu es sûre qu'il n'y a pas d'autre motif ?

Eyglo avait fait non de la tête. Malfridur ne comptait pas la laisser s'en tirer aussi facilement.

– Qu'est-ce que tu cherches ? avait-elle continué.

– Rien de précis, enfin, je crois.

– Tu pensais le découvrir en nous convoquant ici ? Grâce aux forces que nous avons ressenties ce soir ?

– Je ne vois pas vraiment de quoi il s'agirait, avait éludé Eyglo.

– Ce que tu peux me rappeler Berti, avait poursuivi la vieille dame. C'était affreux de voir ton père gâcher ainsi son précieux don. Il passait son temps à nous cacher des choses. S'il n'avait pas bu autant, il aurait pu utiliser ses capacités pour répandre le bien autour de lui.

– Je crois qu'il n'a jamais vraiment accepté ce don.

– En effet. Et toi non plus, n'est-ce pas ? Ce qui lui est arrivé est terrible. Ton père était un brave homme. Ne l'oublie jamais. Il n'avait aucune force de caractère, il était extrêmement sensible et aimait un peu trop la boisson. Tout ça ne fait pas bon ménage. C'est à cause de Berti que tu nous as demandé de venir ici ?

– Non, avait assuré Eyglo.

– Tu as déjà perçu sa présence depuis qu'il nous a quittés ?

– Jamais.

– Il avait complètement cessé de s'impliquer dans les activités de notre association, avait poursuivi Malfridur en se redressant sur sa chaise. Nous ignorions ce qu'il faisait et nous ne savons pas non plus s'il avait repris ses activités de médium au moment de sa mort. Nous étions évidemment désolés de voir le mal qu'il se faisait à lui-même et navrés qu'il ait coupé les ponts avec ses anciens amis. Mon mari a essayé de le ramener à la raison, mais il a fini par renoncer. En tout cas, il disait qu'il ne pouvait pas être heureux comme ça.

– Ma mère disait la même chose, il était très malheureux les derniers temps de sa vie.

– La pauvre, elle a dû en voir de toutes les couleurs. Toi aussi, d'ailleurs. J'imagine que ça n'a pas été facile.

La vieille dame la regardait derrière ses verres fumés.

– Nous avons appris plus tard que Berti avait repris ses mauvaises fréquentations. Il recherchait la compagnie de ces pauvres types, sans doute parce qu'ils lui payaient des coups à boire. L'un de nous l'a vu en compagnie de cet homme qui lui a tellement nui.

– Qui donc ? Quel homme ?

Malfridur avait ôté ses lunettes. Ses yeux presque blancs et très sensibles à la lumière ne distinguaient plus que des mouvements perdus dans la brume.

– Celui qui s'est servi de lui pour berner les gens pendant la guerre et qu'on a retrouvé poignardé devant les abattoirs.

Konrad leva les yeux quand Eyglo lui rapporta les paroles de Malfridur.

– Vous voulez dire mon père ? s'étonna-t-il.

Elle hocha la tête.

– Je ne vois pas comment interpréter ses paroles autrement, répondit-elle.

– Cette femme croit que nos pères avaient recommencé leurs magouilles ?

Eyglo hocha à nouveau la tête.

– Nous pensions… vous disiez que c'était exclu.
– En effet.
– Eux deux ?
– Oui.
– Et qu'est-ce qu'ils faisaient ?
– Dieu seul le sait. C'est ce que Malfridur a entendu raconter, mais elle n'a pas été capable de m'en dire plus.
Konrad regarda la table ronde du salon. Il imagina les invités assis autour et se tenant la main. Un vieux piano trônait dans un coin, un instrument danois acheté chez un antiquaire.
– Pourquoi avoir organisé cette séance de spiritisme maintenant ? demanda-t-il. Quel est ce sujet que vous n'avez pas voulu aborder avec la vieille dame ? Il vous touche de trop près ?
– En fait, je lui en ai parlé avant son départ.
– Vous ne voulez pas me dire de quoi il s'agit ?
– Vous ne croyez pas à ces choses-là, répondit Eyglo, qui savait ce que Konrad pensait de la vie après la mort et du surnaturel. Ça ne servirait à rien de vous expliquer tout ça.
– Allons, dites-moi !
Eyglo hésita.
– Elle m'est à nouveau apparue.
– Qui ça ?
– Une petite fille que j'avais déjà vue à l'âge de douze ans. Elle était aussi désemparée qu'à l'époque. Je crois qu'elle cherche sa poupée. Elle pense que je pourrais l'aider à la retrouver.

7

Accompagnée d'un jeune policier en uniforme, Marta se rendit en personne chez les grands-parents de Danni pour leur annoncer le décès de leur petite-fille. Konrad lui avait communiqué l'adresse. Elle avait demandé l'assistance du pasteur de la paroisse qui l'attendait dans sa voiture quand elle était arrivée dans un véhicule de police conduit par un jeune homme encore peu expérimenté. C'était la première fois qu'il annonçait ce genre de nouvelle. Marta ne connaissait pas le pasteur. Elle lui exposa l'affaire dans les grandes lignes, lui parla de la jeune fille et de la seringue fichée dans son bras.

– Pauvres gens, répondit le pasteur.

– Oui, c'est terrible, convint Marta, absolument terrible.

Il était tard. En gravissant les marches qui menaient à la maison, ils virent par la fenêtre d'une des pièces un grand écran plat allumé qui diffusait un documentaire animalier. La sonnette retentit à l'intérieur. Marta se disait que ce couple avait déjà reçu bien auparavant le même genre de visite, qui avait fait de leur vie un champ de ruines. Avaient-ils appris la nouvelle le soir, comme maintenant ? Ou peut-être au milieu de la nuit ?

La femme ouvrit la porte et contempla les trois visiteurs. Marta laissa passer quelques instants avant de lui exposer la raison de leur présence en faisant de son mieux pour trouver les mots adéquats.

– Mon Dieu, je vous en supplie, ne me dites pas ça ! soupira la maîtresse de maison.

Le pasteur prit les choses en main en la voyant pâlir et fondre en larmes, il lui donna le bras et l'aida à rentrer. Son mari avait entendu ce qui s'était dit à la porte, il était pétrifié.

– C'est vrai ? demanda-t-il tout bas en regardant Marta.

– Hélas, oui. Permettez-moi de vous présenter toutes mes condoléances. Je suis désolée de devoir vous apprendre cette affreuse nouvelle.

Il rejoignit sa femme, la prit dans ses bras et l'emmena dans le salon en lui adressant des paroles apaisantes tout en étant lui-même au bord des larmes. Le pasteur leur emboîta le pas et alla s'asseoir avec eux. Marta se tenait à distance. Le jeune policier attendait, immobile, dans l'entrée.

Le pasteur discuta un long moment avec le couple jusqu'à ce que Marta vienne leur dire qu'elle devait hélas leur demander un certain nombre d'informations. En outre, il faudrait que l'un d'eux ou une personne de confiance aille dès que possible procéder à l'identification du corps.

– L'identification ? s'étonna le mari. Donc, vous n'êtes pas sûrs qu'il… Comment vous savez que c'est bien elle ?

– Konrad, l'homme à qui vous avez demandé de la rechercher, avait cette photo sur lui, expliqua Marta en leur présentant le cliché. Je suppose que c'est vous qui la lui avez donnée.

– C'est lui qui l'a découverte ? demanda l'époux.

– Oui.

– Où est-il ? Il n'est pas avec vous ?

– Il ne travaille plus dans la police, répondit Marta. Je suis sûre qu'il vous contactera dès qu'il le pourra.

– Qu'est-ce qui s'est passé ? Qu'est-ce qui lui est arrivé ?

– À première vue, elle a fait une overdose, mais nous ne savons pas s'il s'agit d'un accident ou d'un suicide.

– D'un suicide ? Dieu tout…

– Est-ce qu'elle aurait tenu des propos dans ce sens ? Vous l'avez trouvée déprimée ces derniers temps ?

Les deux grands-parents secouèrent la tête comme si l'idée leur semblait absurde.

– Elle consommait beaucoup de drogue ?

– Nous en savons si peu, répondit l'époux.

– Je comprends. Tout semble indiquer qu'il s'agit d'un décès accidentel. Cela arrive tellement souvent, hélas. On m'a dit qu'elle était en couple avec un certain Lassi. Vous pouvez me confirmer ce point ? Pardonnez toutes ces questions, mais il est très important de recueillir un maximum d'informations le plus vite possible.

– Nous ne connaissons pas son vrai nom. Elle nous a dit qu'il s'appelait Lassi quand nous l'avons interrogée sur cette relation, mais ce n'est qu'un diminutif.

– La chambre où on a découvert son corps est louée par un dénommé Larus Hinriksson, reprit Marta. Vous pensez qu'il s'agit de lui ?

– C'est probable, non ? répondit l'époux. Il était avec elle quand c'est arrivé ?

– Nous ne l'avons pas encore trouvé, mais ça ne devrait pas être bien long. Vous avez une idée de l'endroit où il pourrait être ?

– Nous ? Aucune, nous n'avons jamais vu cet homme.

– Quand vous avez rencontré Konrad, vous lui avez parlé de trafic de drogue en disant que votre petite-fille servait de mule.

– Elle nous a avoué qu'elle avait passé de la drogue à la douane, répondit la femme. Elle n'a pas pu nier. Je l'ai vue s'en délester.

Elle regarda son mari.

– Mon Dieu, c'est affreux. Pauvre Danni. Comment en est-elle arrivée là ? Elle était tellement… C'était une enfant adorable et jolie comme tout, elle ressemblait tellement à sa mère. Comment des choses pareilles peuvent-elles se produire ? Elle n'était encore qu'une enfant et elle s'est retrouvée embringuée dans ces… dans ces…

Elle se prit le visage dans les mains.

– Vous croyez qu'elle travaillait pour quelqu'un en ville, ou ces produits étaient destinés à sa consommation personnelle ? s'enquit Marta.

– Elle nous a juré qu'elle n'avait fait ça qu'une seule fois, répondit le mari. Mais, évidemment, nous n'en savons rien. À mon avis, elle passait son temps à nous mentir. Elle disait qu'elle avait fait ça pour des gens dont elle refusait de nous dévoiler l'identité. Elle n'a rien voulu nous dire de plus.

– C'était pour ce Lassi ? Ou pour des gens qu'il fréquentait ?

– Nous l'ignorons, répondit l'époux. Nous ne connaissons rien à tout ça. Nous ne comprenons pas comment des choses pareilles peuvent se produire. Ça nous échappe complètement.

– Quand vous avez vu à quel point elle en était, quand vous avez vu cette drogue, pourquoi ne pas avoir contacté la police ? demanda Marta.

– Danni nous a suppliés de ne pas le faire, répondit le mari. Nous lui avons dit que nous n'avions pas le choix, qu'elle ne pouvait pas se comporter comme ça et qu'elle n'avait pas le droit d'importer de la drogue en Islande sous notre nez.

– Ça l'a rendue folle d'inquiétude, reprit la femme. Elle disait qu'elle devait absolument effectuer la livraison car, sinon, elle le sentirait passer. Elle nous a juré qu'elle ne le referait plus jamais.

– Qui était censé la punir ?

– Elle a refusé de nous donner son nom, soupira l'époux. Je ne suis pas sûr qu'elle nous ait dit la vérité. Qui sait si tout ça ne lui appartenait pas ? Je… on ne voulait surtout pas la mettre en colère. C'était notre priorité. Ne pas déclencher sa colère.

– Et voilà où ça nous a menés, murmura la femme.

Le pasteur fit signe à Marta qu'il était temps d'arrêter.

– Bon, je pense que ça suffit pour l'instant, conclut la policière. Et son père ? Vous savez où il est ?

– Son père ? gronda l'époux. Bon courage pour le retrouver !

– Ah bon ?

– Je suppose qu'il est quelque part au Brésil. Il vit là-bas depuis des années et ne s'est jamais occupé de sa fille. Jamais il ne s'est soucié de Danni, comme si elle n'existait pas.

8

Le portable de Konrad se mit à sonner alors qu'il arrivait chez lui. Il était resté un long moment avec Eyglo à discuter de ce que la vieille dame avait déclaré à propos de leurs pères après la séance de spiritisme. C'était le premier indice d'une collaboration entre les deux hommes après la guerre et la découverte de ce nouvel élément les avait beaucoup surpris. Cela valait surtout pour Eyglo qui avait toujours affirmé qu'Engilbert méprisait le père de Konrad et qu'il ne voulait plus avoir aucun contact avec lui.

Marta était à l'autre bout de la ligne. Elle venait de rentrer au commissariat après sa visite dans le quartier ouest et l'appelait pour lui raconter comment ça s'était passé.

– Tu n'as pas dû beaucoup t'amuser, observa Konrad.

– Ils s'attendent à avoir de tes nouvelles d'ici peu. Tu comptes aller les voir ?

– Oui, sans doute. Mais je ne connais absolument pas ces gens et je ne sais pas pourquoi je les ai laissés m'entraîner dans cette histoire. Le décès est accidentel ?

– Il semblerait, répondit Marta. La gamine a été maladroite. Apparemment, elle commençait juste à se piquer, ce qui explique sans doute que ça se soit mal passé. On n'a trouvé que quelques traces de piqûre sur son bras.

– Qu'est-ce qu'elle s'est injecté ?

– On pense à des amphétamines, mais il faut attendre les résultats de l'analyse toxicologique. Ces produits se trouvent assez facilement. Tu crois qu'ils faisaient partie du lot qu'elle avait passé à la douane ? Nous ne trouvons aucune trace d'elle dans nos fichiers et rien ne nous permet d'établir un lien entre elle et le milieu de la drogue en dehors du type qui loue la chambre où on l'a trouvée. Larus Hinriksson. Cette petite idiote était nouvelle dans cet univers.

Ils prirent congé l'un de l'autre. Konrad mangea un morceau, se servit un verre de rouge et mit de vieilles chansons de variétés islandaises sur la platine. Il écoutait encore des vinyles, comme s'il n'avait jamais entendu parler des révolutions technologiques qui avaient transformé l'édition musicale. Il connaissait chaque rayure de ces disques, il aimait le petit chuintement doux qu'on entendait au début du premier morceau et qui était comme un prélude à la musique. Il s'installa à la table de la salle à manger et regarda les documents étalés sur le plateau en pensant à Engilbert. Ces papiers appartenaient à son père, Konrad les avait trouvés après son décès. Il y avait là des coupures de journaux où il était question du don de voyance, des récits décrivant la manière dont on avait démasqué de faux médiums, un entretien avec le président de la Société de spiritisme, des articles sur le monde de l'éther où les âmes étaient censées se retrouver après le décès des corps. Ces papiers suggéraient que le père de Konrad s'était à nouveau intéressé à la vie dans l'au-delà avant d'être poignardé. L'ancien policier ignorait pourquoi puisqu'il ne lui en avait jamais parlé. En revanche, il lui avait décrit en détail ses activités avec Engilbert pendant la guerre, à l'époque où ils organisaient des séances de spiritisme pour soutirer de l'argent à de pauvres gens en quête de réponses. Son père se moquait de ceux qui croyaient à ces choses-là et ça ne lui posait aucun problème de profiter de leur détresse.

Un jour, il avait dit à son fils qu'Engilbert se pensait véritablement médium et qu'il avait organisé quelques séances avant de le rencontrer. Mais il manquait d'assurance et n'avait pas beaucoup mis son don à profit avant de collaborer avec lui. Konrad ignorait comment les deux hommes s'étaient connus. Il ne savait pas non plus comment Engilbert avait accepté de participer à ces supercheries. Il savait en revanche que les deux compères ne respectaient rien. Pas même la douleur du deuil. Pas même les parents qui avaient perdu un enfant et venaient consulter le brave médium.

Konrad manipulait les documents en repensant aux histoires que lui avait racontées son père. S'il avait repris ses magouilles avec Engilbert après une interruption d'une vingtaine d'années, il y avait des chances que ce soit dans le domaine du spiritisme. Les deux hommes n'avaient rien d'autre en commun. S'ils s'étaient adonnés à autre chose, il n'y avait aucun moyen de savoir laquelle.

Une autre question taraudait Konrad même s'il ne l'avait pas posée à Eyglo. Elle lui était venue à l'esprit dès qu'elle lui avait dit que la vieille dame affirmait que leurs pères avaient été vus ensemble peu avant leur décès. Il se demandait si Eyglo pensait la même chose que lui. En tout cas, elle n'en avait pas parlé.

Son portable sonna à nouveau. Il regarda l'heure. Minuit. Numéro inconnu. Après une brève hésitation, il décrocha et reconnut aussitôt la voix de son correspondant. Ils avaient travaillé ensemble des années durant. Autrefois, ils étaient même copains, mais leur amitié appartenait depuis longtemps au passé.

– Tu étais couché, pauvre type ? demanda Leo d'une voix alcoolisée.

– Marta m'a appris que tu avais recommencé à boire, répondit Konrad. Toutes ces désintox n'ont servi à rien.

– Ta gueule…

– Si ce n'est à coûter de l'argent aux honnêtes contribuables.

– Ta gueule !!

– Ta gueule toi-même, répondit Konrad avant de lui raccrocher au nez.

9

Konrad était mieux placé que quiconque pour savoir que les rapports de police ne reflétaient qu'une partie de la réalité. On y consignait les points principaux, ce qui semblait le plus important dans les témoignages, les circonstances de l'événement, le lieu, la date et les renseignements concernant les personnes impliquées ou interrogées. Les détails jugés sans importance, les simples conversations, les rumeurs sans fondement, les appels émanant de gens, parfois ivres, qui pensaient détenir des informations capitales, étaient en général laissés de côté, à moins que la police ait de bonnes raisons de les vérifier. En outre, de nombreux détails jugés négligeables par les témoins eux-mêmes n'étaient jamais mentionnés, sauf si les questions que leur posaient les policiers les faisaient apparaître. Certains mentaient délibérément pour des raisons qu'eux seuls connaissaient. D'autres se fiaient un peu trop à leur mémoire, bien souvent défaillante, surtout chez les connaissances du père de Konrad.

Les procès-verbaux rédigés après son assassinat ne contenaient pas grand-chose. Le rapport d'autopsie concluait à une hémorragie massive ayant entraîné la mort : il avait reçu deux coups de couteau, dont l'un en plein cœur. Ce document était accompagné de la description de la scène de crime. Le meurtre avait été commis devant la grille des abattoirs du Sudurland. Il semblait que l'assassin avait délibérément conduit sa victime à cet endroit pour l'abattre.

Les rapports de police faisaient état du témoignage de voisins qui avaient signalé une violente altercation entre le fils et son père le jour du drame, ce que Konrad avait nié avec entêtement pendant les interrogatoires, persuadé que la question était hors sujet. Cela n'empêchait pas qu'ils s'étaient violemment disputés. Konrad avait fini par prendre la porte, fou de rage, pour aller retrouver ses copains en ville. Deux d'entre eux avaient travaillé au noir avec lui dans le bâtiment, le troisième était un gars misérable qui creusait sa tombe en buvant comme un trou, et qui mourut d'ailleurs quelques années plus tard. Ses trois amis avaient confirmé que Konrad était avec eux le soir du meurtre. Comme l'enquête était au point mort, la police avait procédé par élimination et voulu s'assurer qu'il n'était pas l'auteur du crime, même si les parricides étaient extrêmement rares.

Un seul des trois policiers chargés de l'enquête était encore de ce monde. Il avait quitté la force publique quelques années après l'assassinat pour travailler à l'administration des douanes. Aujourd'hui retraité, il vivait sur la côte, au sud de Reykjavik. Il y avait un moment que Konrad n'était pas allé faire un tour sur la péninsule de Reykjanes, il décida d'y consacrer sa promenade du dimanche. Tout en conduisant, il se disait qu'il pourrait peut-être lui rendre visite. Ils s'étaient rencontrés uniquement dans le cadre de l'enquête pour meurtre. Cet homme avait déjà quitté la police lorsque Konrad y était entré, mais pendant les interrogatoires il l'avait toujours traité avec respect et s'était montré compréhensif face à ce tout jeune homme qui avait eu une enfance difficile, ce jeune homme à la dérive, rempli d'une colère qu'il ne comprenait pas lui-même et qu'il avait du mal à maîtriser.

À l'approche de Keflavik, Konrad continua vers le grand portail de contrôle de l'ancienne base militaire où il avait travaillé tout un été pour le compte d'un entrepreneur islandais engagé par l'armée américaine. À cette époque, les militaires étaient partout sur la lande de Midnesheidi. C'était l'année où Konrad avait achevé ses études au lycée technique, il avait trouvé cet emploi par le biais d'un copain. Il faisait partie d'une équipe chargée d'entretenir les rues de la base. Ce travail lui plaisait, il mangeait de bonnes choses au mess, dormait dans la cabane de chantier de l'entrepreneur cinq nuits par semaine et rentrait à Reykjavik le week-end. Certains employés passaient des cigarettes et de la bière en contrebande par le grand portail, il n'avait pas été le dernier à le faire et, à la fin de l'été, il avait amassé un bon petit magot. La base américaine était un modèle réduit de l'étranger. C'est là-bas, dans un fast-food, qu'il avait dégusté son premier hamburger-frites.

Il n'avait toujours pas décidé s'il irait voir le vieux policier à la retraite. Juste avant d'atteindre le portail, il tourna à gauche vers Hafnir et remarqua alors une route qu'il n'avait jamais empruntée et qui longeait la mer, tout au bout de l'aéroport international. Il la suivit tranquillement tout en admirant la côte et l'océan, puis arriva à Stafnes, un hameau constitué de quelques maisons. Il continua sa route dans la douce clarté de l'automne, passa l'église de Hvalsnes où le grand psalmiste Hallgrimur Pétursson avait officié des siècles plus tôt et gravé son chagrin dans la pierre après le décès de sa petite-fille. Il comprit alors qu'il ne rentrerait pas chez lui avant d'être passé chez Palmi, l'ancien policier.

Occupé dans la cabane à outils attenante à sa maison, ce dernier le reconnut immédiatement. Malgré son grand âge, l'homme était en bonne santé, il avait une mémoire infaillible et se tenait au courant de l'actualité. Il lui était arrivé de croiser Konrad au commissariat en venant dire bonjour à ses anciens collègues, après son départ au service des douanes. Palmi lui proposa un café.

– En fait, il y a longtemps que je t'attends, dit-il en l'invitant à le suivre dans la cuisine. Je suis surtout étonné que tu n'aies pas enclenché tout ça plus tôt.

– Je ne crois pas avoir enclenché quoi que ce soit, répondit Konrad en s'installant à la vieille table recouverte d'une nappe en plastique aux couleurs passées. Il serait d'ailleurs inutile de chercher midi à quatorze heures, n'est-ce pas ? Vous avez fait tout ce que vous pouviez.

– Apparemment, non. Nous n'avons jamais découvert ce qui s'est passé. C'est une sensation désagréable de ne pas réussir à tirer au clair une affaire comme celle-là. J'y repensais justement il y a quelques jours. Tu vois, on ne se débarrasse jamais de ces histoires, elles te hantent. Enfin, tu comprends ce que je veux dire. D'ailleurs, tu es mieux placé que moi pour le savoir.

Palmi s'interrompit pour lui servir une tasse de café noir.

– C'est bien toi qui étais chargé de l'enquête sur la disparition de cet homme dont on a découvert le corps sur le glacier de Langjökull, n'est-ce pas ? reprit Palmi.

Konrad le confirma.

– Tu as dû te sentir soulagé quand on l'a retrouvé. Au bout de… trente ans, c'est bien ça ?

– En effet, c'était un soulagement. Cela dit, aucun indice ne nous orientait vers ce glacier. Absolument aucun.

Il s'efforçait de ne pas trop avoir l'air de se chercher des excuses. Il n'avait aucune raison d'avoir honte. Cette affaire avait été la plus complexe de toute sa carrière.

– C'est cela qui t'amène ? Je veux dire, les enquêtes irrésolues.

– Non, enfin, je ne sais pas, répondit Konrad. J'ai feuilleté de vieux rapports de police et j'aimerais savoir si vous avez interrogé un certain Engilbert. Je n'en ai trouvé aucune trace, mais j'ai pensé que ça n'avait pas forcément été consigné dans le dossier. Il se disait médium ou voyant, enfin, peu importe. Tu te souviens de lui ?

– Oui, je m'en souviens, mais dans le cadre d'une autre affaire. On l'a retrouvé noyé dans le port de Sundahöfn, n'est-ce pas ? Ce n'est qu'après sa mort que quelqu'un nous a révélé qu'il connaissait ton père. Qu'il était de mèche avec lui dans une histoire d'escroquerie. C'est bien ça ?

Konrad acquiesça et ajouta qu'il avait récemment discuté avec la fille de cet homme, c'est ainsi qu'il avait appris qu'Engilbert était décédé seulement quelques mois après l'assassinat de son propre père.

– Ils escroquaient des gens qui croyaient à la vie après la mort.

– La vie après la mort ? Je ne crois pas que cela soit apparu dans notre enquête.

– Mon père s'était à nouveau intéressé à ces sujets avant son décès. Or la fille d'Engilbert vient de découvrir que les deux hommes avaient peut-être repris leur collaboration.

– Soit, mais je peux t'assurer que nous l'ignorions à l'époque, répondit Palmi.

– Vous n'avez pas enquêté sur la mort d'Engilbert ?

– Rien ne nous aurait permis d'établir un lien entre Engilbert et ton père en dehors de leurs activités pendant la guerre, souligna Palmi. Soit Engilbert est tombé dans le port par accident, soit il avait décidé de mettre fin à ses jours. Mais tout ça n'a rien à voir avec le meurtre, si c'est ce que tu imagines.

– Je ne sais pas trop ce que je dois en penser. En tout cas, c'est intéressant. On peut même dire que ça constitue un nouvel élément dans l'enquête s'il s'avère que les deux acolytes avaient repris leurs manigances.

– La femme d'Engilbert pensait qu'il allait régulièrement traîner sur le port, qu'il montait à bord des bateaux et connaissait des marins qui lui offraient de l'alcool. Elle supposait qu'il était tombé entre le quai et l'un des navires sans que personne le voie. En tout cas, aucun témoin ne s'est manifesté. Deux ou trois marins que nous avons interrogés le connaissaient de vue, mais ils ignoraient ce qui s'était passé.

– Et le nom d'Engilbert n'est jamais apparu dans l'enquête sur la mort de mon père ?

– Je te l'ai déjà dit, nous avons essayé d'interroger tous ceux qui le connaissaient de près ou de loin, et le nom de cet homme n'est jamais apparu.

– Sa fille m'a dit qu'il avait été très choqué par l'assassinat de mon père, reprit Konrad. Il a très mal réagi en l'apprenant.

– Soit, mais qu'est-ce que tu veux que j'en sache ? Il y a longtemps que tu la connais ?

– Nous nous sommes vus deux ou trois fois.

– Donc, tu as effectivement enclenché quelque chose, répondit Palmi en souriant comme s'il venait de gagner un pari ; il avait toujours été certain qu'il finirait tôt ou tard par reprendre l'enquête.

– Est-ce que d'autres événements étranges ont eu lieu à cette époque ? éluda Konrad. Des événements sur lesquels vous avez enquêté ? Des histoires de charlatans ? Des violences ? Des décès inexpliqués à Reykjavik ?

– Inexpliqués ? Non, rien qui soit comparable au meurtre de ton père, répondit Palmi, pensif. Heureusement les assassinats sont rares en Islande, et ils l'étaient encore plus à l'époque. Non, il n'y a rien qui me vienne à l'esprit.

– Des accidents bizarres… ?

– Non, enfin… qu'est-ce que tu entends au juste par *inexpliqué* ?

– Je ne sais pas. N'importe quel fait divers.

– Comme, par exemple, un incendie ? Je me souviens d'un feu dans une maison ces années-là, un vieil homme a péri dans les flammes. Le sinistre était parti de la cuisinière. C'est ce genre de trucs que tu cherches ? Et, évidemment, il y a toujours eu quelques suicides, hélas, et aussi… je me rappelle cette gamine qui est tombée dans le lac de Tjörnin.

– Cette gamine ?

– Elle avait douze ans.

– La glace a cédé sous ses pieds ?

– Non, c'est arrivé à la fin de l'été. Sa poupée a dû tomber à l'eau et elle a essayé de la repêcher.

– Sa poupée ?

– Oui, le corps de cette petite a été découvert tout près du pont qui enjambe le lac. On peut effectivement qualifier son décès d'inexpliqué. Il n'y avait aucun témoin. Enfin, ça n'a aucun rapport avec ce que tu cherches. Absolument aucun.

10

Konrad aurait bien voulu discuter avec Marta avant de rentrer à Reykjavik, mais comme elle ne décrochait pas son portable, il supposa qu'elle était en réunion. Il avait mauvaise conscience de ne pas avoir contacté les grands-parents de Danni et espérait que son ancienne collègue pourrait l'informer de la progression de l'enquête. Il voulait se rendre chez ces gens, mais préférait ne pas arriver les mains vides. En réalité, il n'avait pas vraiment envie d'y aller, il ne le faisait que par sens du devoir. Il n'était pas très doué pour les relations humaines, que ce soit pour alimenter une conversation ou pour faire preuve de compassion avec des inconnus et les soutenir moralement. Il ne savait pas comment s'y prendre. Il envisagea d'aller chez un fleuriste et de leur apporter un bouquet, mais préféra finalement s'abstenir. Il irait les revoir une fois pour leur témoigner son respect, mais leurs relations s'arrêteraient là.

Son fils, Hugo, l'appela pour lui demander s'il voulait bien garder les jumeaux la semaine à venir pendant qu'il irait au théâtre avec sa femme. Konrad accepta. Il aimait bien ces deux gamins et c'était toujours un plaisir de passer du temps avec eux. Hugo, par ailleurs médecin, lui demanda comment il allait. Il lui répondit qu'il n'avait pas à se plaindre et ils prirent congé l'un de l'autre après cette brève conversation.

Alors qu'il se garait devant la maison des grands-parents de Danni, Marta le rappela en lui demandant s'il avait tenté de la joindre. Il souhaitait savoir si l'enquête progressait. Elle lui répondit qu'en réalité, il n'y avait pas d'enquête pour l'instant. Il fallait d'abord autopsier le corps. On n'avait pas encore trouvé Larus Hinriksson. Personne ne l'avait aperçu depuis plusieurs jours. Sa famille, ses amis et connaissances n'avaient aucune nouvelle de lui. Quand on appelait le portable enregistré à son nom, on tombait sur un message disant que le numéro était actuellement injoignable.

– Tu ne trouves pas ça étrange ? demanda Konrad.

– Pas vraiment, répondit Marta, la bouche pleine. Jusque-là, nous ne l'avons pas recherché très activement. Nous finirons bien par le trouver.

– Vous en savez un peu plus sur la drogue que la gamine a passée à la douane ?

– Non, rien ne dit qu'elle n'était pas destinée à sa consommation personnelle. C'est peut-être aussi simple que ça. Mais nous ne négligeons pas l'autre piste, l'hypothèse selon laquelle elle aurait travaillé pour d'autres et servi de mule.

– Tu peux m'en dire plus sur sa relation avec Larus ? demanda Konrad. Je vais aller voir ses grands-parents et j'aimerais bien avoir quelque chose à leur dire.

– Je me charge de les tenir au courant, répondit Marta en soupirant d'un air las. Crois-moi, ils ne se gênent pas pour appeler le commissariat.

Konrad coupa le moteur et s'approcha de la maison. Le mari vint à la porte et l'invita à entrer. Il semblait avoir vieilli de plusieurs années. Sa femme était assise au salon. Ils avaient sorti les albums de famille, la table était recouverte de photos de leur fille et de leur petite-fille. La plupart avaient été prises lors de grandes occasions, Noël, les anniversaires, d'autres à l'étranger, au parc d'attractions de Tivoli à Copenhague ou encore devant la tour Eiffel. Konrad les balaya du regard. Sur certaines d'entre elles, leur fille tenait sa petite Danni dans les bras, toutes deux étaient souriantes, rayonnantes.

Choqués et désemparés, ils demandèrent à Konrad de leur raconter comment il avait découvert le corps de Danni et de leur décrire ce qu'il avait vu. L'ancien policier regardait les photos qui encombraient la table, il voulait éviter d'ajouter à leur douleur. Il leur répondit que, selon lui, elle n'avait pas souffert. En la voyant, il avait eu l'impression qu'elle était endormie. Son visage était paisible.

– Marta, la personne chargée de l'affaire, vous a sans doute dit que ce Larus est une vieille connaissance de la police. C'est un type à problèmes, précisa Konrad, tout en considérant qu'il était bien en dessous de la réalité.

– Ce n'est pas lui qui lui a fait ça ?

– La police pense plutôt à une maladresse que Danni aurait commise en dosant la seringue, en tout cas, à première vue.

– Je ne comprends pas, répondit la femme. Elle avait tellement peur des aiguilles qu'elle refusait qu'on lui fasse des piqûres.

– J'imagine que ce n'est pas pareil quand il s'agit de s'injecter ces maudites saletés, fit remarquer son mari.

Ils continuèrent à lui poser des questions auxquelles il s'efforça de répondre avant de conclure en les renvoyant vers Marta. Ils ne devaient pas hésiter à appeler le commissariat pour obtenir des renseignements ni à bousculer les policiers pour les faire avancer. La conversation se tarit. Konrad dansait d'un pied sur l'autre. Les yeux posés sur les souvenirs des deux filles qui avaient empli leur vie, il cherchait les mots appropriés pour prendre congé. Il les avait sur le bout des lèvres quand, tout à coup, on sonna à la porte. Le mari alla ouvrir. On entendit quelques salutations murmurées puis les visiteurs apparurent, nettement plus jeunes que les grands-parents de Danni. Le maître de maison présenta le couple qui venait d'arriver : c'était son frère et son amie. Konrad les salua et en profita pour s'éclipser, prétextant qu'il avait à faire.

– Merci de nous avoir tant aidés, répondit l'époux. C'est Konrad, l'homme qui a trouvé Danni, expliqua-t-il à son frère.

– Ah, vous êtes le policier ? répondit ce dernier.

– C'est le mari d'Erna, tu te souviens sans doute d'elle. Elle était médecin, comme toi. À l'Hôpital national de Fossvogur, n'est-ce pas ? demanda le maître de maison en adressant un regard à Konrad qui confirma ses dires d'un hochement de tête.

– Je me rappelle qu'elle était médecin, répondit le frère. Mais nos chemins ne se sont jamais croisés. Elle est décédée il y a quelques années, c'est bien ça ?

– Oui, d'un cancer, confirma Konrad qui n'avait pas envie de s'étendre sur la question.

– C'est une drôle de loterie, voilà tout, et personne ne sait qui sera le prochain, philosopha l'amie du médecin avec un air contrit qui semblait dire que les voies du Seigneur étaient impénétrables.

Konrad appela Eyglo dès qu'il fut rentré chez lui. Comme elle ne répondait pas, il termina ce qui lui restait du vin rouge de la veille en repensant à sa visite chez

Palmi, le vieux policier. Alors qu'il buvait la dernière gorgée, son téléphone sonna.

– Vous m'avez appelée ? demanda Eyglo dès qu'il eut décroché.

– C'est au sujet de cette fille dont vous m'avez parlé hier soir.

– Ah bon ?

– Est-ce que vous savez qui c'est, ou plutôt qui c'était, puisque… elle est morte, n'est-ce pas… puisque… enfin, puisqu'elle vous apparaît ?

– Vous n'y connaissez rien. Vous m'appelez pour vous moquer de moi ?

– Non, répondit Konrad, regrettant amèrement ses paroles maladroites. Absolument pas. J'ai des doutes, certes, mais je…

– Qu'est-ce que vous voulez ?

– Vous m'avez confié hier avoir vu une jeune fille qui était malheureuse parce qu'elle avait perdu sa poupée.

– En effet.

– Vous êtes au courant de l'accident au lac de Tjörnin ?

– L'accident de Tjörnin ?

– Une jeune fille s'y est noyée, répondit Konrad en essayant de se rappeler tout ce que Palmi lui avait dit. C'était en 1961. Elle avait douze ans. On pense qu'elle a fait tomber sa poupée dans l'eau et qu'elle a voulu la rattraper. Il n'y avait aucun témoin. Un jeune homme qui passait par là… Allô, vous êtes là… ? Eyglo… ?

Konrad n'entendait plus que des grésillements dans le combiné, le téléphone lui avait sans doute échappé des mains.

11

Larus Hinriksson semblait avoir disparu de la surface du globe. Sa famille ayant depuis longtemps coupé les ponts, elle ignorait où il se trouvait depuis des mois. Ses parents, divorcés, n'entretenaient plus aucune relation. Le jeune homme avait deux frères qui se débrouillaient nettement mieux dans la vie, mais n'avaient pas envie de le voir. L'un d'eux, propriétaire de la moitié des parts d'un centre de montage de pneus, avait eu des nouvelles environ un an plus tôt et, comme toujours, Larus l'avait appelé parce qu'il avait des problèmes d'argent. Son frère avait refusé de lui en prêter même s'il lui avait promis de le lui rendre au plus vite. Il y avait bien longtemps qu'il avait cessé d'écouter ses jérémiades, Larus était « un cas désespéré », il lui devait d'ailleurs des sommes astronomiques qu'il n'avait évidemment jamais envisagé de lui rembourser. Le second frère racontait la même histoire. Larus avait passé son temps à lui emprunter de l'argent ou à tenter de lui en extorquer. Leur dernière rencontre remontait à un an et demi. Larus était passé le voir chez lui, il l'avait mis à la porte en lui disant de ne plus jamais revenir l'importuner. Les deux frères pensaient que tout cet argent dont il disait avoir tellement besoin passait directement dans sa consommation.

Ils ne connaissaient pas Danni et n'en avaient jamais entendu parler. Leur mère ne savait pas non plus qu'il était en couple. Elle était bouleversée d'apprendre qu'on avait retrouvé la petite amie de son fils morte chez lui. Elle ignorait où il vivait. Lorsque le policier envoyé par le commissariat était venu l'interroger, elle lui avait posé une foule de questions sur cette jeune fille, ses relations avec son fils et les circonstances du décès. Elle travaillait comme caissière à Netto. Le policier lui avait demandé si son fils avait tenté de lui extorquer de l'argent comme il l'avait fait avec ses frères, elle avait répondu qu'elle n'avait pas les moyens de l'aider. Elle était mal payée et le loyer dont elle s'acquittait pour le placard à balais censé être un appartement était exorbitant. Elle faisait des ménages pour améliorer l'ordinaire, au noir, et en était fière. Le policier avait hoché la tête, compréhensif, sans toutefois lui avouer qu'étant donné le salaire de misère que lui versait l'administration, il travaillait lui aussi comme maçon pendant ses congés et ne déclarait pas une couronne de ce qu'il gagnait.

– Vous cherchez Lassi à cause de ce qui est arrivé à la jeune fille ? demanda-t-elle au fonctionnaire qui s'était isolé avec elle dans la remise du supermarché.

– Oui, nous avons quelques questions à lui poser.

– Vous le croyez… responsable de son décès ? s'inquiéta-t-elle.

– Nous en parlerons avec lui.

– Lassi ne ferait jamais de mal à personne, assura la mère. D'accord, il se drogue et tout ça, mais il ne ferait pas de mal à une mouche.

– Je comprends, répondit le policier en notant *ne ferait pas de mal à une mouche* dans le petit calepin qu'il avait sorti pour l'occasion.

Le père était le dernier membre de la famille à avoir vu Larus. Hinrik était chauffeur de bus, il avait déménagé à Akureyri des années auparavant et emmenait des touristes au lac Myvatn. Il avait rencontré Larus dans le Nord quelques mois plus tôt. Il était venu assister à un concert avec ses amis, précisa-t-il à la policière envoyée à son domicile par le commissariat d'Akureyri. N'étant pas au courant des histoires de cœur de son fils, il ne connaissait pas la jeune fille retrouvée morte chez lui.

– Vous connaissez les jeunes qui l'ont accompagné à Akureyri ? demanda la policière.

– Non, je ne connais pas les amis de Lassi. Je connaissais ses copains de jeu quand il était petit. Ensuite, il a complètement déraillé, j'ai essayé de l'aider, mais j'ai fini par jeter l'éponge. Ce pauvre gamin est devenu une loque en quelques années sans qu'on puisse rien y faire. Il a essayé toutes sortes de cures, parlé à je ne sais combien de conseillers ou d'assistants sociaux, mais ça n'a servi à rien. L'addiction était plus forte que tout. Il nous volait de l'argent, se servait de nos cartes de crédit quand il tombait dessus. Ses frères ont voulu l'aider, mais ils ont vite compris que tout le fric qu'ils lui donnaient ne faisait qu'augmenter sa consommation. Peu à peu, il s'est mis à voler et s'est finalement fait pincer avec des pilules d'ecstasy à Seydisfjördur en descendant du ferry *Norraena*. Il a été condamné à un an et demi de prison qu'il a purgé à Litla-Hraun.

– Et ça ne l'a pas remis sur le droit chemin ?

– Je suis allé le voir là-bas deux ou trois fois, répondit Hinrik, j'avais l'impression qu'il voulait tourner la page. Il parlait de reprendre ses études, enfin, ce genre de choses. Dès qu'il est sorti, il a replongé. J'ai alors compris qu'il n'y avait aucun espoir.

La policière prenait des notes sur son calepin.

– Vous ne croyez tout de même pas qu'il aurait fait du mal à cette pauvre gamine ? demanda Hinrik, aussi inquiet que la mère du jeune homme.

– Nous avons simplement besoin de l'interroger, c'est tout ce que je peux vous dire.

Tandis qu'elle attendait le rapport d'autopsie, la Criminelle essayait de se documenter sur les allées et venues de Larus au cours des derniers jours. Quand elle parvint à contacter la propriétaire de sa chambre, il apparut que cette dernière s'apprêtait à mettre le jeune homme à la porte parce qu'il ne payait pas son loyer, mais également à cause des nuisances dont il était la cause et des plaintes des occupants de la cage d'escalier.

Cette sexagénaire qui vivait au premier étage de l'immeuble avait voulu, comme elle disait elle-même, tendre à ce garçon une main secourable. Elle avait autrefois travaillé comme bénévole à la Croix-Rouge et rencontré un certain nombre de jeunes qui s'étaient écartés du droit chemin. Lorsqu'elle avait passé une petite annonce pour mettre cette chambre en location, Larus était venu lui rendre visite et avait avoué en toute honnêteté qu'il venait juste de purger une peine à la prison de Litla-Hraun pour une affaire de petite délinquance. La dame l'avait pris en pitié. En bonne chrétienne, elle considérait qu'elle n'avait pas le droit de juger son prochain : son devoir était au contraire de l'aider à revenir sur le droit chemin. Elle lui avait demandé un loyer très modique ou, en tout cas, tout à fait honnête, disait-elle. Il n'en avait jamais payé une couronne. Chaque fois qu'il la croisait, il lui promettait qu'il ne tarderait plus à régler ses dettes et semblait tomber des nues quand elle lui disait qu'elle n'avait toujours reçu aucun virement. Je suis pourtant allé à la banque hier, claironnait-il, surpris d'un tel malentendu, accusant l'agence d'avoir commis une erreur. Puis il assurait qu'il réglerait ça à la première occasion.

Mais le pire, c'était la faune qui lui rendait visite et veillait jusqu'à des heures indues. Ces gens sonnaient à l'interphone pour qu'on leur ouvre la porte à toute heure du jour ou de la nuit et se fichaient éperdument qu'il soit trois heures du matin. Il était légitime que les occupants de l'immeuble en aient plus qu'assez, ils s'étaient mis en colère contre la propriétaire qui leur avait promis de veiller à ce que le gamin quitte le sous-sol au plus vite.

Lassi avait juré de s'amender, mais très vite la situation avait à nouveau dégénéré et, un mois plus tard, il y avait eu devant l'immeuble une bagarre si violente entre les amis du jeune homme que la police avait fini par intervenir alors qu'elle avait cessé depuis longtemps de donner suite aux plaintes des voisins.

– Je ne suis pas surprise qu'on ait trouvé cette jeune fille dans la chambre, déclara la propriétaire au policier venu l'interroger à son domicile.

– Dommage que ça n'ait pas été le gamin, ajouta son mari.

– Vous croyez que c'est lui qui l'a tuée ? demanda la sexagénaire.

Les voisins n'ayant pas vraiment remarqué la présence de Danni, ils n'étaient pas en mesure de dire si elle rendait régulièrement visite à Larus. Ils ne connaissaient pas non plus tous ceux qu'ils apercevaient en compagnie du jeune homme, et qui remontaient du sous-sol ou y descendaient. Ces gamins passaient leur temps à fumer et l'odeur de cigarette envahissait les étages. Et ils ne se contentaient pas de tabac américain. Ceux qui s'y connaissaient parmi les voisins parlèrent de cannabis, de joints, de marijuana et d'autres produits plus nocifs encore.

– Ce n'était qu'un ramassis de junkies, déclara un homme qui vivait au deuxième étage.

Les traces de leur consommation étaient d'ailleurs visibles dans la chambre. Parmi toutes les saletés, les bouteilles d'alcool vides, les entassements de canettes de bière en métal, il y avait toute la panoplie du parfait drogué : des pipes, des pailles et des briquets. On y trouvait également des seringues et des aiguilles, des boîtes de ritaline et de Contalgin. Certaines étaient estampillées du visa des services de santé islandais, d'autres importées illégalement.

– Pauvre petite, déplora un homme qui vivait au troisième.

– Ça lui pendait au nez, trancha sa femme.

12

Comme bien souvent, Konrad eut du mal à trouver le sommeil. Il se releva au milieu de la nuit, alluma son ordinateur et alla flâner sur le Net. Il parcourut les sites d'information islandais. Un ministre était impliqué dans un scandale, une association aidait des réfugiés albanais et les discussions salariales n'avaient pas abouti.

Les articles datant de septembre 1961 étaient rédigés dans un autre style même s'ils entretenaient certaines parentés : des rebelles algériens avaient été condamnés à mort, on avait signé des accords de vente de hareng avec les Russes, un homme avait échappé de peu à la noyade dans le port d'Akureyri. Les cinémas reprenaient *Pour qui sonne le glas* en hommage à Ernest Hemingway, grand écrivain américain décédé prématurément, précisaient les affiches.

Le plus grand quotidien publiait un petit encart bordé de noir mentionnant l'accident qui avait eu lieu au lac de Tjörnin. Cet entrefilet ne vous apprenait pas grand-chose. Alors qu'il franchissait le pont enjambant le lac, un jeune homme avait découvert une petite fille âgée de douze ans qui s'y était noyée. On ignorait les circonstances de ce terrible drame. La police supposait que la gamine se trouvait seule au moment où elle était tombée à l'eau. L'enfant ne savait pas nager.

Trois jours plus tard, le même quotidien donnait la parole à un commissaire. D'après les conclusions de l'enquête, le décès de la jeune fille était purement accidentel. L'article ne mentionnait pas son nom ni celui de ses parents, c'était du reste une pratique courante lorsqu'un drame comme celui-ci se produisait.

Konrad continua à surfer sur le Net. En ce moment, les pages Internet regorgeaient de tribunes rédigées par des femmes qui avaient été victimes de harcèlement, d'abus sexuels ou de viols, parfois pendant leur enfance. Chaque jour, de nouveaux récits étaient publiés. Certaines victimes n'hésitaient pas à écrire sous leur nom et à fournir des témoignages aussi bruts que circonstanciés, décrivant toutes sortes de violences sexuelles et la souffrance qu'elles engendraient. Il arrivait que les victimes dévoilent le nom des auteurs des faits pour faire changer la honte de camp, disaient-elles. Konrad était surtout surpris du nombre impressionnant de femmes qui avaient été confrontées à des expériences terribles dans leurs relations avec les hommes. Il avait évidemment été témoin de ce genre de violences pendant sa carrière de policier, mais n'imaginait pas que le phénomène puisse avoir une telle ampleur.

Il éteignit l'ordinateur, alla se recoucher et pensa à Eyglo avec qui il avait rendez-vous le lendemain. Il appréhendait cette entrevue, sachant qu'il devrait lui poser des questions qui le hantaient, et dont il supposait qu'elles la laisseraient sans voix.

Eyglo l'attendait dans le bar, plongée dans ses pensées. On entendait les assiettes s'entrechoquer dans la cuisine. Une grosse machine italienne crachait des jets de vapeur brûlants dont le bruit se noyait dans les conversations des clients. Ce bar situé en plein centre de Reykjavik était bondé, Eyglo se disait qu'elle aurait sans doute mieux fait de choisir un endroit plus discret. Elle avait vu Konrad se garer et payer le parcmètre. Quelques instants plus tard, il s'était assis face à elle et avait commandé un café.

Au début, lorsqu'il avait demandé à la rencontrer pour l'interroger sur l'amitié qui liait autrefois leurs pères, Konrad lui avait déplu. Elle n'avait aucune réponse à ses questions. En outre, elle était réticente à discuter avec le premier venu de ses histoires de famille et de son père, Engilbert, étant donné les circonstances tragiques dans lesquelles il était décédé. Elle n'avait jamais abordé le sujet avec personne, c'est à peine si elle en avait parlé avec sa mère. Il y avait entre elles comme un accord tacite. Elle avait donc été très surprise quand Konrad l'avait contactée par téléphone pour l'interroger sur ces événements, et ne s'était pas montrée spécialement coopérative. Plus tard, lorsqu'ils s'étaient rencontrés, elle avait compris qu'il cherchait seulement des réponses à des questions qui le taraudaient depuis des années, tout comme elle.

Elle ignorait quel âge il avait exactement, il était sans doute son aîné de quelques années. Plus ils liaient connaissance, plus elle l'appréciait. Sa présence était agréable, c'était un homme calme, posé et intéressant, aux antipodes de celui qu'elle avait rencontré deux ans plus tôt par le biais d'une amie qui avait tenté de jouer les entremetteuses en lui présentant un de ses collègues. Il lui avait suffi de rencontrer ce type une seule fois pour qu'il l'agace prodigieusement. Divorcé deux fois, les cheveux teints, il n'avait cessé de la bassiner avec ses voyages à l'étranger, ses parties de golf et sa maison en Floride, propriété qu'il avait réussi à arracher aux griffes de sa seconde épouse.

Konrad et elle s'étaient donné rendez-vous après leur conversation téléphonique de la veille. Il lui avait parlé d'une jeune fille noyée dans le lac de Tjörnin. Eyglo avait été tellement choquée que le combiné lui avait échappé. Elle avait immédiatement compris que la jeune fille en question était celle qui lui était apparue quand elle avait douze ans.

Konrad lui avait promis de faire des recherches pour essayer de découvrir son identité. C'était Eyglo qui lui avait demandé ce service, encore bouleversée au moment où ils s'apprêtaient à raccrocher. Il lui avait répondu qu'il essaierait de se procurer les procès-verbaux rédigés après le drame.

– Je n'ai pas trouvé grand-chose, regretta-t-il en lui racontant son passage aux archives de la police. Apparemment, tout le monde était persuadé que c'était un terrible accident. Il me semble qu'il n'y a même pas eu d'autopsie. On a sans doute considéré que c'était inutile. J'ai trouvé le rapport du légiste. Il conclut à un décès d'accidentel par noyade. Et personne ne s'est donné la peine de chercher plus loin. L'affaire était close.

– Comment elle s'appelait ?

– Nanna.

– Nanna, répéta lentement Eyglo comme pour laisser infuser en elle les sonorités du prénom. Et qui c'était ?

– Une jeune fille tout à fait ordinaire. Née à Reykjavik, elle allait à l'école d'Austurbaejarskoli. Sa mère habitait dans les baraquements militaires désaffectés qui occupaient alors une partie de la colline de Skolavörduholt. Elle était sans doute une des dernières personnes à y vivre avant qu'ils ne soient rasés. J'ai essayé de retrouver sa trace, mais il y a des années qu'elle est morte. À l'époque, elle travaillait aux cuisines de l'Hôpital national. Il semble qu'elle n'ait pas communiqué à l'état civil l'identité du père de sa fille. Elle vivait avec un homme et son fils, qui avait quelques années de plus que Nanna. Ce beau-père, ouvrier, n'a apparemment jamais eu affaire à la police. Il est décédé il y a une dizaine d'années. Son fils est toujours en vie d'après ce que j'ai pu voir sur le site du Registre de la population, tout comme le jeune homme qui a découvert le corps. C'est un enseignant à la retraite. J'ai noté son nom. J'ai trouvé un autre homme qui s'appelle exactement comme lui, mais l'âge ne correspond pas. À l'époque, l'ancien enseignant avait dix-neuf ans. Son témoignage est très clair et précis.

Eyglo écoutait Konrad en silence.

– Et on ne sait rien du père de cette enfant ? demanda-t-elle.

– Il était peut-être originaire de la péninsule de Sudurnes. Sa mère venait de Keflavik, je crois qu'elle était enceinte quand elle a déménagé à Reykjavik. Qui sait si elle n'a pas fui les on-dit malveillants. En tout cas, la petite est née ici apparemment.

– Une affaire de ce type donnerait lieu à une enquête beaucoup plus approfondie aujourd'hui, n'est-ce pas ?

– Je suppose, répondit Konrad. Il y a des procédures incontournables. Qu'est-ce que vous avez en tête ? Pourquoi vous intéressez-vous à cette jeune fille ?

– J'avais douze ans. J'étais invitée à un anniversaire, deux ans après cet accident. Cette fête avait lieu dans une maison de la rue Bjarkargata, juste à côté du lac, et je me souviens que je m'y sentais très mal à l'aise. Il m'arrive de voir les défunts. Ça se produit sans crier gare, parfois je ne sais même pas si les gens que je vois sont morts ou vivants. En tout cas, cette jeune fille m'est apparue. Je suis certaine d'avoir vu son fantôme. C'était une des toutes premières fois que je vivais ce genre de choses. Encore aujourd'hui, j'ai du mal à expliquer le malaise et la tristesse que j'ai ressentis ce jour-là. J'ignorais l'existence de cet accident. J'ai passé tout l'été 1961 avec ma mère dans sa famille à Kirkjubaejarklaustur et je ne suis revenue à Reykjavik qu'à l'automne, pour la rentrée des classes.

– Et cette jeune fille, elle vous est à nouveau apparue récemment ?

Eyglo hocha la tête.

– Oui, à deux pas de la rue Bjarkargata. J'avais pris le raccourci à travers le Parc du kiosque à musique pour me rendre à la Maison nordique et je suis tombée sur une fillette qui se tenait debout à côté d'un banc et me suppliait du regard. Je l'ai quittée des yeux un instant pour laisser passer un homme qui arrivait à contresens dans l'allée et, tout à coup, elle n'était plus là. Je me souvenais très bien d'elle. Je me rappelais l'avoir déjà vue et j'avais compris qu'elle n'était plus de ce monde depuis longtemps.

13

La machine à expressos fit à nouveau entendre un sifflement sonore et le brouhaha des conversations monta d'un cran. Eyglo regrettait de ne pas avoir choisi un lieu plus tranquille.

– Et cette histoire de poupée ? poursuivit Konrad. Vous m'avez dit qu'elle cherchait sa poupée.

– Ce n'était qu'une impression. Je suis incapable de vous expliquer pourquoi, mais c'était mon sentiment.

– L'homme qui l'a découverte dans le lac de Tjörnin a déclaré qu'il avait d'abord aperçu ce jouet et qu'il l'avait repêché. Ce n'est qu'ensuite qu'il a vu le corps.

– La petite avait dû la perdre.

– Oui, la police a supposé qu'elle avait voulu la récupérer après l'avoir fait tomber dans l'eau par mégarde. Nous n'avons aucun moyen d'être sûrs que ça s'est réellement passé comme ça, mais c'est une explication plausible.

– Il n'est pas impossible non plus qu'elle lui ait échappé alors qu'elle se débattait dans l'eau pour ne pas se noyer, avança Eyglo.

– Vous pensez qu'elle vous apparaît pour une raison précise ? Est-ce que vous seriez parentes d'une manière ou d'une autre ?

– Non, pas à ma connaissance. Mais nous avons peut-être un lien familial dont j'ignore l'existence. Vous voulez aller interroger ces personnes ?

– Lesquelles ?

– Celles dont les noms figurent dans les rapports de police.

– Non, pas du tout, répondit Konrad. Je n'ai aucune raison de le faire.

– Vous le feriez pour moi.

– Non, je… c'était un terrible accident, je ne vois pas ce que je pourrais leur dire.

Eyglo garda le silence un long moment en observant les passants à travers la vitre.

– Évidemment, vous ne me croyez pas, reprit-elle.

– Comment ça, je ne vous crois pas ?

– Il y a autour de cette jeune fille quelque chose d'impur. Elle n'est pas en paix… Je suppose que vous ne croyez pas un mot de ce que je vous dis, je me trompe ?

– La question n'a rien à voir avec ce que je crois, Eyglo. Je pense que vous avez foi en ce que vous voyez, en ce que vous vivez et ressentez, et ça ne me dérange pas même si je ne comprends pas. J'espère sincèrement ne pas être insultant en vous faisant cette confidence. Je sais que vous prenez ces choses au sérieux et je sens bien qu'elles vous touchent personnellement…

– Mais vous n'avez pas envie de vous en mêler.

– Pas de cette manière, en effet. Je le dis comme je le pense. Pas de cette manière.

– Donc vous n'avez pas envie de savoir où elle est ? reprit Eyglo après un long silence.

– Qui donc ?

– Sa poupée.

– Sa pou… ? Non, d'ailleurs, à mon avis, c'est impossible. Il y a bien longtemps qu'elle est perdue. Vous pensez réellement qu'elle existe encore ?

– Non, pas moi, répondit Eyglo, résolue à ne pas céder face aux doutes de Konrad. Par contre, il semble que cette gamine n'est pas du même avis.

Konrad garda le silence. Il ne savait pas quoi dire.

– Ça ne vous intéresse pas ? insista-t-elle.

– Non.

La machine à expressos expulsa un nouveau panache de vapeur en sifflant.

– Bon, il va falloir que j'y aille, reprit Eyglo en faisant mine de se lever, comme si elle ne voyait aucune raison de rester plus longtemps.

Konrad l'observait en se demandant si elle tenait de son père. Dans sa jeunesse, Engilbert avait rêvé de devenir acteur et joué dans quelques pièces au théâtre de Tjörnin. Il possédait un don inné pour la mise en scène, ce qui ajoutait du piquant aux séances de spiritisme. Dans ses grands jours, à en croire le père de Konrad, ses gestes et ses mimiques étaient dignes de ceux des grands tragédiens. Il suffisait qu'on lui communique une information minime sur un client crédule pour qu'il lui serve toute une pantomime. Le client confirmait l'entière véracité de ses dires et Engilbert voyait plus clair que jamais dans le monde de l'éther. Certains revenaient encore et encore, ce qui facilitait la tâche du père de Konrad. Il arrivait même qu'il envoie son ami à des séances de voyance en lui demandant de jouer le veuf éploré et reconnaissant de manière à ce que toute l'assistance soit persuadée de l'excellente connexion du médium avec l'au-delà.

Les deux hommes s'enrichissaient en abusant de la crédulité des gens. Pendant la guerre, tout se payait de la main à la main. Le père de Konrad affirmait qu'il n'avait jamais vu autant de billets de sa vie. Au bout d'un moment, il avait cependant commis des imprudences qui avaient fini par éveiller les soupçons. Puis un jour, pendant une séance, on avait démasqué les deux compères, leurs mensonges et leurs manigances. La presse les avait alors surnommés les charlatans de Reykjavik, ce qui avait ruiné la réputation du médium. Le père de Konrad ne s'en était pas alarmé, il s'était contenté de hausser les épaules et de se tourner vers d'autres activités.

– Il y a une autre chose dont je souhaiterais vous parler, reprit Konrad en attrapant la main d'Eyglo. Il la sentait en colère et savait que c'était en partie par sa faute. Parce qu'il mettait en doute tout ce qu'elle lui disait. Ses propos avaient touché son point faible et il craignait que ça ne s'arrange pas. Il fallait pourtant qu'il aborde un sujet pénible même s'il n'avait pas encore décidé de la manière dont il s'y prendrait. Il savait seulement qu'il n'aurait pas la patience d'attendre indéfiniment.

– Laquelle ?

– Nos pères, répondit Konrad. Et ce que cette vieille femme vous a dit.

– Qu'on les avait vus ensemble ?

– Vous avez une idée de ce qu'ils faisaient ? Je sais bien qu'on a déjà abordé la question, mais nous avons là un nouvel élément.

– Vous ne devriez pas trop chercher à interpréter les paroles de cette dame. Ils ont été vus ensemble. Malfridur n'a pas été en mesure de me dire où elle a entendu ça, ni qui le lui a dit et pourquoi. Ils se sont peut-être tout bonnement croisés par hasard et ont fait un bout de chemin dans la rue sans qu'il faille y voir la moindre signification.

– Évidemment, reconnut Konrad. Mieux vaut ne pas forcer les interprétations, mais il reste quand même une question que j'aimerais vous soumettre. Vous m'avez dit un jour qu'Engilbert avait très mal réagi en apprenant la mort de mon père.

– Tout à fait. Ma mère m'a raconté qu'il était très nerveux et inquiet, il avait tellement peur du noir qu'il osait à peine rester seul dans une pièce après la tombée de la nuit. Je crois vous avoir déjà dit que c'était un homme très sensible.

– À votre avis, est-ce qu'on peut imaginer une autre explication à cette réaction, une explication que votre mère elle-même ignorait ?

Eyglo le regarda d'un air inquisiteur.

– Qu'est-ce que vous voulez dire ? demanda-t-elle.

– Vous m'avez aussi dit qu'Engilbert n'était pas tendre avec mon père. Qu'il le décrivait comme un salaud et un ignoble personnage qui l'avait poussé à faire des choses qu'il regrettait. On a supposé qu'il voulait parler de leur collaboration pendant la guerre.

– Oui.

– Et si, en réalité, il avait parlé de leur collaboration récente ?

– Je ne comprends pas.

– À la mort de mon père, j'ai retrouvé dans ses papiers des articles sur les médiums. Ces documents étaient récents. Il est évident qu'il s'intéressait de nouveau à ces questions, longtemps après avoir travaillé avec Engilbert. Il ne connaissait pas d'autres voyants et n'avait travaillé qu'avec lui, autant que je sache. Nous venons d'apprendre que quelqu'un les a vus ensemble peu de temps avant le meurtre. Quand je réfléchis à tout cela, ces papiers, la réaction d'Engilbert, la manière dont il parlait de mon père en l'accusant de l'avoir conduit à faire des choses qu'il regrettait…

– Vous ne pensez tout de même pas… ?

– Vous pensez qu'il aurait été capable de ce genre de chose ?

– Je n'arrive pas à y croire ! s'emporta Eyglo. Vous croyez que c'est mon père qui a fait ça ?

– S'il vous plaît, ne le prenez pas mal, Eyglo, je ne fais que chercher des réponses. Beaucoup de temps a passé et je n'ai pas grand-chose en main…

– Vous croyez que mon père a pris un couteau et qu'il a poignardé le vôtre ? Qu'il l'a tué ?!

– Je relève simplement que la police n'a jamais exploré cette piste. Or nous savons désormais que leurs chemins s'étaient à nouveau croisés…

– En fait, vous affirmez tout bonnement que mon père était un assassin !

Eyglo était hors d'elle, elle ne supportait plus la présence de Konrad. Elle se leva d'un bond et renversa la chaise. Quelques clients les regardèrent.

– Je vous ai parlé de mon père parce que je vous faisais confiance… ! éructa-t-elle avant de se précipiter vers la porte. Je vous faisais confiance !

14

Konrad quitta la table et releva la chaise. Il alla payer les cafés au comptoir et sortit du bar. Il se maudissait d'avoir été aussi maladroit, regrettait amèrement ses paroles et se demandait comment se réconcilier avec Eyglo. Alors qu'il s'asseyait au volant de sa voiture, son portable sonna. Il reconnut le numéro, hésita à décrocher et répondit au bout de plusieurs sonneries. C'était la grand-mère de Danni. Elle espérait ne pas le déranger, il lui répondit poliment que non en se disant qu'il avait intérêt à se comporter de manière moins abrupte qu'à l'instant dans ce bar. Il était sur le point de lui demander si tout allait bien, mais se rendit aussitôt compte que la question était totalement déplacée. Cette femme vivait un enfer. Elle en vint droit au fait.

– Vous savez si la police a retrouvé le jeune homme ?

– Le jeune homme ?

– Lassi.

– Non, en tout cas je n'en ai pas entendu parler, répondit-il. Mais ils ne tarderont plus à lui mettre la main dessus. Je sais qu'ils font de leur mieux et qu'ils le recherchent activement.

– Je crains qu'ils n'aient d'autres chats à fouetter. Ils considèrent que Danni est morte d'une overdose et écartent toute autre piste. Vous croyez qu'ils vont enquêter ?

– Je ne saurais dire, répondit prudemment Konrad, tenant à s'épargner une seconde dispute. Il avait envie de suggérer avec tact à cette femme d'interroger elle-même la police.

– Nous aimerions bien discuter de Danni au plus vite avec ce jeune homme, poursuivit-elle.

– Vous pensez qu'il a quelque chose à voir avec les produits qu'elle a passés à la douane ?

– Oui, aussi.

– Vous devriez voir ça avec la police, conseilla Konrad, cherchant un moyen d'écourter la conversation. Elle va bientôt le retrouver.

– Vous seriez d'accord pour passer nous voir ? demanda-t-elle. Vous nous inspirez confiance. Erna nous a dit tellement de bien de vous.

– Erna ?

– Vous n'imaginez pas combien elle était fière de vous.

Konrad ne savait pas quoi répondre. Sa correspondante était parvenue à le déstabiliser.

– Nous avons trouvé un petit quelque chose que nous voudrions vous montrer, poursuivit-elle. C'est un sujet sensible et nous avons pensé que vous pourriez nous conseiller.

– De quoi s'agit-il ?

– Je vous montrerai ça quand vous passerez à la maison.

Konrad ne voyait pas comment se dérober sans se montrer insultant. Il n'était pas encore remis de la colère d'Eyglo et de son départ précipité. Sentant que son hésitation devenait gênante, il promit à la grand-mère de passer chez elle plus tard dans la journée ou dès qu'il en aurait l'occasion.

Pendant qu'il consultait les vieux rapports de police concernant la jeune fille qui s'était noyée, il avait noté un certain nombre d'informations comme, par exemple, le nom de sa mère, de son beau-père et du fils de celui-ci, et l'identité du jeune homme qui avait découvert le corps ainsi que sa dernière adresse. Il n'avait pas envisagé d'en faire un usage particulier. Mais voilà qu'il avait déclenché la fureur d'Eyglo en mettant en doute ce qu'elle affirmait avoir vu jadis pendant cette fête d'anniversaire et plus récemment dans le Parc du kiosque à musique, et pour couronner le tout il avait accusé son père du plus monstrueux des crimes. En se repassant le film de leur conversation, il comprit qu'il ne pouvait que se reprocher la brutalité et l'irrespect de ses propos. Jamais il n'aurait dû présenter les choses de cette manière.

Il méditait cette leçon tout en roulant vers une maison jumelle du quartier est, espérant que le propriétaire serait chez lui. Son nom, Leifur Didriksson, qu'il avait vu dans les rapports de police, lui avait semblé familier mais il n'arrivait pas à se rappeler pourquoi.

Alors qu'il s'apprêtait à sonner, la porte s'ouvrit, dévoilant un homme à barbe grise, aux cheveux en bataille, vêtu d'une chemise de travail à carreaux et chaussé de Crocs éculées. Il toisa Konrad d'un air inquisiteur, le regard froid et fatigué, les yeux éteints, et haussa les sourcils de surprise quand l'ancien policier lui expliqua ce qui l'amenait.

– … par conséquent, j'aimerais vous poser quelques questions sur ce qui s'est passé à Tjörnin si ça ne vous dérange pas, conclut Konrad après s'être présenté et avoir vérifié que l'homme qu'il avait devant lui était bien le Leifur qu'il cherchait. Il lui avait fallu un certain temps pour exposer le motif de sa visite. Quand il avait évoqué la jeune noyée, Leifur avait sursauté, comme s'il n'avait pas entendu parler de cette histoire depuis des années. Konrad avait alors compris qu'il était parvenu à piquer sa curiosité.

– Et pourquoi donc ? rétorqua le vieil homme. Vous êtes de la police ?

– Non, j'y ai longtemps travaillé, mais je suis à la retraite et j'enquête pour mon propre compte.

– Pourquoi vous intéresser à cette histoire après tout ce temps, vous avez trouvé de nouveaux éléments ?

– Pas du tout, j'ai découvert l'existence de cette affaire en consultant les archives de la police, j'ai vu votre nom et je me suis dit que je pourrais peut-être vous rendre une petite visite puisque c'est vous qui avez trouvé le corps.

– C'était un simple hasard, répondit Leifur. Je passais sur le pont et… Je ne comprends pas vraiment ce que vous…

– Pour être tout à fait honnête, j'ai une amie qui s'intéresse à cette histoire, avoua Konrad en espérant qu'il ne serait pas obligé de lui dévoiler le nom d'Eyglo ni de lui parler de ses visions ou du fantôme de la jeune fille qu'elle avait vue errer à proximité du lieu du drame. Mais Leifur était coriace.

– Pourquoi ?

– C'est une amie assez spéciale.

– Comment ça ?

– Elle est médium, déclara Konrad, et elle pense avoir vu cette jeune fille dans le Parc du kiosque à musique.

– Ah bon ?

– Pour ma part, je ne crois pas aux revenants mais cette histoire m'intéresse, voilà pourquoi j'ai décidé de vous contacter. J'espère que je ne vous dérange pas.

Leifur le regarda un long moment sans rien dire puis l'invita à entrer en lui demandant qui était cette médium. Il répondit qu'elle n'officiait plus depuis des années et qu'elle n'était pas connue comme voyante. Cette amie était parvenue à piquer la curiosité de Konrad d'étrange manière. Leifur avait transformé le vestibule de sa maison en bureau. C'est là qu'il reçut Konrad. La pièce était entièrement tapissée de livres. Des journaux, des magazines, des feuilles manuscrites et toutes sortes de papiers étaient éparpillés à côté de l'écran et de la grosse unité centrale de l'ordinateur qui ronronnait. Les bibliothèques débordaient. Konrad parcourut les tranches des livres, il y avait de la poésie, des biographies, des romans islandais et des ouvrages consacrés à l'ethnologie ou aux croyances populaires islandaises.

– Je vous prie d'excuser ce chaos, déclara Leifur en s'installant derrière son bureau. Je m'étais promis de mettre un peu d'ordre dans tout ça après avoir quitté l'enseignement. Comme vous le voyez, j'ai vraiment tenu parole.

– Vous avez enseigné longtemps ?

– Toute ma vie, répondit Leifur, la voix teintée de nostalgie. Au lycée. Principalement l'islandais et la littérature. Le niveau a rudement baissé. Aujourd'hui, les gamins savent à peine lire et écrire. Ils sont incultes en littérature et plus encore en poésie. Autrefois, on écrivait des poèmes sur le printemps, sur l'arrivée du pluvier doré ou sur la bombe atomique et le Viêtnam, des textes engagés, des choses importantes. Aujourd'hui, les rappeurs ne parlent plus que de baise.

Konrad se souvint alors pourquoi le nom de cet homme lui était familier. Bien que tombé dans l'oubli depuis longtemps, Leifur était poète. Il avait publié dans les années 60 un recueil de poèmes qui avait attiré l'attention sur ce jeune écrivain prometteur. Il avait dû en écrire un second puis sa plume semblait s'être tarie. L'ancien policier se rappelait avoir lu un entretien où il disait qu'il avait du mal à écrire et que les poètes devaient faire preuve d'un peu plus de sens critique envers leurs propres œuvres.

Konrad revint au drame de Tjörnin. Leifur lui répondit qu'il avait simplement trouvé le corps inanimé de la fillette et qu'il l'avait ramené sur la rive. Ayant compris qu'il était trop tard pour la sauver, il avait couru jusqu'à la maison la plus proche pour signaler sa découverte et les habitants avaient prévenu le commissariat. Ils s'étaient occupés de lui. Gelé et trempé jusqu'aux os, il était ensuite resté à côté du corps, emmitouflé sous une couverture, en attendant l'arrivée de la police qui avait pris sa déposition. Il avait expliqué au fonctionnaire avoir d'abord vu une poupée flotter dans le lac puis, quelques instants plus tard, le corps de la jeune fille. La dépouille avait été emmenée dans une ambulance. Les quelques personnes attroupées au bord du lac s'étaient vite dispersées. Presque aussitôt après, la police avait reconduit Leifur chez lui et tout était terminé.

– Ça s'est passé très vite. Brusquement, tout a été fini. Aussi vite que ça avait commencé.

– Ça n'a pas dû être facile pour le jeune homme que vous étiez.

– J'ai… je dois avouer qu'il m'a fallu du temps pour m'en remettre, reconnut Leifur. C'était affreux de voir le corps de cette toute jeune fille. C'était vraiment terrible. Aujourd'hui, on m'aurait évidemment proposé une aide psychologique. J'ai été longtemps en état de choc sans vraiment en avoir conscience. J'avais du mal à trouver le sommeil, je retournais dans ma tête toutes sortes de choses. Je me disais que ça aurait tout changé si j'avais passé moins de temps au café Mokka. Je me disais que je serais arrivé plus tôt et que j'aurais pu la sauver. Évidemment, c'est ce qu'on pense toujours quand on est témoin d'événements comme celui-là. Enfin, je ne sais pas, je ne me suis jamais confié à personne.

– Ça se passerait autrement aujourd'hui.

– Sans doute. J'écrivais de la poésie, à l'époque. Il m'a fallu longtemps et ça m'a demandé beaucoup d'efforts pour retrouver l'inspiration.

– Le corps ne portait aucune trace de lutte ni de violence, répondit Konrad, laissant de côté les considérations littéraires.

– Non, je n'en ai vu aucune. C'était la fin de l'été, elle était vêtue légèrement, en robe et en chaussettes.

– Vous n'avez rien remarqué de particulier ou d'étrange ? De la circulation ? Des passants ?

– Non, tout était normal. J'ai vu une voiture passer dans la rue Skothusvegur. Un homme longeait la rue Soleyjargata, un autre m'a dépassé en marchant d'un pas décidé, sans regarder à gauche ni à droite. Voilà tout.

– Vous l'avez dit à la police ? demanda Konrad qui ne se souvenait pas avoir lu ça dans les rapports.

– Je crois. Enfin, je ne me souviens pas. Je n'arrive pas à m'en souvenir.

– L'homme qui vous a dépassé, il marchait dans la rue Skothusvegur ?

– Oui, il allait vers le centre. Je ne l'ai pas bien vu, j'étais plongé dans mes pensées.

– Il avait quel âge ?

– Je n'en ai aucune idée. J'ai à peine aperçu son visage. Il portait un imperméable et un chapeau.

– Il avait quarante ans ? Cinquante ?

– Peu importe. J'étais tellement jeune. Pour moi, tous les hommes habillés comme ça avaient la cinquantaine. Enfin, c'étaient des vieux.

– Évidemment. Et celui qui longeait la rue Soleyjargata ?

– Lui aussi, je l'ai à peine aperçu. D'ailleurs, je n'étais pas là pour observer les passants.

– En effet, convint Konrad.

– Puis elle a voulu me voir.

– Qui ça ?

– La mère de cette gamine. Elle s'appelait… Nanna, n'est-ce pas ? La police m'a demandé si je consentais à rencontrer cette femme. En réalité, c'était plutôt un ordre. Je ne savais pas quoi dire.

– Et vous avez fait quoi ?

– Je suis allé chez elle, répondit Leifur. Je suis monté en haut de la colline de Skolavörduholt et j'ai rencontré cette pauvre femme.

15

La police avait noté l'adresse et le numéro de téléphone de Leifur au cas où elle aurait besoin de renseignements complémentaires. Il vivait toujours chez ses parents. Ses deux frères aînés avaient quitté le domicile familial, sa mère était femme au foyer et son père, grossiste, gagnait bien sa vie. Ils habitaient à proximité du centre-ville. Leifur était inscrit au lycée de Reykjavik, que ses frères avaient fréquenté avant lui. Son père rentrait tous les jours déjeuner à la maison où un repas l'attendait. Le soir, quand il avait terminé sa journée, le dîner était prêt. Ensuite, il lui arrivait d'aller jouer au bridge avec des amis. Sa mère se rendait régulièrement à son club de couture ou à la gymnastique après avoir préparé de quoi manger à son mari et à son fils. Le couple était très actif dans la société des Oddfellows. Les parents de Leifur n'arrivaient pas à croire que leur plus jeune fils, le plus fragile de leurs trois enfants, un rêveur toujours plongé dans les livres, soit tombé sur le corps d'une gamine de douze ans dans le lac de Tjörnin.

La police l'avait appelé dès le lendemain pour lui faire part de sa requête. La mère de la petite souhaitait le voir pour le remercier. Elle voulait évidemment aussi entendre de sa bouche dans quelles circonstances il avait trouvé le corps. Elle vivait dans les baraquements militaires sur la colline de Skolavörduholt. Le commissariat avait communiqué à Leifur le numéro du baraquement en précisant que presque plus personne n'habitait là-bas puisque la plupart des anciens occupants avaient été relogés dans de meilleures conditions. Non, la police ne l'accompagnerait pas, elle avait autre chose à faire.

Leifur n'était pas certain de vouloir y aller. Il n'était jamais entré dans aucun de ces baraquements et n'y connaissait personne. Ce qu'il avait vécu la veille au soir continuait à le hanter, cette terreur, cette eau boueuse, le corps glacé de la jeune fille. Il voulait oublier tout ça, mais savait qu'il lui faudrait du temps.

Sa mère l'avait vivement encouragé à rendre visite à la malheureuse. Elle lui avait proposé de l'accompagner ou de demander à son père de le faire, mais Leifur avait répondu qu'il préférait y aller seul. Ça ne lui prendrait pas trop longtemps. Il s'était mis en route vers le sommet de la colline et avait atteint le baraquement vingt minutes plus tard. Il avait souvent longé ces anciens quartiers militaires disséminés dans Reykjavik et y avait vu de pauvres gens qui vivaient dans des conditions souvent déplorables, prenant plus ou moins soin de leur environnement. La plupart des baraquements de la colline souffraient depuis longtemps d'un manque criant d'entretien. Les occupants y avaient adjoint çà et là des appentis en bois. Des cabinets d'aisance étaient installés un peu partout. Il y avait également des cabanes où les gens venaient chercher l'eau pour leurs besoins quotidiens, les habitations n'étant pas équipées de l'eau courante. De la fumée s'échappait des cheminées, une odeur d'humidité et d'immondices emplit les narines de Leifur. Deux rats étaient passés à toute vitesse à ses pieds avant de se faufiler à l'intérieur d'un tonneau rouillé. Ces quartiers ne tarderaient plus à disparaître. Les temps changeaient.

Bientôt, toute cette détresse appartiendrait au passé. Les baraques les plus délabrées étaient déjà désertées. Ce bidonville à l'agonie hébergeait les derniers habitants des taudis de Reykjavik.

Certains baraquements étaient numérotés. Le chiffre 9, peint en blanc à l'avant de celui où vivait la mère de la petite, avait presque été effacé par le temps. La porte était entrouverte. Quand Leifur avait frappé, il n'avait obtenu aucune réponse. Il avait attendu un moment, mal à l'aise, sur le seuil, puis avait poussé le battant et était entré.

Un grand rideau était installé au fond du baraquement, sans doute pour cacher les lits, avait-il pensé. Une femme d'environ trente ans s'était avancée et avait sursauté en le voyant. Sous son grand tablier crasseux, elle portait une robe et un chandail en laine islandaise. Elle avait pleuré. Leifur s'était présenté en précisant que la police l'avait prié de passer la voir.

– C'est vous qui avez trouvé Nanna ? avait-elle demandé en s'essuyant les yeux d'un revers de manche.

Il avait hoché la tête.

– Merci d'être venu. Je n'étais pas sûre que vous accepteriez. Je tenais à vous remercier de vous être occupé de ma fille.

– Je n'ai hélas pas pu faire grand-chose. Je suis tellement désolé de ne pas être passé là-bas plus tôt. J'aurais peut-être vu ce qui est arrivé.

– Vous n'avez pas vu l'accident ?

– Non, hélas, je…

– La police m'a dit qu'elle n'était pas dans l'eau depuis très longtemps quand vous l'avez découverte. J'ai pensé que vous aviez vu quelque chose. Je veux dire, l'accident.

– Non, hélas, je… je vous présente toutes mes condoléances. Je ne sais pas ce qui lui est arrivé. J'ai sauté à l'eau dès que je l'ai aperçue, mais malheureusement… malheureusement, il était trop tard. Je suis tellement désolé.

– Je me demande ce qu'elle était allée faire là-bas, avait répondu la jeune femme en s'essuyant le nez du coin de son tablier. Maigre comme un clou, elle avait le visage osseux, les joues creusées et les yeux légèrement globuleux. – Je ne comprends pas ce qu'elle est allée faire au lac. Je ne comprends pas ce qu'elle faisait là-bas toute seule et… J'ai interrogé ses amies, ici, dans le quartier. Elles m'ont répondu qu'elles avaient joué ensemble tout l'après-midi sur la colline puis que, tout à coup, elle avait disparu sans prévenir. Elle a dû déambuler jusqu'en ville. À ma connaissance, elle n'était jamais descendue jouer au bord de Tjörnin. Je ne comprends pas ce qu'elle faisait là-bas.

La mère de Nanna s'était assise sur une vieille chaise, seule avec sa douleur. Leifur s'était demandé où se trouvait son compagnon et si elle ne pouvait pas appeler quelqu'un pour rester un peu avec elle. Il avait remarqué qu'elle s'efforçait de maintenir son intérieur propre et accueillant. Elle avait mis des rideaux aux fenêtres et des tapis recouvraient le sol froid. Des traces brunes d'humidité affleuraient au plafond où pendaient deux ampoules.

– Je n'ai rien à vous offrir, mon petit.

– Je n'ai besoin de rien, merci.

– J'ai commencé à m'inquiéter en voyant qu'elle ne rentrait pas à la tombée de la nuit, avait-elle repris. Ce n'était pas la première fois. Les gamins du quartier jouent dans la colline jusque tard le soir et, en général, il n'y a aucune raison de se faire du souci pour eux. Surtout pendant l'été. Ce sont de braves petits. Enfin, j'étais quand même un peu surprise, ça ne lui ressemblait pas. Je suis donc partie à sa recherche et, évidemment, je ne l'ai pas trouvée. Puis j'ai entendu dire que quelque chose était arrivé au lac de Tjörnin, on ne savait pas exactement quoi. Je n'ai même pas imaginé que ça puisse concerner Nanna. J'étais à deux doigts d'aller voir la police. Entre-temps, ils avaient appris je ne sais comment que j'étais à la recherche de ma fille. Ils m'ont demandé si elle s'était perdue. À ce moment-là, ma petite Nanna avait déjà été emmenée à la morgue de l'Hôpital national.

La jeune femme avait fondu en larmes. Leifur ne savait pas quoi faire. Il piétinait comme un imbécile à la porte et ne pensait qu'à rentrer chez lui au plus vite.

– Elle était si petite pour son âge, avait repris la maman. Et elle a toujours été tellement maigre, la pauvrette. Elle était née avant terme et elle avait un appétit d'oiseau. De toute manière, je n'avais pas vraiment de quoi la nourrir correctement avant de commencer à travailler à l'Hôpital national, ce qui me permettait de ramener quelques petites choses à manger à la maison.

Leifur ne savait pas quoi répondre. La poupée qu'il avait vue sous le pont reposait sur la table. La jeune femme l'avait prise pour lisser sa robe et caresser ce qui lui restait de cheveux.

– Les policiers m'ont dit que le lac de Tjörnin n'est pas très profond à cet endroit. Mais il y avait quand même trop d'eau pour ma fille. Elle était tellement petite pour son âge, et assez particulière. C'est incroyable qu'elle ait pu encore tellement aimé cette poupée à douze ans. Elle ne voulait pas s'en séparer, j'ai essayé, mais ça ne servait à rien…

Leifur interrompit son récit pour extraire du fouillis du bureau son paquet de tabac et sa pipe.

– C'est une des expériences les plus difficiles de mon existence, reprit-il. La confrontation avec cet environnement déplaisant et la douleur de cette femme. Elle ne comprenait pas ce qui était arrivé à sa fille. Ça dépassait son entendement. Elle ne comprenait pas qu'elle ait pu mourir de cette façon.

– Vous l'avez revue ? demanda Konrad.

– Non. Je ne l'ai jamais revue après ça. Je suppose qu'elle est morte.

Konrad hocha la tête.

– Elle a quitté Reykjavik après le drame pour se réinstaller à Keflavik d'où elle était originaire. Je crois qu'elle vivait seule. Il y a des années qu'elle est morte.

– Et qu'en dit votre amie voyante ? demanda Leifur d'un ton laissant entendre sans équivoque qu'il n'avait aucune estime pour cette engeance. Est-ce que cette gamine l'importune fréquemment ?

– Non, répondit Konrad. Selon elle, cette petite ne va pas bien. Elle évolue dans une atmosphère impure. Comme je vous l'ai dit, tout cela est assez nouveau pour moi et je n'y comprends pas grand-chose.

– Elle ne va pas bien, répéta Leifur, méprisant. Décidément, ces médiums sont tous les mêmes. Ils sont très doués pour enfoncer les portes ouvertes et énoncer des évidences.

– Je ne sais pas, répondit Konrad. Mon amie est une femme très honnête.

– Très honnête ? Mais je n'en doute pas une seconde, ironisa Leifur.

– Vous avez gardé d'autres souvenirs de votre passage chez cette femme ?

– Non, je crois vous avoir à peu près tout dit. Si ce n'est qu'elle… il me semble qu'elle a laissé entendre que la petite souffrait d'un certain retard en termes de maturité.

– Ah bon ?

– Oui, ce détail est resté gravé dans ma mémoire.

– Elle avait peut-être en effet passé l'âge de s'accrocher comme ça à sa poupée.

– Exactement.

Konrad hésita longuement avant de continuer. Il n'avait jamais consulté ni médium ni voyant, il ne croyait ni aux revenants ni aux spectres et considérait les histoires de fantômes comme des récits appartenant au corpus des contes populaires islandais, façonnés par l'ancienne société paysanne. Ces histoires n'avaient plus leur place dans un monde qui s'éclairait à l'électricité. Il devait faire abstraction de tout ce que lui avait enseigné son expérience de policier où seuls comptaient les faits. Il devait mettre de côté les doutes de celui qui ne croyait que ce qu'il voyait. Il ne savait pas vraiment comment formuler la question. Et encore moins sur quel ton la poser.

– Au fait, vous savez ce qu'est devenue la poupée ? demanda-t-il après un long silence.

16

Dans un chalet abandonné de Vatnsleysuströnd, si proche de l'océan qu'on y entendait le ressac, un jeune homme gisait immobile sur le sol. Attaché avec du ruban adhésif extra-fort à une vieille chaise, il était couché sur le côté, la tête en sang, le visage entaillé, trois doigts cassés et le corps tout entier martyrisé. Ses agresseurs lui avaient aspergé l'entrejambe d'essence à briquet dont l'odeur se mélangeait à celle des embruns. Ses hurlements s'étaient perdus parmi les cris des oiseaux de mer qui planaient alentour et dans le bruit des vagues puissantes qui venaient se briser sur la rive de basalte en éclaboussant le haut de la falaise.

Il ne parvenait à ouvrir qu'un seul œil, l'autre était trop tuméfié. Tout son corps n'était plus que douleur. Il ne voyait pas grand-chose, allongé par terre, attaché à cette chaise et un œil fermé. Il ignorait où il se trouvait. Ces hommes lui avaient mis un sac sur la tête quelque part à Hafnarfjördur, un sac en plastique avec lequel ils avaient menacé de l'étouffer. Ils s'étaient d'ailleurs amusés à le lui laisser sur la tête jusqu'à ce qu'il suffoque. Puis ils l'avaient ôté, remis, ôté, remis.

À en juger par le bruit des oiseaux et du ressac, il supposait qu'il était au bord de la mer. Le sol était en bois, des bûches étaient rangées le long d'un mur et sur la petite table reposaient un thermos de café et un vieux marteau arrache-clou. L'un des côtés de la cabane était percé d'une fenêtre. La vitre était cassée. Il apercevait une tondeuse à essence à côté des bûches et une débroussailleuse à moteur appuyée contre le tas de bois. Il y avait également deux pelles et le pic que ces hommes avaient plusieurs fois menacé de lui enfoncer dans la tête.

Ils l'avaient laissé là, gisant dans son sang. L'un d'eux avait pris son élan et lui avait décoché en pleine poitrine un coup de pied si puissant que la chaise où il était assis était tombée à la renverse. Sa tête avait heurté le sol, ce qui l'avait presque assommé. Ils avaient discuté de ce qu'ils comptaient faire ensuite, avant de le laisser seul et de partir en voiture. Il avait entendu le claquement des portières et le bruit du moteur puis son ronflement s'était éloigné avant de disparaître tout à fait, cédant la place aux seuls cris des oiseaux.

C'est alors qu'il s'était endormi. Malgré tout.

Lorsqu'il s'était réveillé, la lumière du jour qui éclairait l'intérieur de la cabane à son arrivée avait disparu. Il était perdu dans le noir complet. Ligoté sur la chaise, il avait mal partout et le moindre mouvement était un supplice. Chaque fois qu'il bougeait, une douleur fulgurante lui déchirait la poitrine. Le coup de pied qu'il avait reçu avait dû lui casser des côtes. Ses doigts brisés semblaient se consumer. Au bout d'un moment, autant que le lui permettaient les blessures de son visage et de sa poitrine, il avait tenté d'appeler à l'aide, puis hurlé comme un fou, espérant que quelqu'un l'entendrait. Il avait fini par abandonner après avoir crié à en perdre la voix, puis il s'était mis à sangloter, maudissant son terrible sort.

Il ne comprenait pas pourquoi Danni n'avait pas livré ces saletés. Ces types l'avaient appelé et menacé, ils l'avaient convoqué en lui ordonnant d'honorer la livraison et en le prévenant que si lui et la gamine n'obéissaient pas, ils le paieraient cher. Il savait que ce n'étaient pas des menaces en l'air, ces gars le terrifiaient, il avait cependant tout fait pour conserver sa dignité en leur disant qu'il allait s'en occuper : ils n'avaient pas à s'inquiéter. Dès le lendemain, ils avaient perdu patience.

Ils avaient arpenté la ville à sa recherche et fini par le trouver assis devant une bière, dans un bar où il allait régulièrement regarder les matchs de foot de la coupe d'Angleterre. Ils s'étaient installés à sa table en lui demandant où était Danni. Il avait répondu la même chose que la veille, elle avait passé la douane sans problème et allait leur remettre la came comme prévu. Ainsi, ils auraient tous les deux réglé leur dette. C'était le deal. Ils étaient libres et il n'y aurait pas d'autre voyage. Danni n'avait pas l'intention d'être leur mule pour le restant de ses jours.

– Elle a peut-être prévu d'écouler le tout elle-même, avait dit l'un d'eux.

– À qui elle le vendrait ? avait demandé son acolyte.

– Je vais buter cette petite pute.

– Elle ne va rien vendre à personne, avait répondu le jeune homme. Elle va tout vous donner. Absolument tout.

Ces types étaient persuadés qu'il leur mentait, ils lui avaient posé la question sur la livraison plusieurs fois et, chaque fois, il avait répondu la même chose : tout s'était bien passé. Danni allait leur remettre la came. Ils s'étaient énervés et avaient rétorqué qu'on ne pouvait pas croire un mot de ce que lui et sa copine racontaient, qu'il savait parfaitement où était la came, qu'il voulait peut-être bien la consommer lui-même, mais que ça allait méchamment barder pour eux s'ils ne leur livraient pas le tout fissa.

Ils s'étaient querellés ainsi longuement dans le bar, puis les deux types en avaient eu assez et lui avaient ordonné de les suivre. Il avait refusé tout en sachant que c'était peine perdue.

– Tu crois peut-être que nous allons te laisser nous filer entre les doigts ? avait dit le premier. Ça fait vingt putain de millions qui se baladent dans la nature !!

– Tu viens avec nous, avait tranché l'autre qui avait l'air encore plus allumé que son copain. Il était allé faire un tour aux toilettes et était revenu complètement excité en reniflant sans arrêt.

– Je ne peux pas, avait-il répondu, il faut que…

– Ta gueule, Lassi ! Ferme ta sale gueule de connard !

Un troisième homme les attendait dans la voiture en fumant. Ils avaient balancé Lassi sans ménagement sur le siège arrière et l'avaient installé entre eux.

– Qu'est-ce que vous foutez ? avait-il demandé.

– On y va, avait été la seule réponse.

Il ignorait combien de temps ils avaient roulé avant d'arriver ici. Puisqu'ils étaient passés par Hafnarfjördur, ils l'avaient sans doute emmené quelque part sur la péninsule de Reykjanes. Il avait le sac en plastique sur la tête quand la voiture s'était arrêtée. Les types l'avaient traîné hors du véhicule, il était tombé par terre, ils l'avaient frappé à coups de pied, une porte s'était ouverte et ils l'avaient installé sur une chaise. Furieux et complètement camés, ils lui avaient ordonné de tendre la main. Lassi avait hésité, ils la lui avaient attrapée et l'avaient posée sur la table froide. Puis ils lui avaient dit de garder les doigts écartés. Il n'avait pas osé leur désobéir. Quand le marteau s'était abattu sur son majeur, il avait entendu les os se briser et hurlé de douleur.

Il gisait sur le sol. Il n'avait plus de voix tant il avait hurlé. Il entendait les oiseaux et le bruit de la mer. Il s'en fichait. Tout ce qui comptait, c'était de sortir de cet endroit vivant.

Il avait dû se rendormir. La lumière qui illumina tout à coup la cabane le réveilla en sursaut et la terreur l'envahit à nouveau. Il entendit des voix, la porte s'ouvrit, les deux types venus le chercher au bar entrèrent en refermant derrière eux. Lassi demeurait totalement immobile, faisant semblant d'être inconscient.

L'un des hommes alluma une lampe de poche qu'il posa sur la table.

– Il est mort ? demanda-t-il.

– Pauvre crétin ! répondit l'autre.

– Comment on va réveiller ce connard ?

Un moment passa. Les deux hommes cherchaient un outil dont ils pourraient se servir. N'y tenant plus, Lassi entrouvrit son œil valide et vit l'un d'eux attraper la débroussailleuse en la secouant pour vérifier qu'elle contenait du carburant.

Il referma son œil et comprit que son supplice était loin d'être terminé en les entendant essayer de démarrer l'appareil.

17

Lorsque Konrad fut reparti, Leifur Didriksson retourna dans son bureau, vida sa pipe dans le cendrier et chercha son tabac pour la bourrer à nouveau. Il attrapait les brins d'un geste lent mais expert, cette tâche n'exigeait aucune concentration particulière. Il alluma la pipe et inspira une bouffée. Son esprit voguait bien loin d'ici. Il s'était repassé le fil des années et arrêté sur cette soirée où, debout sur le pont, il admirait les lumières de la ville qui dansaient sur le lac de Tjörnin en rêvant de devenir poète.

Ce rêve n'avait été en fin de compte qu'un mirage. Jamais Leifur n'était devenu le poète qu'il aurait voulu être, il ne laisserait aucune trace dans la littérature. Peut-être avait-il visé trop haut. Il avait l'énergie et la passion nécessaires pour écrire, il avait le désir de s'inspirer des gens qui avaient ouvert la voie au modernisme en poésie islandaise, c'était ce courant qui l'intéressait le plus. Il avait recherché la compagnie de ceux qui consacraient leur vie à l'écriture et s'était tenu au fait de l'actualité littéraire. Il avait publié des textes inaboutis dans le journal du lycée et ressenti une étrange fierté en y voyant son nom imprimé. Il avait assisté aux soirées-lecture et peu à peu rassemblé la matière de son premier recueil. Il lui avait fallu deux ans pour trouver le courage de le soumettre à une maison d'édition. À l'époque, il était étudiant à l'université. L'éditeur avait refusé son manuscrit. Il avait essuyé un second refus chez un autre. Revenez nous voir d'ici quelques années, lui avait-on conseillé. Il avait fini par publier ce recueil à compte d'auteur en le faisant ronéotyper dans un atelier installé rue Noatun. Puis il l'avait distribué dans les librairies et avait bien failli le vendre à la criée dans les rues comme un vendeur de journaux, mais s'en était finalement abstenu.

Quelques années plus tard, son deuxième manuscrit avait été accepté. Le plus grand quotidien national avait publié une critique soulignant la maturité de son écriture et le décrivant comme un jeune poète prometteur. À cette époque, il était alors enseignant au lycée, dans l'établissement dont, élève, il avait arpenté les couloirs et où il avait écrit ses premiers poèmes. Des années plus tard, la parution d'un autre livre avait suscité un certain intérêt. Il avait accordé deux interviews à la presse, l'une d'elles était parue dans l'organe du Parti : il avait toujours été socialiste et ces derniers souhaitaient promouvoir leur poulain. Ensuite, son inspiration s'était tarie. Il gardait au fond d'un tiroir des textes qu'il ne voyait aucune raison de publier. En outre, la vie de famille et le travail ne laissaient pas grande place à la littérature. Jamais il n'avait réussi à accomplir ses rêves. Puis sa femme et ses trois enfants étaient partis.

Il n'avait pas pensé à son expédition sur la colline de Skolavörduholt depuis des années. Le souvenir de cette visite s'était affadi, elle lui semblait si lointaine, et il n'avait pu en offrir à l'ancien policier que quelques bribes. Les questions de cet homme lui avaient cependant rafraîchi la mémoire, il revoyait la mère de Nanna, seule et désemparée, sous les taches d'humidité du plafond.

Elle avait sorti les dessins de sa fille en disant que la petite adorait dessiner, qu'elle était très douée et qu'elle se demandait d'où lui venait ce don. Elle lui apportait des feuilles de l'hôpital, mais la gamine devait parfois se contenter du papier ciré de la crémerie. Sa fille s'installait, armée d'un crayon à papier, de trois ou quatre crayons de couleur, et faisait des dessins comme celui que la jeune femme avait absolument tenu à montrer à Leifur. Elle s'était levée, avait ouvert le tiroir d'une vieille commode à laquelle il manquait un pied et lui avait tendu les œuvres et les crayons de sa fille. Chaque espace de ces feuilles était mis à profit, on y voyait des visages, des animaux, des fleurs, ainsi que sa poupée, qui apparaissait deux ou trois fois. Certains étaient en couleur, d'autres au crayon noir. Ces derniers étaient plus sombres. Leifur se rappelait surtout l'un d'eux. On y voyait l'Hôpital national, lugubre et inquiétant, plongé dans la nuit noire, des gribouillis recouvraient les fenêtres du bâtiment.

Elle aurait pu devenir artiste, avait déclaré la jeune femme en se rasseyant, le visage dans les mains. Leifur aurait voulu la consoler, mais il ne la connaissait pas et ne savait pas comment s'y prendre. Il était resté les bras ballants au milieu de la pièce puis avait dit qu'il devait retourner en cours. La jeune femme ne l'avait pas entendu, il s'était avancé et lui avait posé la main sur l'épaule. Elle était revenue à elle, avait pris sa main et l'avait remercié d'être passé la voir. Après tout, rien ne l'y obligeait.

– Mais si, c'est tout naturel, avait-il répondu.

– Nous allons bientôt quitter cet endroit.

– Ah bon ?

– On nous a dit que nous allions devoir déménager, avait-elle expliqué d'un ton mélancolique. Ils vont raser ce qu'il reste de ces taudis. Je me demande ce que je vais devenir.

Leifur aspira une autre bouffée et se retrouva sur le pont le soir du drame. Il s'interrogeait sur les conséquences que cet événement avait eues sur son destin et sa carrière de poète. Il se souvint alors des notes qu'il avait prises ce jour-là. Il avait conservé ces carnets, prévoyant de les exploiter, ce qu'il n'avait en fin de compte jamais fait. Ils étaient enfouis sous une pile de livres et de papiers dans un des placards du bureau. Il les retrouva assez facilement, les feuilleta tout en fumant sa pipe, jusqu'à ce qu'il déniche celui qu'il avait emporté ce soir-là. Il avait cherché en tâtonnant l'expression juste, rayé les mots comme *voile* et *soir* et essayé d'en trouver d'autres, plus appropriés. Il caressa l'encre du bout des doigts en se remémorant le jeune homme debout sur le pont. Alors qu'il méditait sur cette époque pleine d'optimisme, une observation concernant l'astre de la nuit lui sauta aux yeux.

et la lune claudique

Claudique, s'étonna-t-il en essayant de se rappeler pourquoi il avait opté pour cette étrange formulation.

Le lendemain, alors qu'il se demandait une fois de plus devant la glace de la salle de bain s'il ne ferait pas mieux de raser cette barbe grisâtre qui lui mangeait le visage, l'explication lui apparut.

18

Konrad se trouvait à nouveau chez les grands-parents de Danni. Il y allait chaque fois à contrecœur et se serait bien passé de ces visites. Il était fermement décidé à ce que celle-ci soit la dernière, quoi qu'il arrive. Il les connaissait à peine et refusait d'être le spectateur impuissant de leur détresse. Il éprouvait de la compassion pour ces gens qui traversaient de terribles épreuves, c'était d'ailleurs uniquement pour cette raison qu'il consentait à venir. Il ne comprenait pas pourquoi ils passaient leur temps à l'appeler plutôt que de s'adresser à la police, pas plus qu'il ne parvenait à cerner le rôle qu'ils voulaient le voir endosser dans leur processus de deuil.

L'épouse l'accueillit en lui disant que son mari n'était pas là, il avait fait un saut chez son frère, mais serait bientôt de retour. Elle le remercia d'avoir accepté de venir. Il précisa qu'il n'avait pas beaucoup de temps devant lui et répéta qu'elle ferait mieux de s'adresser au commissariat si elle pensait détenir des informations importantes sur sa petite-fille.

– Je sais, répondit-elle, mais je me sens plus à l'aise avec vous parce que nous nous connaissons et parce que Erna faisait partie de mes amies. Je sais parfaitement que vous êtes à la retraite et tout ça, mais ça fait tellement de bien de pouvoir parler à quelqu'un qui connaît ces choses-là. Vous n'imaginez pas à quel point c'est difficile de vivre ce que nous avons vécu… difficile pour moi comme pour mon mari. Nous avons vu Danni s'engager dans cette voie puis assisté à sa descente aux enfers, et tout ça se termine de cette manière affreuse. Dieu tout-puissant… Je sais que nous n'avons pas fait le maximum. J'en suis sûre. Nous aurions dû mieux la surveiller et la protéger.

– Qui n'aurait pas de regrets dans de telles circonstances ? répondit Konrad pour la réconforter. Mais tant de paramètres entrent en jeu s'agissant des comportements addictifs. Des paramètres qui n'ont rien à voir avec l'éducation. Absolument rien.

– Certes, mais quand même…

– Vous m'avez dit que vous aviez trouvé quelque chose.

– Son téléphone portable, répondit-elle. Il était dans la poche arrière d'un de ses jeans qui traînait sous le lit avec un tas de vêtements. Elle nous interdisait d'entrer dans sa chambre et de toucher à quoi que ce soit. Son portable était déchargé, mais il n'était pas verrouillé. Nous l'avons branché et… il contient des photos dont certaines où on la voit nue. Nous y avons aussi trouvé de nombreux messages, sans doute envoyés par ce jeune homme, des messages où il lui demande où elle est et où il lui dit qu'ils doivent absolument livrer ces saletés. Il veut parler de la drogue, n'est-ce pas ?

– Livrer ces saletés à qui ?

– Il ne le précise pas.

– Vous devez immédiatement appeler la police et leur montrer tout ça, répondit Konrad. Vous ne pouvez pas le garder pour vous. Remettez-leur cet appareil. Ils sauront l'exploiter.

– Mais les photos ? s'alarma-t-elle. Je ne veux pas que quelqu'un les voie. J'ai d'abord envisagé de jeter ce maudit portable à la poubelle. Mais si je le remets à la police, elles risquent d'atterrir directement sur Internet, non ? Et d'être publiées dans les journaux ? Je ne le supporterais pas !

– Rien ne dit qu'elles ne sont pas déjà sur Internet, prévint Konrad, comprenant aussitôt que ses propos n'avaient rien de réconfortant. En tout cas, je crois que vous pouvez faire confiance à la police dans ce domaine.

Elle alla dans la cuisine, ouvrit un tiroir et revint en tendant l'appareil à Konrad.

– Je ne sais vraiment pas à quoi pensait cette gamine, reprit-elle. Je ne vois pas ce que je peux faire de ça. Certes, ce téléphone est important parce qu'il peut nous permettre de reconstruire l'emploi du temps de Danni avant sa mort, mais je ne veux pas que quiconque voie ces photos.

Bien que loin d'être spécialiste en smartphones, Konrad trouva la galerie d'images et tomba immédiatement sur un cliché où la jeune fille était nue. Il y en avait d'autres du même type, certains devant un miroir, d'autres non. Il se demanda s'ils avaient été pris par Lassi. En tout cas, le décor ne ressemblait pas à sa tanière en sous-sol.

– Beaucoup ont été prises chez nous en notre absence, précisa la femme. Dans la chambre de Danni ou ici, dans le salon.

Konrad consulta le journal d'appels et les messages. Il y avait beaucoup d'appels manqués et de SMS restés sans réponse. Le même numéro revenait constamment, celui de Lassi. Au fil des heures, ses SMS devenaient de plus en plus pressants et leur ton de plus en plus désespéré. Tous parlaient des saletés et des gens qui attendaient la livraison. Jamais les mots *drogue* ou *came* n'y apparaissaient. Le dernier message se résumait à un simple : TU ES OÙ !!! Konrad vérifia la date. Il avait été envoyé la veille du jour où il avait découvert le corps.

– Vous croyez qu'elle a passé cette drogue pour sa consommation personnelle ? demanda la femme, qui avait lu tous les messages. Ou est-ce que ces saletés appartiennent à d'autres gens à qui elle était censée les livrer, comme elle nous l'a dit ?

– Je penche fortement pour la seconde hypothèse, répondit Konrad.

– C'est quand même moins honteux, vous ne trouvez pas ? Cela signifierait qu'elle ne nous a pas menti.

– À votre avis, pourquoi elle n'a pas honoré cette livraison ? Vous avez une explication ?

– C'était tout ce qui lui restait à faire, n'est-ce pas ?

Konrad la regarda intensément.

– Vous savez où sont ces produits ?

– Elle nous a dit, reprit-elle, éludant la question, qu'elle le sentirait passer si elle ne livrait pas tout ça à ces types. Vous croyez que ce sont eux qui lui ont fait du mal et lui ont injecté ces saletés ? À moins que ce ne soit Lassi ? Il n'avait pas l'air content de ne pas arriver à la joindre. Pourquoi elle ne lui répondait pas ?

– Vous devez voir tout ça avec la police, répéta Konrad. Je n'ai pas la réponse à ces questions.

– Oui, évidemment.

Elle s'accorda un instant de réflexion.

– Vous pensez que sa mort est accidentelle ? demanda-t-elle, hésitante, comme si elle n'était pas certaine de vouloir connaître la vérité. Vous croyez que quelqu'un… ?

– Je ne sais pas.

– Dire qu'on en est réduit à se poser de telles questions, reprit-elle, les larmes aux yeux. Konrad ignorait comment la réconforter. La première fois qu'il l'avait rencontrée, elle lui avait fait part de ses inquiétudes. Elle craignait que la presse ne découvre que sa petite-fille était mêlée à du trafic de drogue et qu'en tant que personnage public, elle en fasse les frais. Désormais, toutes ses craintes concernaient Danni, elle n'arrivait pas à croire qu'elle soit morte dans ces circonstances.

– Il est également possible qu'elle ait accumulé de grosses dettes et qu'elle ait fait ce voyage pour s'en acquitter, suggéra Konrad. Peut-être qu'ensuite elle a hésité, qu'elle a pris une partie de cette drogue pour se piquer et qu'elle a fait une overdose. À moins qu'elle ait volé le tout. Qu'elle ait essayé de doubler Lassi. Ce qui n'est jamais une bonne idée. Vous savez ce qu'elle en a fait ?

La femme se taisait.

– Vous l'avez trouvée ?

Elle hocha la tête.

– En même temps que le téléphone ?

À nouveau, elle hocha la tête.

– Elle est toujours dans ces affreux préservatifs. Avec mon mari, nous avons déclaré à la police que nous ne savions pas où était cette drogue, mais nous n'avions pas imaginé qu'elle l'avait cachée ici. Dans sa chambre.

– Vous pouvez me la montrer ? demanda Konrad en sortant son portable pour appeler Marta. Vous n'y avez pas touché ?

– Non… enfin, non, j'ai trouvé le sac et je l'ai ouvert, mais c'est tout. Vous voyez… c'est… Danni s'est précipitée à la porte quand on l'a découverte dans les toilettes et nous ne l'avons plus revue après ça… par conséquent, elle a laissé tout ça ici.

– Tout ça ?

– Ce qu'elle avait emballé dans les préservatifs n'est qu'une petite partie. Une infime partie.

19

Marta appela Konrad peu après minuit. Elle était encore chez les grands-parents où la police avait découvert des quantités de sachets contenant de la drogue mélangée à du liquide dans le sac de sport de la défunte qui n'avait même pas pris la peine de le dissimuler sur l'étagère supérieure de son placard à vêtements. Danni ne s'était pas contentée de passer de la drogue en la cachant dans ses orifices naturels. Son sac renfermait aussi des paquets de cocaïne et d'ecstasy – ou MDMA –, ainsi que des stéroïdes en comprimés. Elle avait sans doute caché le tout dans sa valise en rentrant en Islande. Il y en a pour des millions, peut-être même pour plusieurs dizaines de millions, soupira Marta dans le combiné.

– Mais toi, pourquoi tu viens constamment traîner chez ces gens ? demanda-t-elle. Konrad l'entendit tirer sur sa cigarette. Il l'imaginait devant la maison, une de ses longues mentholées au bec. Elle se disait fatiguée et agacée, il était plus de minuit, elle en avait assez et voulait rentrer chez elle.

– Je ne sais pas, Marta. Ils n'arrêtent pas de me contacter. Dis donc, cette gamine a passé à la douane une sacrée quantité.

– En effet, c'est une grosse prise. Nous avons trouvé sa valise, elle a été compartimentée de manière à pouvoir y cacher la drogue. Elle a eu de la chance de ne pas se faire pincer. Elle a pris de gros risques.

– Ses grands-parents disent qu'elle a servi de mule. C'est elle qui le leur a avoué.

– Ces pauvres gens ne savent plus où ils en sont. Quant à nous, nous ne pouvons pas dire si cette gamine était une mule, si elle a passé tout ça pour elle-même ou pour Lassi. Il a bien fallu qu'ils paient cette drogue et je ne crois pas qu'elle avait beaucoup d'argent. Nous devons retrouver ce garçon au plus vite. La brigade des Stups a beau avoir sorti toutes ses antennes, ça n'avance pas. Je suppose qu'il se cache. Nous surveillons l'entrée de son immeuble, mais il n'a pas montré le bout de son nez.

– Tu crois que le décès est accidentel ? demanda Konrad.

– Pour l'instant, ça m'en a tout l'air. Vu tout ce qu'elle a passé à la douane, personne n'avait intérêt à la tuer. La Scientifique va étudier son portable, on verra bien s'ils en tirent quelque chose.

– Les messages de Lassi semblent désespérés. Tu ne crois pas qu'elle était censée assurer la livraison et qu'elle ne l'a pas fait ?

– Sans doute.

– Pourquoi ?

– Les gars de la Scientifique sont avec moi. On pense qu'on pourrait peut-être se servir du téléphone pour appâter ceux à qui appartient tout ça. Enfin, si ce magot n'était pas à elle. On va envoyer un message à Lassi, lui proposer un rendez-vous et essayer de le coincer.

Ils discutèrent ainsi un moment jusqu'à ce que Marta éteigne sa cigarette et annonce qu'elle allait rentrer chez elle. Konrad lui rappela que, si elle comptait tendre un piège aux trafiquants censés réceptionner la drogue, elle devait faire vite. Pour l'instant, presque personne ne savait que Danni n'était peut-être pas morte de manière accidentelle, mais ce genre d'information ne tarderait pas à s'ébruiter. Marta lui demanda pourquoi il ne laissait pas la police faire son travail et lui conseilla d'aller se coucher.

Il n'arriva pas à trouver le sommeil. Il s'installa à la table de salle à manger avec les papiers de son père et repensa à sa visite chez l'enseignant autrefois poète qui avait découvert le corps de la gamine dans le lac de Tjörnin. Ce dernier était resté interloqué quand Konrad lui avait demandé ce qu'était devenue la poupée. Il avait hésité quelques instants puis lui avait dit l'avoir vue dans les mains de la jeune mère. Il supposait qu'elle avait disparu depuis longtemps et qu'elle avait dû finir à la décharge. Konrad lui avait répondu qu'il se trompait peut-être. Un objet ayant joué un rôle important dans un événement comme celui-ci avait toutes les chances de finir sa vie ailleurs que sur un tas d'ordures. L'ancien policier se demandait s'il devait tenter de suivre la piste de la mère de Nanna à Keflavik. Il n'avait pas rappelé Eyglo depuis qu'elle était partie fâchée. Il avait envie de lui expliquer plus clairement ce qu'il avait voulu dire, mais pensait qu'il valait mieux attendre que sa colère soit passée pour la recontacter.

À nouveau, en regardant ces documents, il tenta de se rappeler si son père avait parlé de médiums ou de voyants au cours des mois précédant sa mort. Comme d'habitude, rien ne lui vint à l'esprit. Il savait toutefois qu'il ne pouvait pas se fier aux souvenirs qu'il gardait de cette période, la plupart d'entre eux étaient flous et se perdaient dans la brume. À cette époque, il buvait excessivement et éprouvait beaucoup de colère à l'égard de son père et aussi de sa mère qui l'avait abandonné tout jeune à Reykjavik en emmenant Beta, la sœur de Konrad, dans les fjords de l'Est. Non seulement sa mémoire n'était pas très fiable, mais ses relations avec son père s'étaient gravement détériorées la dernière année de leur cohabitation. Konrad n'avait pas envie de le voir, il disparaissait de chez lui des jours durant, dormait chez des amis, chez des filles qu'il rencontrait ou dans des cages d'escalier. Les immeubles du boulevard Haaleiti et de Storagredi venaient tout juste d'être construits et ça ne le gênait pas d'y finir sa nuit quand il avait traîné dans ces quartiers éloignés du centre-ville.

Une des dernières choses qu'il avait faites pour son père avait consisté à l'accompagner chez un restaurateur qui lui devait de l'argent. Konrad avait à l'époque pratiquement cessé d'exécuter pour lui des missions peu avouables. Son père achetait à des marins ou à des employés de la base militaire de Keflavik de grosses quantités d'alcool de contrebande qu'il revendait à des particuliers ou à des restaurateurs travaillant à Reykjavik ou en province. L'un d'eux s'appelait Svanbjörn. L'alcool, qui titrait jusqu'à quatre-vingt-dix degrés, était livré en bouteilles d'un litre, d'un gallon, ou en bidons en plastique d'une contenance de vingt-cinq litres. Konrad aidait son père à le diluer de manière à diminuer le degré d'alcool, ce qui permettait par ailleurs d'obtenir une plus grande quantité de liquide, puis ils en transvasaient une partie dans des bouteilles standard qu'ils revendaient. La plupart du temps, ils s'acquittaient de cette tâche dans leur appartement en sous-sol qui ressemblait parfois à une énorme distillerie d'où ils partaient livrer leurs clients. Le père de Konrad n'avait pas de voiture, mais un de ses amis possédait une petite camionnette anglaise très bruyante. Il l'aidait à faire les livraisons et empochait une partie des bénéfices.

Il arrivait qu'il faille rappeler certains clients à l'ordre, parfois violemment. S'ils sollicitaient un délai, il leur prêtait de l'argent à un taux usurier. Svanbjörn tardait à régler ses dettes. Ce n'était pas la première fois, mais là, le père de Konrad avait perdu patience. Il était allé voir le mauvais payeur en emmenant son fils pour lui apprendre à ne pas se laisser marcher sur les pieds par de pauvres types, avait-il dit.

Ils avaient trouvé Svanbjörn derrière un des restaurants dont il était propriétaire, un établissement qui n'ouvrait que le soir. Svanbjörn avait le même âge que le père de Konrad. Il n'avait pas l'air très costaud. Le geste lent, les traits tirés, il avait de gros cernes sous les yeux, on aurait dit qu'il était malade. Il avait longtemps travaillé comme cuisinier sur les navires et avait gardé la démarche chaloupée des marins. Occupé à vider des poubelles, il avait été surpris par cette visite inopinée et prétexté qu'il manquait d'argent en ce moment. Le père de Konrad ne l'avait pas cru et il avait déversé sur lui un flot d'injures.

– Tu fermes ta gueule et tu me règles ce que je te demande de payer ! s'était-il écrié quand Svanbjörn avait râlé à cause des intérêts qui avaient fait enfler sa dette.

– Désolé, je n'ai pas cette somme ici, avait répondu le restaurateur. Revenez plus tard et je vous paierai.

– Ben voyons ! Tu comptes peut-être nous envoyer une invitation quand ça t'arrangera ? Tu me prends pour un con ? Tu me paies immédiatement ou je fous le feu à la putain de gargote !

– C'est… c'est que les affaires ne vont pas très fort ces temps-ci, avait plaidé Svanbjörn d'une voix grêle et hésitante. Il semblait connaître d'expérience les colères monstrueuses du père de Konrad et on aurait dit qu'il avait peur de lui. Je devrais… j'aurai ça d'ici trois ou quatre jours. Je te le promets et…

Il n'avait pas eu le temps d'achever sa phrase. Le père de Konrad lui avait asséné un coup de poing dans la figure.

– Je n'ai pas envie d'écouter ces conneries ! avait-il hurlé.

Svanbjörn avait dévisagé tour à tour ses deux visiteurs. La bouche en sang, il avait craché par terre.

– Je n'ai pas cet argent sur moi, inutile de le prendre comme ça.

– Inutile ? Tu trouves vraiment ? Tu penses peut-être aussi que c'est inutile de payer tes dettes ? Tu me dois trois livraisons ! Tu trouves ça normal ? Est-ce que tu trouves vraiment ça normal ?

Svanbjörn ne lui avait rien répondu. Le père de Konrad s'était jeté sur lui en le frappant à coups de poing et de pied. Il l'avait mis à terre et s'apprêtait à lui régler son compte quand son fils l'avait retenu en lui disant d'arrêter. Konrad avait dû employer toutes ses forces pour le maîtriser, puis il l'avait plaqué contre un mur où il l'avait maintenu immobile jusqu'à ce qu'il se calme. Svanbjörn s'était relevé.

– Espèce de salaud, avait-il marmonné. Tu n'es qu'un monstrueux salaud, tu n'es qu'une ordure.

– Ouais, paie-moi, c'est tout ce que je veux, pauvre type ! s'était écrié le père de Konrad en essayant de se dégager de l'emprise de son fils.

– Tu ne pourrais pas au moins en payer une partie ? avait suggéré Konrad au restaurateur.

– Une partie, et puis quoi encore ! avait hurlé son père. Je veux mon argent tout de suite ou je le tue ! Lâche-moi, gamin ! Lâche-moi ! Non mais, qu'est-ce que ça veut dire ? Laisse-moi tranquille, espèce de crétin !

Konrad avait relâché son emprise. Son père s'était un peu calmé, mais il regardait Svanbjörn les yeux remplis de haine.

– Je repasse demain et tu as intérêt à avoir le fric, connard. C'est compris ?

Svanbjörn avait marmonné des paroles que Konrad n'avait pas comprises. Puis ils l'avaient laissé derrière son restaurant. Le lendemain, son père et un de ses amis lui avaient rendu une autre visite. Konrad ignorait ce qui s'était passé ce jour-là. Le soir, son père était rentré à la maison, triomphant, en agitant une liasse de billets que le restaurateur lui avait remise et qui correspondait à la presque totalité de la dette. Il était de très bonne humeur bien que les poings en sang.

Ce soir-là, un des établissements du débiteur avait été réduit en cendres. Les journaux avaient parlé d'un incendie criminel dont on ignorait l'auteur.

Le père de Konrad avait juré ses grands dieux que ce n'était pas lui.

Deux semaines plus tard, quelqu'un l'avait poignardé.

Svanbjörn avait un alibi. Il était parti à Olafsvik avec sa famille au moment du meurtre.

20

Lassi observait, affolé, les deux hommes qui tentaient de démarrer la débroussailleuse. Le moteur cala plusieurs fois. Il espérait qu'ils allaient renoncer quand l'appareil se mit tout à coup en route dans un bruit assourdissant. Ces types ne connaissaient rien à son maniement et se démenaient pour le maîtriser. Ils l'empoignèrent à bout de bras. La tête de la débroussailleuse heurta le tas de bois et des copeaux atterrirent au pied de la table, à un demi-mètre de lui. Il sentait le souffle du fil de coupe. Incapable de continuer à feindre d'être inconscient, il écarquilla les yeux en appelant à l'aide, ce qui ne fit que réjouir ses deux tortionnaires. Ayant maintenant compris le fonctionnement de l'appareil, ces derniers approchèrent l'engin de ses pieds, de son entrejambe et de sa figure en riant comme des détraqués. Lassi continua à hurler, les yeux fermés, certain que son visage allait être découpé en lambeaux d'un moment à l'autre. Le moteur se mit à hoqueter puis cala. Les deux types échangèrent un regard, tentèrent en vain de le redémarrer puis balancèrent la débroussailleuse contre un mur, au grand soulagement de Lassi. Mais ce répit fut de courte durée.

Ils relevèrent la chaise sur laquelle ils l'avaient attaché. Après tout le temps qu'il avait passé, allongé sur le côté, le jeune homme eut un étourdissement lorsqu'il se retrouva en position verticale.

– Laissez-moi la rappeler, supplia-t-il. Laissez-moi rappeler Danni. Elle a tout. Je lui dirai de venir ici ou bien… à l'endroit où vous voudrez et elle va vous donner tout ça… s'il vous plaît, laissez-moi l'appeler.

Il ignorait qui étaient ces gars si ce n'est que l'un d'eux leur avait plusieurs fois vendu de la came. Il supposait qu'ils étaient en cheville avec celui à qui Danni et lui devaient de l'argent. Jamais ils n'avaient rencontré cet homme. L'unique voyage que Danni ferait à l'étranger était censé effacer leur dette. Ils avaient compris que le risque était énorme en apprenant la quantité de drogue qu'elle devait passer à la douane. Si la jeune fille se faisait pincer, elle ferait au minimum sept ans de prison.

Leur dette s'élevait à un million et demi de couronnes. Elle s'était accumulée sur un peu plus d'une année. Plus leur consommation augmentait, moins ils avaient les moyens de la payer. Ils n'avaient jamais rencontré celui qui tirait les ficelles de ce trafic, mais uniquement ses hommes de main qui les avaient menacés des pires représailles s'ils ne réglaient pas ce qu'ils devaient. C'étaient Danni et Lassi eux-mêmes qui avaient suggéré cette solution. Ces types avaient remis à la jeune fille des couronnes danoises en lui indiquant la marche à suivre et en la conseillant sur la tenue vestimentaire adéquate. Ils lui avaient communiqué le nom de leur contact au Danemark et expliqué la manière dont la transaction devait se dérouler. Ils lui avaient procuré une valise spécialement aménagée pour qu'elle puisse passer la douane sans être inquiétée. À son retour, elle devait placer la livraison dans un sac de sport et attendre deux jours. Puis, elle se rendrait dans une des piscines de Reykjavik, déposerait le sac dans un casier des vestiaires pour dames, dont elle devait ensuite laisser la clef à l'endroit préalablement désigné. C'étaient des instructions simples et précises.

Lassi avait emprunté la voiture d'un copain. Venu attendre Danni dans le hall des arrivées de l'aéroport Leifstöd à Keflavik, il oscillait entre l'espoir et la terreur. Les passagers sortaient un à un du couloir, pour la plupart des touristes, qui affluaient de plus en plus nombreux chaque année. Il commençait à redouter que le pire se soit produit et envisageait de repartir discrètement si les choses tournaient au vinaigre quand le sas s'était à nouveau ouvert. Quelques touristes étaient passés, suivis par Danni qui tirait sa valise derrière elle, habillée comme une femme d'affaires pour leurrer les douaniers. Lassi n'avait pas bougé. Elle lui avait fait signe de ne pas approcher, s'était dirigée vers la porte du terminal, puis était sortie sur le parking. Il avait alors osé la rejoindre et ils étaient montés en voiture. Danni était en état de choc, elle tremblait comme une feuille, pleurait et riait tour à tour en disant qu'elle ne ferait plus jamais ça. Jamais elle ne s'était sentie aussi mal. Les douaniers ne l'avaient même pas regardée. Elle s'était forcée à aller au Duty Free comme si elle avait eu l'intention d'acheter des crèmes et des parfums, elle s'était employée à avoir l'air d'une voyageuse ordinaire et à ne manifester aucun signe d'agitation. Elle avait ensuite attendu l'arrivée de sa valise sur le tapis, l'avait attrapée et tirée derrière elle comme elle aurait traîné un cadavre et elle était passée devant la douane sans croiser aucun fonctionnaire.

Avant d'atteindre le croisement de Grindavik, elle avait demandé à Lassi de se garer sur le bas-côté et ouvert sa portière pour dégobiller.

Ils s'étaient dit qu'il valait mieux ne pas se voir avant qu'elle ait remis la livraison à son destinataire. Pour une raison inexpliquée, elle n'avait pas suivi la procédure prévue.

– Elle est où, Lassi ? s'écria l'un des types en lui donnant un coup de pied dans le tibia.

– Elle est partie se faire sauter par un autre ? C'est ça ? demanda son acolyte.

Les deux hommes gloussaient bêtement, ivres et drogués. Lassi avait senti leur haleine alcoolisée et les avait vus avaler des pilules dont il ignorait la composition.

– Laissez-moi la rappeler encore une fois, elle finira bien par répondre, supplia-t-il, le visage consumé de douleur chaque fois qu'il ouvrait la bouche.

– Tu as pris son téléphone ? demanda l'un des gars à son copain qui se mit aussitôt à tâter ses poches.

– C'est toi qui l'as, non ?

Ils cherchèrent l'appareil qu'ils finirent par trouver dans unc de leurs poches de chemise et l'allumèrent.

– Pas possible, elle lui a envoyé un message, annonça l'un d'eux. Il vient juste d'arriver. On ne l'a pas entendu à cause du bruit de la débroussailleuse.

Le gars lut le SMS et tendit le téléphone à son acolyte qui le parcourut lui aussi.

– C'est quoi ces conneries ? Elle veut vraiment que ce crétin aille chercher le sac ?

– Qu'est-ce qu'elle dit ? gémit Lassi.

– Elle veut que tu ailles récupérer le sac de sport. Ce n'est pas ce qui était prévu. Pourquoi elle n'obéit pas aux instructions ? Quelle sale petite conne !

– Où ça ? Où est-ce que je dois aller le chercher ? demanda Lassi.

– Dans un abri à bateaux à Nautholsvik. Qu'est-ce que… ?

Lassi resta impassible. Jamais Danni ne lui avait parlé de la crique de Nautholsvik. Elle ne connaissait pas cet endroit, et encore moins les abris à bateaux qui s'y trouvaient. Il était soulagé qu'elle lui donne enfin signe de vie même s'il se demandait ce qu'elle manigançait.

– Elle a déposé le sac là-bas ? demanda-t-il.

– Elle essaie de nous embrouiller ? Sale petite pute ! s'emporta un des tortionnaires.

– Elle a peur de vous, répondit Lassi, entrevoyant l'occasion de sortir de cette cabane. Elle veut que je m'en occupe. Je peux…

– Tu n'iras nulle part ! hurla l'autre avant de lui asséner un violent coup de coude en plein visage qui lui déchaussa les incisives et lui cassa le nez. Lassi avait la bouche en sang. La chaise se renversa, sa tête heurta le bord de la table qui lui entailla profondément le cuir chevelu. Puis sa nuque cogna violemment le plancher. Assommé, il ne bougeait plus.

– Putain ! s'écria l'un des gars. Il est mort ?

– Non, tu crois ? demanda l'autre en donnant un coup de pied dans le corps inerte.

– Tu l'as buté !

– Moi… ?

– Oui, toi, espèce de connard !

21

Konrad entendit frapper et regarda sa montre. Pensant qu'il avait rêvé, il resta assis, puis entendit à nouveau plusieurs coups résolus. Il se leva pour aller ouvrir. Il supposait que c'était sa sœur qui venait le voir à cette heure tardive comme elle le faisait régulièrement. Il s'apprêtait à téléphoner à Eyglo et écarquilla les yeux en la voyant à la porte.

– Vous dormiez ?

– Non, je pensais à vous, répondit-il en l'invitant à entrer. Il était soulagé de la voir. Il ne voulait pas être en guerre avec elle et avait réfléchi à plusieurs manières susceptibles de dégeler leurs relations. Il savait maintenant que ce n'était pas nécessaire.

Eyglo n'était jamais venue chez lui. Elle s'attarda quelques instants dans l'entrée, hésitante, avant de le suivre au salon. Sachant qu'il était veuf, elle trouva qu'il s'occupait bien de son intérieur même si elle n'était pas venue là pour l'espionner. La maison était plongée dans la pénombre. Le lustre qui surplombait la table de salle à manger, seule source de lumière, dispensait une clarté douce et chaleureuse. En voyant la table couverte de papiers, elle se souvint que Konrad lui avait parlé des documents de son père. Une photo de mariage en noir et blanc occupait une place spéciale, un jeune couple sur les marches d'une église. Celle de Hateigskirkja, pensa-t-elle. La photo était posée sur une vieille table pour fumeurs dont elle supposait que c'était un meuble de famille, à moins que Konrad ne l'ait achetée chez un antiquaire. À côté trônait un fauteuil en cuir. Elle se souvenait qu'ils avaient été très à la mode dans les années 70. Une odeur de tabac flottait dans la pièce, mêlée à une autre, qu'elle préférait : Konrad venait sans doute d'éteindre des bougies. Une vieille chanson de variété passait sur la platine, elle la reconnut immédiatement.

L'ancien policier lui offrit un verre de Dead Arm rouge. Elle regarda son bras malade dont il pouvait malgré tout se servir en cas de besoin. Il était moins fort et légèrement plus mince que l'autre. Eyglo avait remarqué qu'il gardait souvent la main dans la poche. Sans doute essayait-il de cacher son infirmité à ceux qu'il connaissait peu, avait-elle pensé.

– C'est votre femme, Erna, n'est-ce pas ? demanda-t-elle, l'index pointé sur la photo de mariage.

– Oui, c'est bien elle. Le jour où je l'ai épousée, comme vous voyez.

Ils s'installèrent à la table de salle à manger et dégustèrent le vin. Eyglo tardait à entrer dans le vif du sujet. Sa colère était vite retombée. Elle avait compris que Konrad avait fait de son mieux pour la ménager, il se contentait de chercher des réponses à un drame qui le hantait depuis des années et le hasard voulait que cet événement la touche de près.

– Vous croyez réellement qu'Engilbert a tué votre père ? demanda-t-elle en regardant les documents.

– Je n'en sais rien. Évidemment, j'ai été maladroit. Je ne voulais pas vous mettre en colère.

– Vous avez très clairement suggéré que c'était un assassin, répondit-elle. Je ne vois pas comment dire ça autrement. Et c'est difficile d'avaler une telle accusation sans protester.

– Bien sûr. Je comprends parfaitement.

– Après tout, qu'est-ce que j'en sais ? Ma mère disait qu'il haïssait votre père, pour une raison que j'ignore. Selon elle, c'était à cause de ce qu'ils avaient fait ensemble pendant la guerre. Mais cette haine s'explique peut-être par d'autres événements qui se seraient produits plus tard.

– Apparemment, Engilbert appréciait d'être au centre de l'attention et il ne crachait pas non plus sur l'argent à l'époque où tout marchait bien, même s'il a plus tard accusé mon père d'avoir détruit sa réputation. Enfin, c'est la version que celui-ci m'a donnée. Je ne dis pas ça par mépris à l'égard du vôtre ni pour justifier les actions du mien. Ne vous méprenez pas. J'essaie simplement d'être objectif. D'ailleurs, à cette époque, mes relations avec mon père étaient exécrables. Évidemment, il est d'autant plus difficile d'aborder ces questions qu'elles nous touchent de près.

Eyglo hocha la tête.

– Je suis allée revoir Malfridur, annonça-t-elle. J'ai pas mal discuté avec elle en espérant qu'elle se rappellerait qui lui avait dit qu'on les avait à nouveau vus tous les deux traîner ensemble à cette époque. Elle a complètement oublié. En revanche, elle est sûre d'avoir bien entendu et, étant donné leurs magouilles passées, elle a tout de suite pensé à une affaire d'escroquerie. Elle ne se souvient pas très bien de votre père, elle connaît son nom à cause de ce qu'il a fait pendant la guerre, mais quand je lui ai parlé du meurtre commis à côté des abattoirs, elle m'a dit qu'elle s'en souvenait parfaitement. Et elle a été très étonnée que je lui pose des questions sur mon père dans ce contexte. Je crois avoir réussi à noyer le poisson. Cela dit, rien n'échappe à son attention et elle a une mémoire d'éléphant.

Eyglo avala une gorgée de vin.

– Par exemple, elle se rappelle la jeune fille tombée dans le lac de Tjörnin, reprit-elle.

– Ah bon ? Vous lui avez posé des questions sur cette affaire ? demanda Konrad, comprenant qu'Eyglo n'était pas allée voir Malfridur uniquement pour l'interroger sur leurs pères, mais qu'elle était également motivée par l'intérêt qu'elle portait à cette gamine.

– Elle m'a dit qu'elle avait rencontré sa mère. Elle s'en souvient parfaitement. La jeune femme s'est adressée à la Société islandaise de spiritisme pour demander conseil. Elle voulait qu'on lui recommande des voyants parce qu'elle n'y connaissait rien.

– Pour sa fille ?

– Oui. Quelques mois après le drame. Elle semblait porter sur ses épaules tous les malheurs du monde. Malfridur lui a conseillé d'aller consulter Ferdinand, un médium réputé qui vivait dans le quartier de Skerjafjördur. Si son mari avait été en Islande, elle lui aurait confié la jeune femme. Hélas, il était à l'étranger. Elle n'a jamais revu la mère de Nanna, mais un jour elle a pris de ses nouvelles auprès de Ferdinand en lui demandant si elle était passée le voir. Le médium avait répondu que ça ne lui disait rien.

– Donc, elle était en quête de réponses ? releva Konrad.

– D'après Malfridur, elle ne savait pas ce qu'elle cherchait. En tout cas, elle lui avait posé beaucoup de questions, elle voulait savoir s'il fallait croire à ces choses-là, quelles personnes étaient susceptibles de se manifester pendant les séances, enfin, elle était très hésitante. Malfridur a regretté de l'avoir envoyée chez Ferdinand parce qu'il facturait ses séances assez cher et veillait à être payé. C'est peut-être ça qui a effarouché la jeune femme. Elle n'avait pas l'air très riche.

– Elle est peut-être allée voir quelqu'un d'autre ?

– Malfridur ne sait pas. Elle n'a rencontré la mère de Nanna qu'une seule fois.

– Vous lui avez fait part de votre expérience ?

– Oui, le soir où j'ai organisé cette séance. Elle m'a demandé pourquoi je m'intéressais à cette gamine et je lui ai dit la vérité, je n'avais aucune raison de lui mentir. Je lui ai raconté ce que j'avais vécu à douze ans et parlé de l'apparition au Parc du kiosque à musique. La vieille dame m'a semblé rajeunir de vingt ans ! Elle raffole de ce genre d'histoires. Plus les années passent, plus elle est convaincue qu'il y a une vie après la mort et elle dit qu'elle a hâte d'arriver dans l'au-delà pour obtenir la preuve de tout ce qu'elle sait déjà !

Konrad esquissa un sourire et lui avoua qu'il était allé voir le professeur qui avait découvert le corps de Nanna en se promenant jadis le long de Tjörnin. Cet homme lui avait raconté sa visite chez la mère de la petite et décrit les conditions déplorables dans lesquelles elle vivait. Konrad s'abstint toutefois de mentionner la question qu'il avait posée à l'enseignant concernant la poupée et l'endroit où elle se trouvait aujourd'hui.

– Est-ce qu'il a rencontré le beau-père et son fils ? demanda Eyglo.

– Il ne m'en a pas parlé.

– Qu'est-ce que vous savez d'eux ?

– Rien de plus que ce que je vous ai déjà dit. Cet homme a vécu avec la mère de la petite pendant quelques années et il avait un fils. Ils n'étaient pas mariés, chose plutôt inhabituelle à l'époque. Je n'ai rien trouvé sur le fils dans les rapports de police, mais j'ai découvert qu'il est encore en vie. Je me suis dit que je pourrais peut-être lui rendre visite, mais je ne veux pas exagérer. C'est sans doute douloureux pour ces gens de remuer tout ça.

– Oui, je suppose, convint Eyglo. Vous croyez vraiment que c'est possible ? reprit-elle après un silence. Vous croyez que mon père s'en est pris au vôtre ?

– Je n'en sais rien, répondit Konrad. Le fait que nous nous posions la question me semble en soi assez fou.

Eyglo balaya la pièce du regard.

– Vous venez d'éteindre des bougies ? demanda-t-elle, pensive, en regardant les documents éparpillés sur la table. Pardonnez-moi, ça ne me regarde pas.

– Non, répondit Konrad. Il n'y a pas de bougies dans cette maison. Pas depuis qu'Erna est morte.

Eyglo le regarda d'un air inquisiteur.

– Elle ne commençait pas une journée sans allumer une bougie, expliqua-t-il.

Elle se contenta de sourire sans rien dire en continuant à regarder les documents. Tout à coup, une photo attira son attention.

– Tiens, voilà la vieille dame ! annonça-t-elle en montrant le cliché illustrant l'article d'un magazine sur la Société islandaise de spiritisme. C'est elle, là, à côté de son mari.

– Qui ?

– Malfridur, répondit Eyglo, l'index pointé sur la photo dont la légende précisait qu'il s'agissait des membres du bureau de la Société en 1959. Quatre hommes et deux femmes fixaient l'objectif d'un air solennel. Celle qu'Eyglo montrait à Konrad était replète, elle portait un chemisier blanc sous sa veste et ses cheveux bruns étaient relevés en chignon. Elle arborait une expression résolue. La légende ne mentionnait aucun nom, mais Eyglo se souvenait de ceux de deux des hommes qu'elle avait connus à l'époque où elle avait pris part aux activités de l'association. L'un d'eux était l'époux de la vieille dame.

– Malfridur se rappelle très bien combien la mère de Nanna était désemparée, reprit Eyglo en continuant de fixer la photo. Évidemment, cette détresse est tout à fait compréhensible, mais il y avait autre chose. La vieille dame pense que cette femme était envahie par le doute. Elles ont longuement discuté et elle avait l'impression que la jeune mère cherchait des réponses à ce qui était arrivé à sa fille comme s'il ne s'agissait pas forcément d'un simple accident. Comme si quelqu'un était responsable de sa noyade.

– Elle vous a dit ça ?

Eyglo hocha la tête.

– Comment une idée pareille lui est-elle venue à l'esprit ? Elle avait des raisons de soupçonner quelqu'un ? Je veux dire, la mère de la petite.

– Elle ne l'a dit qu'à mots couverts. C'est le sentiment qu'a eu Malfridur après avoir parlé avec elle. Elle avait l'impression que cette femme doutait qu'il s'agisse d'un accident.

– C'est peut-être une réaction normale, répondit Konrad. Elle a dû envisager toutes les possibilités.

Il interrogea plusieurs fois Eyglo sur les propos de Malfridur, mais elle n'avait rien à ajouter. À nouveau, elle sentit une forte odeur de bougies éteintes, elle avait l'impression qu'elle les enveloppait de sa chaleur, mais se disait qu'il était inutile d'en parler à Konrad.

22

La brigade des Stups avait mis au point l'opération assez rapidement et sans grande préparation. Elle avait posté des voitures à trois endroits dans le périmètre de Nautholsvik et placé le sac de sport dans un abri à bateaux, tout près de la plage, là où les gens de Reykjavik venaient se baigner dans de l'eau de mer chauffée à la géothermie. Le sac était bien visible depuis le sentier qui longeait la crique, celui qui viendrait le chercher ne pouvait pas le manquer. Un véhicule était posté à côté du restaurant Nauthol. À son bord, deux hommes équipés de jumelles et d'une radio guettaient le parking en surplomb du sentier. Une autre voiture, garée devant le bâtiment de l'Université de Reykjavik, épiait l'abri à bateaux et la troisième, postée devant l'hôtel Loftleidir, surveillait la circulation sur la route de Nautholsvegur, qui permettait d'accéder à la crique.

Un membre des Stups avait suggéré Nautholsvik comme théâtre d'opération : on pouvait facilement y surveiller la circulation presque inexistante à cette heure de la journée. Les policiers virent une voiture longer la route et faire demi-tour devant l'université avant de repartir vers le centre. Une autre était descendue jusqu'à la plage et s'était garée à l'extrémité du parking. Les hommes s'étaient tenus prêts. Personne n'était descendu du véhicule et les vitres n'avaient pas tardé à s'embuer. Un quart d'heure plus tard, la voiture avait quitté les lieux.

La drogue que Danni avait introduite en Islande avait été retirée du sac de sport. On l'avait remplacée par des leurres de synthèse. Un dispositif d'écoute et un mouchard avaient été installés dans le sac pour faciliter la filature. L'objectif était de coincer ceux qui tiraient les ficelles de ce trafic plutôt que les sous-fifres qui s'acquittaient des basses besognes. Ces derniers temps, beaucoup de gens reprochaient à la police de n'arrêter que les mules et les petits dealers tout en bas de l'échelle, et pas les gros bonnets qui étaient à l'origine du trafic et s'en mettaient plein les poches.

Le message envoyé à Lassi était resté sans réponse. On ignorait s'il avait été lu et si l'opération allait fonctionner. Certains avaient suggéré d'attendre et de mieux la préparer, d'autres avaient rétorqué qu'il fallait battre le fer pendant qu'il était chaud.

La radio grésilla. La voiture postée devant l'hôtel Loftleidir signala qu'une jeep Land Rover de couleur noire venait de s'engager dans la rue Nautholsvegur et se dirigeait vers la plage. En voyant approcher le faisceau des phares, les hommes en faction devant l'université firent de leur mieux pour être discrets. Bientôt, la jeep arriva à leur niveau. Ils informèrent aussitôt leurs collègues qu'ils avaient aperçu deux hommes à l'intérieur.

Le véhicule tourna à droite vers la plage et se gara en surplomb du sentier. Le conducteur éteignit les phares, mais laissa le moteur tourner. Plusieurs minutes s'écoulèrent sans que rien ne se passe puis la portière du passager s'ouvrit, un homme descendit et scruta les alentours un long moment. Tout à coup, il détala vers l'abri à bateaux, attrapa le sac et retourna à la jeep.

Les phares s'allumèrent dès qu'il s'y fut installé après avoir claqué sa portière. Le véhicule recula, quitta le parking en trombe et atteignit la rue Nautholsvegur en quelques instants.

Les hommes postés devant l'université le suivirent sans allumer leurs phares. Ils avaient déjà transmis le numéro d'immatriculation au central. Leurs collègues surveillant les abords de l'hôtel Loftleidir annoncèrent à la radio le passage de la jeep noire qui se dirigeait vers l'est et longeait la route de l'aéroport en roulant de plus en plus vite. Le propriétaire du véhicule s'appelait Randver Isaksson.

– Cette espèce d'ordure, commenta un policier à la radio.

On décida d'appeler en renfort la brigade spéciale.

Entre-temps, deux des voitures de police présentes sur les lieux avaient pris le véhicule en filature en s'efforçant d'être discrètes. Cela n'allait pas sans mal étant donné l'absence presque totale de circulation. La jeep s'arrêta au feu de la rue Bustadavegur, attendit qu'il passe au vert puis tourna à droite et accéléra brusquement. Le feu du croisement avec la rue Litluhlid étant au rouge, le conducteur freina in extremis et se retrouva au milieu du carrefour où il s'immobilisa quelques secondes avant de continuer sur Bustadavegur, ignorant la signalisation. Il franchit le pont qui enjambait le boulevard Kringlumyrarbraut et prit la direction de l'hôpital de Fossvogur. La jeep slalomait en permanence d'une voie à l'autre. L'homme qui était au volant conduisait de manière hachée, freinant et accélérant tour à tour. Les policiers le soupçonnaient fortement d'être ivre ou drogué. Ils envisagèrent de l'arrêter pour éviter un accident où lui et son passager risquaient d'être blessés ou de renverser des passants, mais préférèrent attendre.

Ils se tenaient à distance sans toutefois perdre de vue les feux arrière de la jeep.

Le central signala à la radio que Randver Isaksson, propriétaire du véhicule, avait été condamné à de la prison avec sursis et qu'il fallait l'approcher avec précaution. Il avait été arrêté pour port d'arme illégal et avait menacé des policiers avec un revolver. On avait découvert ensuite qu'il brandissait un jouet.

La jeep poursuivit sa route jusqu'au bout de Bustadavegur avant de s'engager sur le boulevard de Reykjanes où elle prit de la vitesse. Les policiers qui la suivaient craignaient que ses occupants se soient aperçus qu'ils étaient pris en chasse et essaient de les semer. Le conducteur accéléra de plus en plus jusqu'au moment où il perdit le contrôle, dans le virage qui montait vers la colline de Breidholt. Le véhicule fut projeté sur le terre-plein central, remonta sur la chaussée quand le conducteur essaya de redresser, puis traversa les voies et heurta un feu tricolore qu'il cassa en deux. La jeep s'immobilisa, en biais, juchée sur la base du feu.

Les policiers arrivés en premier avaient appelé une ambulance avant de se garer sur les lieux de l'accident. Alors qu'ils descendaient de voiture, la porte de la jeep s'ouvrit côté conducteur et un homme sortit en titubant. Dès qu'il vit les agents, il courut à toute vitesse vers le haut du boulevard de Breidholt puis tourna à gauche vers l'église, le sac de sport à la main.

Quelques hommes le poursuivirent. Au même moment, le troisième véhicule de surveillance s'était garé tout près de la jeep. Le passager avait été éjecté et reposait, inerte, sur l'asphalte. Il avait la tête en sang, les agents n'osèrent rien entreprendre et préférèrent attendre l'ambulance. Ils vérifièrent qu'il n'y avait personne d'autre dans la jeep. L'habitacle était vide, mais ils aperçurent dans le coffre toutes sortes de saletés et un amas de vêtements.

– Qu'est-ce que c'est que ça ? demanda l'un d'eux, le visage plaqué à la vitre arrière.

Le chauffeur de la jeep avait atteint l'église. Il avait toujours le sac à la main. Ses assaillants continuaient à le poursuivre sans savoir s'il était dangereux, mais ils étaient en contact radio avec les forces spéciales qui roulaient à tombeau ouvert sur le boulevard de Reykjanes et arriveraient d'ici peu. Si tout se passait comme prévu, le fuyard leur tomberait droit dans les bras. On ne pensait pas qu'il soit armé.

Les deux policiers restés près de la jeep ne parvenant pas à voir l'intérieur du coffre, ils tentèrent d'ouvrir la porte arrière. Elle n'était pas verrouillée, mais s'était tordue dans l'accident. En outre, le véhicule était plus ou moins suspendu dans les airs, coincé sur ce qui restait du feu tricolore. Ils attrapèrent la poignée, la secouèrent vigoureusement jusqu'à ce que le coffre s'ouvre. Un homme inconscient en tomba, tellement défiguré par l'accident que les deux agents grimacèrent avant de lui donner les premiers secours.

– Il est mort ?

– Ça m'en a tout l'air, répondit son collègue en regardant les deux ambulances qui, toutes sirènes et gyrophares dehors, fusaient sur le boulevard de Reykjanes désert, comme si elles faisaient la course.

Le chauffeur de la jeep longea le centre commercial de Mjodd, toujours suivi par ses assaillants. Ces derniers gardaient cependant leurs distances et ne faisaient rien pour le ralentir. Les membres des forces spéciales se garèrent devant la galerie et sautèrent de leur véhicule, habillés comme des terroristes, vêtus de combinaison intégrales, la tête recouverte de cagoules noires. Ils se lancèrent immédiatement aux trousses du fuyard qui, croyant sa dernière heure venue en les voyant arriver, lâcha le sac de sport pour être plus léger. Ça ne servit à rien. À peine une minute plus tard, un gars des forces spéciales le plaqua à terre.

À bout de souffle, le chauffeur de la jeep tenta en vain de protester contre cette arrestation.

23

Konrad ne savait pas grand-chose de Svanbjörn en dehors du fait que le restaurateur avait eu maille à partir avec son père et que la police l'avait interrogé dans le cadre de l'enquête. Les procès-verbaux précisaient qu'il se trouvait avec sa femme et ses deux fils à Olafsvik au moment du crime. Des témoins l'avaient vu là-bas dans la journée, il était allé à la boulangerie le matin et avait fait des courses au magasin vers midi. Puis il avait passé la soirée en famille chez sa belle-sœur qui était alors à Reykjavik et leur avait prêté sa maison. À cette époque, le trajet entre Olafsvik et Reykjavik prenait au moins cinq heures. Les procès-verbaux soulignaient que Svanbjörn possédait une voiture et que c'était à bord de ce véhicule qu'il s'était rendu là-bas.

La police l'avait interrogé deux fois. Ayant découvert ses transactions frauduleuses avec le père de Konrad, elle s'était intéressée de plus près à leur relation. Lors du premier interrogatoire, Svanbjörn avait parlé de leurs querelles et raconté que le père et le fils s'en étaient violemment pris à lui. Il n'avait pas épargné Konrad alors que ce dernier avait tout fait pour empêcher son père de le frapper.

En mentionnant l'existence de ces transactions, il reconnaissait de fait avoir acheté de l'alcool de contrebande destiné à approvisionner les restaurants dont il était propriétaire. Il s'était permis quelques arrangements avec la réalité, affirmant qu'elles concernaient de très petites quantités. L'ancien policier savait que c'était un mensonge. Svanbjörn avait également juré qu'il n'avait commercé qu'avec son père, ce qui était un second mensonge.

Lors de l'interrogatoire suivant, on lui avait posé une foule de questions sur l'incendie de l'un de ses restaurants. La police avait feint d'avoir découvert dans cette affaire de nouveaux éléments qui fournissaient un prétexte à cette seconde convocation. Konrad se demandait si elle avait été motivée par les doutes dont il avait fait état à l'époque.

Question : Vous étiez sur les lieux quand le feu a pris ?

Svanbjörn : Non. Il n'y avait personne. Heureusement. Sinon, ça aurait mal tourné.

Q. : Selon le rapport d'enquête que voici, il y a de fortes probabilités pour qu'il s'agisse d'un acte criminel. Il y a eu deux départs de feu. Vous avez une idée de l'identité de l'incendiaire ?

Svanbjörn : J'ai déjà répondu à ces questions l'autre jour. Non, je n'en ai pas la moindre idée.

Q. : Vous en êtes sûr ?

Svanbjörn : Tout à fait.

Q. : Pendant votre premier interrogatoire, vous avez déclaré vous être querellé avec la victime pour des histoires d'argent. Vous avez ajouté que cet homme venu vous voir avec son fils vous a violemment frappé. Vous pensez qu'ils sont à l'origine de cet incendie ?

Svanbjörn : Non.

Q. : Pourquoi ?

Svanbjörn : Parce qu'ils n'en auraient tiré aucun profit. J'avais déjà réglé ma dette. La querelle était close. Je n'ai aucune idée de l'identité du coupable.

Q. : D'après nos informations, vous en êtes à nouveau venus aux mains le soir de l'incendie.

Svanbjörn : Ça ne me dit rien.

Q. : Vous vous êtes vus ce soir-là ?

Svanbjörn : Oui.

Q. : Comment ça s'est passé ?

Svanbjörn : Je me suis acquitté de ma dette. Nos relations commerciales étaient désormais closes.

Q. : Et il ne s'est rien passé d'autre ?

Svanbjörn : Non.

Q. : Et si je vous disais que vous êtes allé consulter un médecin ce soir-là au dispensaire de Heilsuverndarstöd ?

Svanbjörn : Ça n'avait rien à voir avec notre entrevue. J'ai fait une chute violente, je suis tombé la tête la première devant chez moi. Ma femme peut en témoigner.

Q. : D'après le médecin de garde, vos blessures semblaient plutôt typiques d'une agression.

Svanbjörn : Je ne saurais me prononcer sur ce diagnostic. Tout ce que je peux faire, c'est vous dire ce qui m'est arrivé.

Q. : Votre restaurant a été incendié pendant qu'on vous soignait, n'est-ce pas ?

Svanbjörn : En effet.

Q. : Et vous niez toute relation entre cet événement et vos blessures ?

Svanbjörn : Parfaitement.

Konrad leva les yeux du procès-verbal en entendant du bruit dans le couloir. Cette lecture lui avait appris une chose : Svanbjörn mentait à tout bout de champ et il avait tout fait pour convaincre la police qu'il n'avait aucune raison de nuire à son père. Pendant les interrogatoires, Konrad avait dit tout ce qu'il savait des relations entre les deux hommes, il avait également parlé du soir de l'incendie en précisant que son père était rentré triomphant à la maison, les poings en sang.

La porte s'ouvrit. Marta entra.

– J'ai appris que tu étais ici, annonça-t-elle.

– Oui, je…

– Qu'est-ce que tu as donc à farfouiller comme ça dans nos archives ? C'est Olga qui t'a laissé entrer ?

– J'ai presque fini, répondit Konrad en refermant la chemise de l'interrogatoire de Svanbjörn. Je voulais juste me rafraîchir la mémoire sur quelques détails. Apparemment, vous êtes débordés.

Le matin même, il avait lu sur Internet qu'une opération des forces spéciales avait conduit à l'arrestation de deux hommes. Un site d'information avait dévoilé leur identité et cité le nom de Randver Isaksson en précisant qu'il était bien connu de la police pour sa longue carrière de malfaiteur.

– En effet, on n'a pas une minute.

– Vous avez interrogé ces hommes ?

– Pas encore. Nous espérions que cette opération nous permettrait d'en épingler quelques autres. Les gros bonnets, et pas seulement le menu fretin, répondit Marta, déçue. En tout cas, ils connaissent Danni et son petit copain.

– Ah bon ?

– On aimerait bien savoir qui était censé réceptionner toute cette came.

– Ce n'est pas tout simplement Randver ?

– Qui sait ? Il en possède peut-être une partie, convint Marta.

– Avec le gars que vous avez arrêté en même temps que lui ?

– Ça m'étonnerait. Ce gamin est un bleu et il n'a aucun pouvoir. Je voulais t'annoncer une nouvelle qui n'est pas dans les journaux : nous avons retrouvé Lassi. Il était dans le coffre de leur jeep. Ces deux types l'ont sacrément amoché.

– Il vous a dit quelque chose ?

– Pour l'instant, rien du tout. Il est à l'hôpital, inconscient. Les médecins ne savent pas s'il va s'en tirer. On en voit vraiment de toutes les couleurs dans ce métier.

– Par conséquent, il n'a pas pu vous expliquer ce qui est arrivé à Danni. Ni vous dire à qui était destinée la drogue. À moins que la gamine et lui en aient été propriétaires.

– Il faudra que nous lui posions ces questions. Tout à coup, il a arrêté d'envoyer des messages à la petite. C'était la veille du jour où tu l'as découverte dans le sous-sol de l'immeuble. Nous venons de recevoir le rapport d'autopsie. Elle était décédée depuis plus de vingt-quatre heures quand tu l'as trouvée, ce qui signifie qu'elle est décédée au moment où Lassi a cessé de la contacter.

– Tu crois que Lassi ou les deux hommes étaient au courant qu'elle était morte ?

– Ça m'étonnerait qu'ils l'aient su étant donné la manière dont ils ont réagi au message que nous leur avons envoyé depuis le portable de la gamine, répondit Marta. Enfin, on rencontre tellement d'abrutis dans cette profession, on se contenterait d'en croiser la moitié.

– Je ne te le fais pas dire.

– Le légiste n'a repéré sur le corps aucune trace de violence. Selon lui, elle a succombé à une overdose. Est-ce qu'elle se l'est administrée elle-même ? C'est toute la question. Est-ce qu'elle était seule dans la chambre ? Avec les deux gars de la jeep ? Avec Lassi ? Ou même avec celui qui l'avait envoyée chercher la drogue au Danemark ?

– Tu veux dire que ça ne serait pas un accident ? Que sa mort serait liée à la livraison ? Parce qu'elle n'aurait pas suivi les instructions et qu'elle ne l'aurait pas remise à temps ?

– Qui sait ? soupira Marta en prenant son paquet de cigarettes mentholées avant de sortir en fumer une au grand air.

24

Konrad hésita un moment avant d'ouvrir une autre chemise. Il s'était toujours demandé ce que son père était allé faire ce soir-là devant les abattoirs du Sudurland, rue Skulagata. Il y avait beaucoup réfléchi plus jeune, la police avait mené une enquête approfondie sur ce point précis sans jamais trouver d'explication. Il avait fini par supposer que c'était le hasard si le meurtre avait été commis à cet endroit-là. À l'époque, les abattoirs du Sudurland étaient en pleine activité. On y fumait la viande de mouton et le lard dans de grands fours, on y produisait les saucisses à hot-dog, le boudin, les têtes de mouton, sans oublier la tripaille, les abats et les tranches de viande pour sandwichs. Les carcasses des animaux étaient découpées à la scie et stockées dans d'immenses chambres froides.

En feuilletant les procès-verbaux avant d'être interrompu par Marta, Konrad avait découvert que plusieurs employés de l'entreprise avaient été interrogés. Tous déclaraient ne pas connaître la victime. La police pensait qu'étant donné son passé d'escroc et de petit délinquant, il était possible qu'il ait préparé un cambriolage et soit venu en reconnaissance sur les lieux. Les bureaux étaient installés au deuxième étage du bâtiment donnant sur la rue Skulagata. C'est là que se trouvait l'argent, certes soigneusement enfermé dans un coffre-fort impossible à déplacer et dont l'ouverture n'était pas à la portée du premier venu. La police avait imaginé qu'il avait un ou plusieurs complices. Ces hommes s'étaient disputés. Furieux, l'un d'eux avait sorti un couteau et ça s'était terminé de manière dramatique. Konrad savait d'expérience que les agressions à l'arme blanche étaient le plus souvent commises sur un coup de folie et rarement préméditées. C'était même leur principale caractéristique.

Il ne se rappelait pas avoir jamais entendu son père parler des abattoirs, ni à lui ni à quiconque. Il avait d'ailleurs assez de poisson comme ça grâce à ses contacts parmi les marins du port avec qui il magouillait régulièrement. Konrad avait toujours imaginé qu'il n'avait fait que passer devant les abattoirs quand on l'avait poignardé. Soit il venait de sortir de chez lui, soit il s'apprêtait à rentrer à son appartement. On ignorait si son agresseur l'avait guetté ou s'il l'avait croisé par hasard. Le meurtre ayant été commis peu après minuit, à l'heure où les rues sont pratiquement désertes, il n'y avait sans doute aucun témoin.

Le légiste avait tenté de découvrir le type d'arme blanche utilisée. Il s'agissait apparemment d'un couteau de taille moyenne, extrêmement tranchant, dont la lame assez large mesurait une dizaine de centimètres. La victime semblait avoir été prise au dépourvu. L'intérieur de sa main droite présentait une entaille légère dont on supposait qu'elle se l'était faite en tentant d'attraper le couteau lors du second coup. Le premier coup était sans doute arrivé par surprise. Le légiste n'avait repéré sur le corps aucune trace d'autres violences. On avait engagé d'importantes recherches pour retrouver l'arme du crime dans le périmètre des abattoirs, passé au peigne fin la rue Skulagata et le rivage jusqu'à Kirkjusandur. On avait exploré en vain les arrière-cours et les poubelles du quartier des Ombres en descendant jusqu'au centre-ville.

Au fil des ans, il était arrivé à la victime d'avoir quelques démêlés avec les marins des cargos à qui elle achetait de l'alcool de contrebande ou du tabac, mais elle veillait la plupart du temps à entretenir avec eux des relations cordiales pour ne pas risquer de se priver d'une partie de ses revenus. La police avait plus d'une fois eu vent de ce petit commerce. Les marins soupçonnés de contrebande avaient été questionnés sur leurs allées et venues le soir du meurtre. Konrad se rappelait également que son père avait de bons amis sur les bateaux de pêche, certains étaient venus chez eux boire, jouer aux cartes et raconter leurs aventures en mer. Aucun n'avait été cité dans la procédure.

Ce n'était pas la première fois que l'ancien policier se plongeait dans ces procès-verbaux pour lire tout ce qu'ils contenaient sur lui et sur l'enquête. La police avait un temps envisagé que le crime ait pu être commis par un ami proche ou un membre de la famille. Les études statistiques effectuées à l'étranger montraient du reste que la victime connaissait le plus souvent son assassin et que les meurtres n'étaient en général pas des actes gratuits même si cela arrivait également.

Les enquêteurs s'étaient intéressés aux déplacements de la mère de Konrad qui vivait à Seydisfjördur, dans les fjords de l'Est, mais se trouvait alors à Reykjavik. Elle était hébergée chez sa sœur et son beau-frère qui avaient tous deux confirmé qu'elle était avec eux le soir du meurtre de son ex-mari. La police l'avait convoquée. En parcourant le procès-verbal rédigé à la machine à écrire, Konrad mesura une fois de plus à quel point elle s'était inquiétée pour lui. Les enquêteurs l'avaient interrogée sans relâche sur les relations de Konrad avec son père. Sous cette pluie de questions, elle avait fini par reconnaître que ça n'avait pas dû être facile d'être éduqué par un homme comme lui, en soulignant toutefois que son fils n'aurait pas fait de mal à une mouche. Elle s'était employée à convaincre la police que c'était un jeune homme d'une grande douceur et dépourvu de violence. En lisant ces lignes après toutes ces années, Konrad se rendait compte combien elle avait eu peur de le savoir seul avec son père, ce dernier l'ayant forcée à lui abandonner son fils quand elle l'avait quitté.

Cette lecture ravivait des souvenirs douloureux.

Question : Quelles relations aviez-vous avec votre ancien époux ?

Sigurlaug : Nous n'en avions plus aucune.

Q. : Et quand vous viviez avec lui ?

Sigurlaug : Nous nous entendions très mal. J'ai fini par le quitter.

Q. : Pourquoi ?

Sigurlaug : J'avais mes raisons et elles n'ont aucun rapport avec cette affaire.

Q. : C'est vrai que votre ex-mari vous frappait ?

Sigurlaug : Qui vous a dit ça ?

Q. : C'est la vérité ?

Sigurlaug : Ça n'a rien à voir avec le meurtre.

Q. : Vous l'avez quitté parce qu'il était violent ?

Sigurlaug : Je ne sais pas pourquoi vous me posez ces questions. Tout ça appartient au passé.

Q. : Nous avons en notre possession plusieurs témoignages de vos anciens voisins qui en attestent. Ils disent que vous portiez les traces des coups, mais que vous faisiez tout pour les minimiser. Ils entendaient des bruits chez vous. La police est intervenue à votre domicile à la suite de signalements pour violences et abus d'alcool.

Vous avez même appelé le commissariat pour qu'on vous envoie de l'aide parce que votre mari vous frappait. Deux fois en 1955. L'année où vous l'avez quitté, comme vous venez de le dire.

Sigurlaug : Cet homme était nocif.

Q. : C'est pour cette raison que vous l'avez quitté et que vous êtes partie à Seydisfjördur ?

Sigurlaug : Oui, c'est une des raisons.

Q. : Et votre fils, il pensait quoi de cette violence ? Il en voulait à son père ?

Konrad imaginait sa mère en train de se débattre sous la rafale de questions concernant les violences conjugales. Elle n'en avait jamais parlé à personne, pas même à Beta, sa fille, dont elle était la plus proche. Ayant déjà lu ce procès-verbal, il savait que les choses empiraient au fil de l'interrogatoire jusqu'à devenir insupportables pour sa mère.

Sigurlaug : Konrad était tellement petit. Pourquoi cette question ?

Q. : Votre mari le frappait également ?

Sigurlaug : Non.

Konrad entendait pour ainsi dire le silence de sa mère après les paroles qu'elle avait prononcées.

Sigurlaug : C'est arrivé. Mais il savait aussi être gentil avec lui.

Q. : Est-ce que leurs relations…

Sigurlaug : Konrad ne lui aurait jamais fait de mal, si c'est ce que vous cherchez à me faire dire. Je ne comprends pas où vous voulez en venir. Ni moi ni mes enfants n'avons rien fait à cet homme. Vous devriez être au courant. Vous connaissez les gens avec qui il faisait de la contrebande d'alcool ou des cambriolages… il ne manquait pas d'ennemis. Je pensais que vous saviez tout ça.

Q. : Vous pouvez parler de leurs relations les semaines et les jours précédant le meurtre ?

Sigurlaug : Non, je n'étais pas en contact avec Konrad à ce moment-là.

Q. : Mais vous avez fait le voyage jusqu'à Reykjavik pour le voir, n'est-ce pas ?

Sigurlaug : En effet, et aussi pour faire des achats, rencontrer ma sœur et régler quelques affaires.

Q. : Vous l'avez retrouvé à quel endroit ?

Sigurlaug : Dans un café en ville.

Q. : Vous avez parlé de quoi ?

Sigurlaug : De toutes sortes de choses. Je ne l'avais pas vu depuis un moment, je viens de vous le dire. Je voulais savoir comment il allait.

Q. : Il était énervé ? Calme ? Il vous a parlé de son père ?

Sigurlaug : Konrad ne perd jamais son calme. Non, il ne m'a pas parlé de son père.

Q. : Vous n'avez même pas cité son nom dans la conversation ?

Sigurlaug : Non.

Konrad regardait le mensonge de sa mère, imprimé noir sur blanc. Bien sûr qu'ils en avaient parlé.

Q. : Vous avez également une fille, Elisabet, elle a de bonnes relations avec son père ?

Sigurlaug : Elle n'en a aucune. Elle vit sous mon toit.

Q. : Mais à l'époque où vous habitiez tous ensemble ?

Konrad entendait à nouveau les longs silences qui ponctuaient l'interrogatoire.

Sigurlaug : Elle a toujours été plus proche de moi.

Q. : Elle aussi, elle a subi ses violences ?

Sigurlaug : Je ne vois pas le rapport avec cette affaire.

Q. : Contentez-vous de répondre à ma question.

Sigurlaug : C'est arrivé. Avant que j'y mette fin.

Q. : Que vous y mettiez fin ?

Sigurlaug : Cet homme avait en lui une méchanceté et des perversions que j'ai découvertes trop tard.

Q. : Vous pouvez être plus précise ?

Sigurlaug : Je l'ai emmenée avec moi dès que je m'en suis rendu compte.

Q. : De quoi ?

Sigurlaug : Il s'en prenait à elle.

Q. : Vous voulez dire sexuellement ?

Konrad referma la chemise.

Sigurlaug : Oui.

25

Lassi était plongé dans un coma artificiel au service des soins intensifs de l'hôpital de Fossvogur. On attendait que les brumes d'alcool et de drogue se dissipent dans l'esprit de Randver et son acolyte. Dans leurs cellules au commissariat de la rue Hverfisgata, un médecin les surveillait de près pour s'assurer que leur sevrage après des jours, voire des semaines de consommation ininterrompue se passait bien. On leur avait administré des médicaments pour atténuer le manque.

Randver était le plus mal en point des deux hommes. Il souffrait d'une blessure à la tête et avait fait un scandale quand on l'avait transféré à l'hôpital pour le soigner, puis emmené en cellule. Il s'était débattu comme un fou aux urgences, avait renversé les tables et les lits avant d'être finalement maîtrisé. Son copain était beaucoup plus calme. Il avait lui aussi une blessure à la tête, mais également un bras cassé. Assis sur sa chaise aux urgences, il se balançait d'avant en arrière en marmonnant des choses qu'il était le seul à entendre et semblait complètement ailleurs.

Deux jours plus tard, la tête enveloppée dans des bandages et le bras soutenu par une attelle, il avait plus ou moins repris ses esprits. On était venu le chercher dans sa cellule pour l'emmener à la salle d'interrogatoire.

Placé en détention provisoire, il serait bientôt transféré à la prison de Litla-Hraun où étaient incarcérés les prévenus en attente de jugement. L'interrogatoire était mené par la brigade des Stups. Marta y assistait derrière une glace sans tain. L'avocat du détenu était à ses côtés, mais se montrait plutôt discret.

Le prisonnier affirmait ignorer la présence de Lassi dans le coffre. Randver était passé le chercher en jeep en lui demandant de venir faire un tour avec lui. Ils étaient arrivés à Nautholsvik rapidement et le conducteur lui avait expliqué qu'il devait passer chercher un sac de sport pour un ami. Le détenu ne connaissait pas cet ami, mais il devait habiter à Breidholt puisque c'est cette direction que Randver avait prise ensuite. Puis ils avaient eu cet accident. Tout à coup, la police avait débarqué et les avait arrêtés. C'est à ce moment-là qu'il avait vu Lassi rouler du coffre et tomber sur l'asphalte. Il ne pensait pas que Randver soit à l'origine de ses blessures. Pour sa part, il ne lui avait rien fait. Des gens avaient dû le mettre dans le coffre de la jeep, à moins qu'il n'y soit entré de lui-même.

Le détenu niait catégoriquement avoir torturé le jeune homme, il affirmait ne pas connaître du tout ce Larus Hinriksson. Si Lassi prétendait le contraire, il mentait. Le nom de Danni ne lui disait rien non plus et il était tombé des nues en apprenant que le sac de sport contenait de la drogue et non des vêtements.

Ainsi s'était achevé son premier interrogatoire. Les deux prévenus n'avaient pas eu le temps d'accorder leurs violons. Devant les enquêteurs, la tête enveloppée dans des bandages, la lèvre gonflée, un œil injecté de sang et le visage tuméfié, Randver avait fourni une tout autre version. Son copain lui avait proposé d'aller au cinéma, ils avaient vu un film dont il avait oublié le nom puis étaient allés faire un tour à Nautholsvik où ils avaient trouvé ce sac de sport qu'ils avaient emporté avec eux. Puis ils avaient eu cet accident. Il reconnaissait avoir un peu bu et, puisque les analyses avaient décelé de la drogue dans sa prise de sang, il n'était pas impossible qu'il se soit offert une petite ligne, à moins que quelqu'un n'ait traficoté le prélèvement à l'hôpital, ce qui n'était absolument pas exclu. Tout comme son acolyte, il était incapable d'expliquer la présence de Lassi dans le coffre, il supposait qu'il y était entré tout seul. Quand les enquêteurs avaient souligné que les blessures du jeune homme n'avaient pas été causées par l'accident, mais qu'on l'avait frappé, violenté et torturé, Randver avait juré ses grands dieux qu'il n'en était pas responsable. Un policier lui avait demandé comment il se faisait qu'il ait reçu le message envoyé sur le portable de Lassi, il avait répondu qu'il ne voyait pas de quel message il parlait et que lui et son copain avaient trouvé ce sac par le plus pur des hasards.

Il ne savait rien de Danni. Il était également tombé des nues quand on lui avait dit que le sac de sport était censé contenir la drogue découverte au domicile des grands-parents de la jeune fille. Il avait nié être à l'origine de la commande et ne savait pas que Danni était morte. Il n'était jamais allé dans la tanière de Lassi. À aucun moment il ne s'était inquiété de son état de santé.

– Laissons-les mariner quelques jours, avait dit Marta à la fin des interrogatoires. Voyons si la détention provisoire les ramollit.

Le portable de Danni n'avait livré aucune information importante. La jeune fille semblait inactive sur les réseaux sociaux depuis plusieurs mois. On n'avait rien trouvé dans l'appareil sur son voyage au Danemark ni sur son rôle en tant que mule, en dehors des deux appels passés par Randver avant son départ. Il ne l'avait pas recontactée lorsqu'elle était rentrée en Islande. Lassi avait alors tenté en vain de l'appeler plusieurs fois et n'avait pas tardé à lui envoyer des SMS auxquels elle n'avait jamais répondu. Il ignorait manifestement sa présence dans la chambre qu'il louait à Breidholt puisqu'il avait continué à essayer de la joindre après l'heure du décès déterminée lors de l'autopsie. Il ne semblait pas avoir été au courant de sa mort.

Le répertoire contenait les numéros de quelques amies de Danni qui les contactait rarement. Celle qu'elle appelait le plus souvent s'appelait Fanney et elle était plutôt difficile à joindre. La police connaissait cette jeune fille pour avoir passé plusieurs fois des avis de recherche la concernant dans les journaux. Elle vivait seule avec sa mère, avait commencé à se droguer très jeune et fait plusieurs fugues. On l'avait placée dans des centres de soins destinés à ce qu'on appelait des adolescents à problèmes, elle s'en était souvent échappée pour aller se terrer dans des squats à junkies et s'était procuré sa drogue en traînant avec des types qui avaient deux fois son âge et lui faisaient subir toutes sortes de choses immondes.

La police continuait à rechercher cette jeune fille tandis que Marta en interrogeait une autre, qui avait été récemment en contact avec Danni. Hekla était une amie d'enfance. Marta l'avait convoquée en même temps que ses deux autres copines, les plus proches au vu de la fréquence des appels téléphoniques et d'après les déclarations de ses grands-parents.

Le témoignage de Hekla était le plus intéressant. Étudiante en psychologie à l'Université d'Islande, très choquée par l'annonce du décès de son amie, elle avait plusieurs fois demandé à Marta comment elle était morte, elle avait entendu dire qu'il s'agissait d'un meurtre, elle n'arrivait pas à le croire. Marta lui avait répondu qu'elle ne pouvait pas lui dévoiler les détails de l'enquête, mais que c'était exagéré d'affirmer qu'elle avait été assassinée. Pour l'instant, la police enquêtait sur une affaire de trafic de drogue impliquant Danni. Elle lui demanda si elle connaissait Larus Hinriksson, également appelé Lassi. Hekla répondit avoir entendu plusieurs fois son nom dans la bouche de son amie, toujours dans un contexte positif.

– Ils s'entendaient bien. Ils se droguaient tous les deux. Danni l'a rencontré à l'époque où elle a sombré de plus en plus profond dans cet enfer dont elle n'est jamais parvenue à sortir. Je n'arrive pas à croire qu'elle ait plongé si vite. Une fille comme elle, pour qui tout allait bien il y a quelques années. On avait beau tout essayer pour la convaincre de décrocher, dès que l'addiction a pris le dessus, il n'y avait plus aucun moyen de l'arrêter. Absolument aucun.

Hekla fixait Marta. C'était une jeune femme rondelette. Ses cheveux frisés encadraient un visage lisse et poupin. On lisait dans ses yeux bruns son incompréhension abyssale face au destin de son amie d'enfance.

– Elle nous cachait tout ça. Elle cachait cette vie à ses anciennes copines. Puis elle a arrêté de nous contacter. Elle a coupé les ponts avec tous ceux qui n'étaient pas susceptibles de l'aider à se procurer sa drogue. Je crois que j'étais la dernière de notre groupe d'amies à essayer de garder le lien avec elle, mais ça ne fonctionnait pas.

26

Palmi, l'ancien policier que Konrad était allé voir sur la péninsule de Sudurnes, lui avait dit qu'il pouvait lui téléphoner ou le contacter quand il le souhaitait pour lui parler de ses investigations sur le décès de son père. Il lui avait suggéré de le tenir au courant s'il découvrait de nouveaux éléments ou des choses importantes. Palmi serait peut-être en mesure de lui fournir des détails supplémentaires.

Il fut donc assez surpris quand Konrad l'appela tard le soir pour lui poser d'autres questions sur la jeune fille du lac de Tjörnin, sans même dire un mot au sujet de son père. Palmi lui répéta qu'il ne s'était pas occupé de cette affaire. C'était un de ses collègues, Nikulas, qui en avait été chargé, c'était d'ailleurs sa dernière. Très âgé, il était ensuite parti à la retraite et il était décédé quelque temps plus tard. Palmi se souvenait qu'il avait la réputation d'être dur et inflexible. Il venait de la police de rue et n'avait jamais été amené à traiter d'affaires complexes.

– Il n'aurait pas fallu faire une autopsie ? demanda Konrad qui n'en avait trouvé aucune trace dans les archives.

– Sans doute, répondit Palmi. D'ailleurs, elle a peut-être été faite. Je n'en sais rien. Je tenais un journal de bord à cette époque. Je m'y suis replongé après ta visite et j'ai vu que j'avais parlé plusieurs fois de cette gamine avec Nikulas. Il était convaincu qu'il s'agissait d'un terrible accident. Je crois qu'il n'a jamais envisagé d'autre hypothèse.

Konrad lui relata sa visite chez l'enseignant qui avait repêché le corps et vu dans les parages un homme vêtu d'un imperméable et d'un chapeau. Il n'avait pas prêté attention à ce détail et ne se rappelait pas s'il en avait parlé à la police, considérant sans doute que ce n'était pas important. En tout cas, cette information ne figurait pas dans les procès-verbaux.

– Un homme qui portait un chapeau ? demanda Palmi.

– Ça te dit quelque chose ?

– Hélas, non. Mais peu importe. Je ne me souviens pas qu'il y ait eu d'autres témoins que ce jeune homme, tu dis qu'il est professeur ?

– À la retraite. Il s'appelle Leifur Didriksson. Tu as peut-être lu ses poèmes.

– Leifur ? Non, il a écrit des livres ?

– Des recueils de poésie. Il y a longtemps.

– Tu pourrais peut-être aller voir la fille de Nikulas, suggéra Palmi, qui n'avait que faire de la poésie. Je crois qu'elle est toujours en vie. Elle a travaillé dans nos bureaux, à l'époque où le commissariat se trouvait encore rue Posthusstraeti.

Konrad prit le nom en note.

– Nikulas était assez particulier, reprit Palmi. C'était un casse-pieds. Il faudrait que tu ailles interroger un de ceux qui ont travaillé avec lui à Posthusstraeti. Il pourrait t'en dire plus à son sujet et sur cette affaire.

– Un casse-pieds ?

– Oui, je n'ai pas envie de m'engager sur ce terrain. Il faut que tu voies ça avec les gens qui l'ont réellement connu.

– Il y a autre chose, poursuivit Konrad. Tu sais ce que pensait la mère de la petite ? On m'a dit qu'elle avait des doutes et qu'elle n'était pas sûre que ça ait été un accident.

– Si ce n'en était pas un, c'était quoi ?

– Je ne sais pas.

– Je suppose que c'est une réaction tout à fait normale, enfin, pour peu qu'on puisse parler de comportements normaux dans de telles circonstances.

– Peut-être.

Konrad médita quelques instants après cette conversation puis chercha le numéro de Leifur Didriksson sur Internet et l'appela, assis à côté de la vieille table de téléphone. L'enseignant décrocha après quelques sonneries et se souvint immédiatement de lui. Il s'excusa de le déranger à cette heure-ci et en vint droit au fait. Leifur avait-il perçu des doutes chez la mère de Nanna quant au caractère accidentel du décès de sa fille ?

– Si ce n'était pas un accident, c'était quoi ? répondit Leifur, comme Palmi l'avait fait quelques minutes plus tôt.

– Elle vous en a parlé ? Elle vous a dit que ce n'en était pas un ? Que quelqu'un avait peut-être délibérément noyé sa fille ?

– Qu'est-ce que… qu'est-ce que vous dites là ? C'est ce qui s'est passé ? Vous venez de le découvrir ?

– Absolument pas, assura Konrad. On m'a rapporté que la mère de la petite avait des doutes. Je me suis dit que vous étiez peut-être au courant. Qu'elle vous en avait peut-être parlé.

– Je ne m'en souviens pas, répondit Leifur, mais je n'ai rencontré cette femme qu'une seule fois. Elle n'a pas exprimé de doutes. En tout cas, pas devant moi. Je pense vous avoir dit tout ce que je sais.

– Oui, et je vous en remercie, je…

– Toujours est-il que cette petite avait un sacré coup de crayon. Je vous en ai parlé, n'est-ce pas ?

– Non.

– D'après sa mère, elle adorait dessiner. J'ignore si… si ça peut vous aider.

– D'accord. Bon, je vous prie une fois de plus de m'excuser du dérangement, je n'avais pas vu qu'il était si tard.

Au même moment, Konrad entendit frapper à sa porte. Il jeta un regard dans l'entrée.

– En réalité, je m'apprêtais à vous appeler. J'ai réfléchi à l'homme que j'ai aperçu dans la rue Soleyjargata ce soir-là, répondit Leifur. J'ai repensé à lui après votre visite. Il y avait des dizaines d'années que ça n'était pas arrivé.

– L'homme à l'imperméable ?

– Non, l'autre. Celui que j'ai à peine vu, et qui longeait la rue Soleyjargata.

On frappa à nouveau à la porte, plus fort et avec insistance. Le visiteur secoua vigoureusement la poignée. Konrad imagina sans peine son identité.

– Je voulais vous faire part d'un détail que j'ai retrouvé dans un de mes carnets où je prenais quantité de notes en me disant qu'elles me serviraient plus tard, déclara Leifur.

– Ah bon ?

– Ce sont les derniers mots que j'ai écrits avant de découvrir le corps de la petite.

– Quels sont ces mots ? demanda Konrad en regardant à nouveau la porte d'entrée.

– Et la lune claudique.

– La lune claudique ?

– C'est ça, répondit Leifur. Je crois que j'ai compris d'où vient cette image. Elle s'explique sans doute par la présence de cet homme. Il me semble qu'il boitait. Il avait une démarche particulière, je m'en souviens, et aujourd'hui, j'établis clairement un lien entre lui et cette formulation. Et la lune claudique. Autrement dit, la lune boite. Je pense que c'est à cause de lui que j'ai écrit ces mots. Je suppose que cet homme *claudiquait*.

27

Konrad avait à peine eu le temps d'ouvrir la porte que sa sœur, Elisabet, était déjà entrée en disant qu'elle commençait à croire qu'il n'allait jamais lui ouvrir. Il lui fit remarquer qu'il était tard, elle lui demanda pourquoi, dans ce cas, il n'était pas couché et s'il avait le courage de lui faire un café, ajoutant qu'elle ne comprenait pas ces gens qui disaient qu'il fallait s'abstenir d'en consommer le soir sous prétexte que ça causait des insomnies. Elle rappelait parfois à Konrad leur tante paternelle, Kristjana, morte à un âge avancé, qui avait toujours vécu seule dans le Nord du pays. Cette femme avait de drôles de manières, sa façon de parler avait quelque chose d'archaïque. Il avait été marqué par ses quelques visites à Reykjavik, vêtue d'un empilement de jupes et de jupon, deux ou trois chandails enfilés les uns par-dessus les autres, un chapeau de traviole sur la tête. Elisabet vivait seule. Les cheveux noir de jais, les yeux bruns et perçants, elle était bibliothécaire depuis de longues années et, même si Konrad était mieux placé que personne pour savoir qu'elle était au fond la douceur et la gentillesse incarnées, elle se montrait souvent péremptoire dans ses jugements, cassante et autoritaire. Elle s'y connaissait en littérature, surtout dans le domaine des sagas islandaises sur lesquelles elle était absolument incollable.

– Qu'est-ce que tu fabriques ? cria-t-elle en direction de la cuisine où il mettait le filtre dans la cafetière. Tu es encore parti à la chasse aux fantômes ? ajouta-t-elle en voyant les documents étalés sur la table de salle à manger.

– Il faut bien s'occuper, répondit Konrad.

Il avait plus d'une fois expliqué à sa sœur, que tout le monde appelait simplement Beta, qu'il cherchait à en savoir plus sur les activités de leur père au cours des semaines précédant son assassinat. Beta avait déjà vu ces papiers, mais elle se fichait éperdument de toutes ces histoires. Elle faisait comme si leur père n'avait jamais existé et n'en parlait jamais. Un jour, Konrad avait abordé le sujet, elle lui avait répondu que ça ne l'intéressait pas de découvrir ce qui s'était passé devant les abattoirs. Elle se fichait de savoir qui l'avait poignardé et pourquoi.

Revenu dans le salon avec le café, il lui parla d'Eyglo, de la fillette qui s'était noyée dans Tjörnin en ajoutant qu'Eyglo avait perçu sa présence par deux fois, à des années de distance. Il précisa qu'il ne croyait pas lui-même à ce genre de choses, mais qu'il n'accusait pas non plus Eyglo de mentir. Il avait été surpris quand Palmi, l'ancien policier, lui avait dit que la petite avait perdu sa poupée. C'était également le cas de la gamine dont Eyglo lui avait parlé.

– Tu es sûr qu'elle n'a pas lu tout ça dans les journaux ? rétorqua Beta. Ces gens-là sont drôlement calculateurs. Enfin, c'est ce qu'on dit.

– Ces gens-là… Beta, cette femme n'est pas comme tu crois. Quelle raison elle aurait d'inventer une chose pareille et de me la raconter ? Je ne vois pas le bénéfice qu'elle en tirerait.

– Elle s'intéresse peut-être à toi.

– Non, répondit Konrad. Bien au contraire. Et je m'attire des problèmes chaque fois que je la vois.

Il lui raconta comment il avait mis Eyglo en colère en mentionnant ses soupçons concernant Engilbert et en affirmant que ce dernier avait peut-être des raisons d'en vouloir à leur père. Beta écouta d'une seule oreille, comme tout ce qui se rapportait à l'auteur de leurs jours. Konrad et elle n'étaient pas vraiment proches même si les choses avaient évolué au cours des dernières années. Ils n'avaient pas passé leur enfance ensemble et se connaissaient à peine quand elle était venue s'installer à Reykjavik, à presque quarante ans, après le décès de leur mère. Il avait fallu à Konrad un certain temps pour gagner sa confiance et il avait vite compris qu'elle n'avait pas envie de parler de l'époque où ils avaient vécu sous le même toit. Les années d'avant le divorce. Ils s'étaient vus chaque fois que leur mère faisait le voyage jusqu'à Reykjavik en emmenant Beta, mais pendant longtemps ils n'avaient fait que se croiser en coup de vent. Il n'était pas au courant que sa sœur allait s'installer à Reykjavik jusqu'à ce qu'elle passe le voir un beau jour à son bureau en lui demandant de l'aider pour le déménagement.

– Si tu accuses son père d'être un assassin, ça ne m'étonne pas que tu aies des problèmes avec elle, ironisa Beta. Ce n'est sans doute pas la meilleure méthode pour se faire des amis.

– Je sais.

– Et tu crois que c'est Engilbert qui a fait ça ?

– Aucune idée, répondit Konrad. Personne n'a jamais exploré l'enquête sous cet angle. En revanche, s'ils se sont revus juste avant le meurtre, il me semble que c'est un élément important. S'il est vrai qu'ils avaient renoué et qu'ils magouillaient à nouveau ensemble. Si je réussis à en avoir la preuve, disons que, oui, ça pourrait nous aider à comprendre ce qui s'est passé.

– Tu crois que c'est lié à leurs anciennes activités de médiums-charlatans ?

– Je ne sais pas.

– Et Eyglo, elle en dit quoi ?

– Qu'il est exclu que son père ait pu poignarder un homme, répondit Konrad. Selon elle, ils ne trafiquaient rien du tout. En fait, elle s'intéresse surtout à la jeune noyée du lac. Elle pense que je peux l'aider. Elle dit qu'il y a quelque chose d'impur autour de cette gamine.

– Le truc typique des médiums, non ? Quelque chose d'impur ? Qu'est-ce que ça signifie ? Impur ? C'est à la portée du premier venu de débiter de pareilles sornettes.

– Cette gamine avait sans doute sa poupée à la main quand elle est tombée à l'eau, peut-être d'ailleurs en tentant de la repêcher. Eyglo pense qu'elle veut la récupérer. En tout cas, cette amie voyante veut essayer de la retrouver.

– Konrad ?!

– Oui, je sais, ça semble tiré par les cheveux, mais… ça correspond au ressenti d'Eyglo.

– Cette jeune fille, c'était qui ?

– Elle vivait dans un baraquement sur la colline de Skolavörduholt, juste avant qu'ils ne soient tous rasés. La plupart de leurs occupants étaient déjà partis.

– Un baraquement de Skolavörduholt ? Elle avait quel âge ?

– Douze ans.

– Et on lui a fait du mal ?

– Non, en tout cas, ce n'est pas apparu pendant l'enquête. Je crois qu'il n'y a pas eu d'autopsie. La police a dû considérer qu'il n'y avait aucune raison d'en faire une.

– Tu sais pourquoi maman a fini par quitter ce sale type ? poursuivit Beta.

– Oui, je suis au courant de ce qu'il lui a fait subir et de l'intérêt malsain qu'il te portait. Je l'ai appris le jour où il est mort. J'avais rendez-vous avec maman en ville et je lui avais demandé de me dire toute la vérité. C'était une chose dont elle avait toujours refusé de parler. Elle a menti à la police pendant son interrogatoire quand elle a dit que nous n'avions pas parlé de papa. Je suppose qu'elle voulait me protéger. Je suis rentré à la maison et je me suis violemment disputé avec lui. Il m'a dit que ma mère disait n'importe quoi. Qu'elle était cinglée, complètement givrée, bonne à enfermer. J'avais envie de le tuer. Puis le soir même, on l'a retrouvé poignardé rue Skulagata.

– C'était un pauvre type, Konrad. Il m'a dit qu'il tuerait maman si je racontais ce qu'il m'avait fait. Il n'allait pas me tuer, moi, mais maman, tu comprends ? Elle a trouvé un peu de sang dans ma culotte, m'a demandé si tout allait bien et il lui a suffi de me regarder dans les yeux pour comprendre ce qui se passait.

– Je sais, elle me l'a raconté.

– Il y a une chose : tu viens de dire que la petite vivait dans un baraquement sur la colline.

– Oui.

– Maman avait déjà des soupçons sur la perversion de ce salaud. Elle m'en a parlé bien plus tard, peu avant de mourir, reprit Beta. Elle ne parlait pas souvent de lui, elle avait presque réussi à l'effacer de son existence, mais aussi étrange que ça puisse paraître, il y avait une chose qui lui restait sur le cœur, et qui a à voir avec les baraquements sur la colline.

– Comment ça ?

– Ça lui a échappé tout à coup. En général, on ne parlait jamais de lui. J'étais assise à la maison avec elle, je lui ai raconté qu'un jour il m'avait emmenée là-bas. Je me rappelle qu'il faisait froid, peut-être même qu'il neigeait. Je me souviens aussi de deux hommes qui me dévoraient des yeux, voilà tout. Quand j'ai raconté ça à maman, elle s'est mise à pleurer et l'a maudit copieusement en me disant qu'à l'époque elle redoutait justement une chose bien précise. J'avais du mal à croire qu'il puisse aller si loin, et pourtant je croyais ce sale type capable de tout.

Konrad regardait Beta, interrogateur.

– Et c'est en rapport avec cette balade sur la colline ?

Beta hocha la tête.

– Maman savait que je n'avais aucune raison d'aller là-bas.

– Et pourquoi… ?

– Elle ne voulait pas que je répète ça à qui que ce soit, d'ailleurs ce n'étaient que de simples soupçons. Elle refusait d'entacher encore plus la réputation de ce salaud. Comme si c'était possible. Elle savait qu'au fond tu l'aimais bien, même si…

– Qu'est-ce qu'elle t'a dit ?

– Ce n'est jamais arrivé, mais ça fait partie des choses qu'elle redoutait avant de le quitter.

– Quoi donc ?

– Tu dois garder à l'esprit que cet homme la faisait vivre dans la violence depuis des années, prévint Beta. Quand je lui ai parlé de cette balade sur la colline et de ces deux hommes qui me dévoraient des yeux, elle m'a dit qu'elle avait craint à un moment qu'il n'essaie de se servir de moi pour gagner de l'argent.

– Comment ça ?

– En me prostituant avec je ne sais quels pervers.

Konrad regarda sa sœur, abasourdi.

– Je n'y crois pas !

– Non, répondit Beta, mais c'est comme ça qu'elle considérait son ex-mari. Elle le pensait capable de tout.

– Elle savait qu'il y avait des hommes de ce genre sur la colline ?

– Elle n'a pas dit ça, mais en t'entendant parler des baraquements j'ai repensé à son cauchemar, à sa crainte de voir ce monstre me jeter en pâture à des salauds et jouer les maquereaux.

28

Elle ouvrit les yeux et regarda la peinture écaillée au plafond. Elle y distinguait toutes sortes de formes et de couleurs qui dansaient, s'assemblaient en images qui flottaient dans l'air, comme projetées par un appareil invisible. Le petit chien blanc assis sur ses pattes arrière, qui jouait avec deux chatons, lui rappelait son caniche passé sous les roues d'une voiture. Le chien reposait dans la rue, sa patte levée remuait frénétiquement dans les dernières convulsions. Elle n'avait pas pu regarder ça, c'était dégoûtant et affreux, elle adorait ce caniche que lui avait offert son père parce qu'elle en avait tellement envie. Elle était en train de jouer avec lui quand il s'était échappé dans la rue. La voiture était arrivée et l'avait écrasé, il était passé sous la roue avant, puis sous la roue arrière. Il semblait pourtant avoir encore un peu de vie, sa patte s'agitait comme s'il appelait à l'aide, elle ne pouvait rien faire puisqu'il était mort, écrasé comme un pâté d'encre sur l'asphalte. L'encre s'étala sur la peinture du plafond où la patte du chien continuait à trembler comme une feuille. Elle était incapable de dire si elle était éveillée, si elle dormait ou si tout ça faisait partie des cauchemars qui venaient régulièrement l'envahir pendant ses descentes. Elle ignorait où elle était, elle avait l'impression que quelqu'un essayait de la baiser, elle le repoussa violemment et se rendormit…

En se réveillant, quelque temps plus tard, elle était en nage, les visions sur le plafond s'étaient évanouies et un homme dormait à ses côtés. Il avait deux fois son âge, sa braguette était ouverte, elle se disait que c'était sans doute lui qui lui avait donné ces pilules au petit matin. Elle supposait que c'était le soir ou peut-être une autre nuit. Elle ignorait toujours où elle se trouvait. Elle se souvenait qu'on lui avait dit que quelqu'un avait quelque chose ou connaissait un gars, ils étaient allés le voir dans un de ces infâmes trous à rats en sous-sol, un de ces squats. Il y avait des matelas crasseux par terre, un canapé éculé, quelques chaises, les murs étaient couverts de graffitis, des symboles et des images qu'elle n'avait jamais compris. Un gars maintenait la flamme d'un briquet sous une cuiller, elle avait aperçu deux seringues, d'autres types fumaient. La musique se résumait à un martèlement qui lui emplissait les oreilles. Un des squatteurs lui avait tendu des pilules qu'elle avait avalées avec de la vodka.

Elle repoussa le gars qui dormait à côté d'elle, enfila son pantalon en essayant d'oublier ce qu'il avait tenté de lui faire et se leva péniblement. Elle porta la main à sa tête qui lui faisait affreusement mal. Elle avait envie de vomir. La lumière d'un lampadaire éclairait la fenêtre juste en dessous du plafond. Elle avait l'impression qu'il n'y avait qu'elle et cet homme dans la pièce. Elle se mit à chercher quelque chose pour calmer sa migraine, tomba par terre, se releva et vomit sur le type.

Puis elle sortit au grand air.

Tout à coup, elle tomba tête la première et se retrouva à plat ventre sans comprendre ce qui lui était arrivé. Elle s'assit sur le trottoir, supposa qu'elle avait trébuché sur le seuil d'un magasin. Elle reconnut la rue Laugavegur, mais ne savait pas si elle marchait vers le centre ou si elle s'en éloignait. Elle n'avait aucune idée de l'endroit où elle allait et se contentait de fixer le trottoir. C'était la nuit, elle avait appris la mort de Danni et ignorait le contenu des pilules que cet homme lui avait données. Elle savait seulement qu'elle se sentait mal, elle avait des nausées, mais n'arrivait pas à vomir. Elle resta immobile, une voiture passa, le conducteur ou un des passagers lui éclaira le visage et la prit en photo avec son téléphone.

Un couple d'âge mûr s'agenouilla à côté d'elle en lui demandant en anglais si tout allait bien. Ils l'aidèrent à se relever, elle leur répondit OK, OK, et continua à marcher le long de Laugavegur en titubant. Une grosse voiture s'arrêta. Une policière se posta devant elle et lui éclaira le visage avec sa lampe de poche. Elle donna un coup de poing dans la lampe et essaya de griffer la représentante de l'ordre qui la repoussa contre le mur où elle se cogna le visage. Un autre policier la plaqua au sol, lui appuya un genou sur les lombaires, lui mit les mains dans le dos en tirant tellement fort sur ses bras qu'elle crut qu'il allait les lui casser. Puis il lui passa les menottes. Tout ce temps, elle hurlait comme un porcelet qu'on égorge.

Nous l'avons retrouvée, annonça la policière dans la radio du véhicule après l'avoir installée sur la banquette arrière. C'est bien elle. Il faut qu'on l'emmène aux urgences. Elle est blessée à la tête.

La radio grésillait.

Oui, c'est ça, complètement… *out*, confirma la policière en se retournant pour la regarder.

Elle aurait voulu lui crier “Saleté de flic”, mais aucun son ne sortit de sa bouche.

Elle avait à nouveau la nausée. Des gouttes de sang tombaient sur le plancher de la voiture de police sans qu'elle comprenne d'où elles provenaient.

C'était Marta qui avait exigé qu'on intensifie les recherches. Elle fut informée de son arrestation le lendemain dans l'après-midi. On avait laissé la jeune fille dormir tout son soûl.

Marta demanda qu'on l'amène à son bureau. Elle y arriva escortée par un policier. Elle s'installa et regarda autour d'elle comme si elle ne comprenait pas ce qu'elle faisait là. La tête enveloppée dans des bandages, ses mains étaient couvertes d'ecchymoses dues à une chute. Elle avait les joues creusées, les lèvres gercées et le regard vague.

– Fanney ? C'est bien toi ? demanda Marta. Cette gamine lui faisait pitié. En l'espace de deux ans, on avait lancé trois avis de recherche la concernant, chaque fois on l'avait retrouvée complètement hébétée.

Fanney hocha la tête.

– Comment tu te sens, jeune fille ?

Fanney haussa les épaules et lui demanda une cigarette.

Marta informa le policier qu'elle n'avait plus besoin de lui. Il quitta le bureau.

– Je n'ai que d'affreuses menthol, répondit-elle en sortant son paquet et son briquet. Elle ouvrit la grande fenêtre qui donnait sur le parking derrière le bâtiment, invita la gamine à s'asseoir à côté d'elle, lui alluma une cigarette et toutes deux rejetèrent leur fumée par la vitre ouverte.

– Tu es une amie de Danni ? demanda Marta.

Fanney hocha la tête.

– Tu sais ce qui lui est arrivé ?

La jeune fille s'accorda un instant de réflexion.

– Elle est morte, n'est-ce pas ? C'est ce que j'ai entendu dire.

– On pense que c'était un accident, répondit Marta en hochant la tête. Elle a probablement fait une overdose. Vous étiez proches ?

– Oui, répondit Fanney.

– Je me dis que tu pourrais peut-être nous aider à découvrir ce qui s'est passé. Tu veux bien ? Tu n'as pas envie de savoir ce qui lui est arrivé ?

Fanney avait fumé la cigarette mentholée à toute vitesse. Elle en demanda une autre.

– Est-ce que Danni avait des raisons de se faire du mal ?

– Je ne sais pas. Parfois, on y pense.

– À quoi ?

– Ben… on se dit qu'on ferait peut-être mieux d'en finir.

– Et elle aussi, elle y pensait ?

– Bien sûr. Ça a bien dû lui arriver. Je ne sais pas. Elle ne m'en a pas parlé.

– Est-ce que quelqu'un d'autre aurait eu des raisons de lui en vouloir ?

– Je n'en sais rien. Qu'est-ce que vous voulez dire ? Qu'on l'a tuée ?

– Tu savais qu'elle faisait la mule ?

– Je sais simplement qu'elle devait de l'argent à tout le monde. Ses grands-parents ne lui en donnaient jamais et elle ne voulait plus vivre chez eux. Je sais qu'elle devait aller au Danemark, mais je ne l'ai pas revue depuis. Qu'est-ce qui lui est arrivé ?

– Nous ne le savons pas encore exactement, répondit Marta. Tu connais ceux à qui elle devait de l'argent ?

– Il y en a un qui s'appelle Randver. Mais ne dites pas que c'est moi qui vous ai donné son nom. Je ne veux pas de problèmes.

– Tu connais Lassi ?

– C'est son copain.

– Ils sont en couple ?

– Ah ça, oui !

– Est-ce que Danni avait déjà eu un copain avant lui ?

– Plus d'un. Elle en a eu des tas, elle les virait et elle en trouvait toujours de nouveaux. C'était une fille très sympa. Très drôle. Elle avait un super sens de l'humour. Elle avait lu toutes sortes de choses et avait toujours un truc à raconter. Elle était toujours là pour aider quand on vomissait, quand on se faisait dessus, si quelqu'un vous frappait.

Fanney tira la dernière bouffée de sa cigarette et jeta le mégot par la fenêtre.

– C'était une fille géniale. Stebbi, le gars qui était avec elle avant Lassi… c'était un emmerdeur. Vous avez interrogé les vieux cons ?

– Les vieux cons ?

– Le grand-père et la grand-mère.

– Pourquoi tu les appelles les vieux cons ? C'est très insultant, non ?

– C'est elle qui les appelait comme ça.

– Danni ?

– Elle les détestait.

– Pourquoi tu dis ça ?

– Parce que c'est vrai.

– Tu sais pourquoi ?

– Elle leur en voulait. Un jour, je lui ai demandé pourquoi, elle n'a pas voulu me le dire ou alors j'ai oublié. Pourquoi toutes ces questions ? Je ne sais pas quoi vous répondre. Je ne sais rien. Juste qu'elle était très en colère contre eux et qu'elle avait des choses à leur reprocher. Elle leur reprochait d'être devenue ce qu'elle était. Je ne sais pas. Je ne sais rien de tout ça.

– Est-ce tu pourrais… ?

– Il faut que vous en parliez à Lassi. Il est courant. C'est à lui qu'il faut poser ces questions. Voyez ça avec lui. Elle lui disait tout.

29

Randver ne se montra pas plus coopératif pendant son deuxième interrogatoire où il arriva la tête enveloppée d'un bandage, les deux yeux au beurre noir et le menton recouvert de pansements. Marta n'avait même pas pitié de lui. Il prêtait plutôt à rire tant son couvre-chef incongru détonnait avec l'expression hargneuse et renfrognée de son visage. Elle avait failli éclater de rire à la vue de ce décalage hautement comique.

Le détenu avait eu le temps de passer en revue avec son avocat les événements qui avaient conduit à son arrestation. Malgré ça, il était toujours aussi buté. Le chef de la brigade des Stups, qui dirigeait l'interrogatoire, lui demanda à nouveau comment il expliquait que Lassi soit tombé, presque mort, du coffre de la jeep qu'il conduisait. Étant donné la gravité des blessures du jeune homme, il n'était pas exclu que Randver et son acolyte se voient bientôt inculpés de meurtre. La police était certaine que c'étaient eux qui lui avaient infligé ce traitement. L'avocat avait tenté de faire comprendre à Randver le sérieux de l'affaire, mais ça n'avait servi à rien.

La police n'était pas restée les bras croisés depuis l'arrestation des deux malfaiteurs. En fouillant l'appartement de Randver, elle avait découvert de la drogue, principalement des pilules d'ecstasy, un revolver, un taser, un énorme sabre et deux battes de base-ball. Son téléphone et ses échanges de mails n'avaient pas révélé grand-chose aux enquêteurs. Il semblait d'ailleurs veiller soigneusement à ne pas laisser de traces sur le Net. Le principal bénéfice qu'il tirait de la révolution numérique se résumait apparemment à la visite de sites porno allemands des plus vulgaires. Il était enregistré comme propriétaire d'un chalet d'été à Vatnsleysuströnd. Deux membres de la Criminelle s'étaient rendus sur les lieux où ils avaient trouvé une cabane à outils au bord de la mer et ce qu'ils supposaient être les fondations d'un futur chalet d'été, creusées des années plus tôt. La porte de la cabane était fermée à clef, mais les enquêteurs avaient un mandat pour la forcer. Ils avaient aussitôt appelé leurs collègues de la Scientifique. Ce qu'ils avaient découvert était terrible. Le portefeuille de Lassi et son permis de conduire gisaient sous la table. Les empreintes digitales et les traces de chaussures relevées dans le sang qui maculaient le plancher prouvaient clairement que Randver et son copain avaient torturé le jeune homme. Plusieurs objets trouvés sur les lieux expliquaient les blessures infligées à Lassi.

– Ouais, et je me fiche complètement qu'il crève, répondit Randver. Je ne lui ai rien fait. Je ne l'ai pas touché.

– Dans ce cas, qu'est-ce qu'il faisait dans le coffre de votre jeep ?

– Je n'arrête pas de vous le répéter, je n'en ai aucune idée. Il s'y était peut-être caché. Qu'est-ce que j'en sais ?

– Nous avons découvert un certain nombre de choses prouvant que Larus Hinriksson a été séquestré et torturé de manière barbare dans la cabane à outils sur le terrain de votre chalet d'été. Comment l'avez-vous connu ?

– Je ne le connais pas du tout, répondit Randver.

– Dans ce cas, vous connaissez peut-être Daniela, une jeune fille qui était la petite amie de Larus ?

– Non plus. C'est qui, cette connasse ? rétorqua-t-il en décochant à son avocat un rictus qui se transforma aussitôt en grimace de douleur. Marta avait du mal à imaginer qu'on puisse être aussi stupide.

– Vous pouvez nous dire ce que Larus faisait dans cette cabane dont vous êtes propriétaire à Vatnsleyströnd ?

– Je suppose qu'il était entré par effraction.

– Et vous, qu'est-ce que vous faisiez là-bas avec lui ?

– Pourquoi vous dites que j'étais là-bas ?

– Vous avez laissé vos empreintes sur les outils dont vous vous êtes servi pour le torturer. On voit les traces de vos chaussures dans son sang. Et nous l'avons trouvé, presque mort, dans votre jeep.

Randver ne répondit rien.

– Vous n'avez pas l'impression que ça crève les yeux ?

– Et voilà, vous me condamnez d'avance, rétorqua le détenu. C'est évident. Je ne lui ai fait aucun mal. Absolument aucun. N'essayez pas de me faire porter le chapeau !

– Vous dites ne pas connaître Danni, mais ça ne vous a pas empêché de l'appeler deux fois avant son départ pour le Danemark il y a quelques jours.

– Ce n'était pas moi, protesta Randver.

– Et qui d'autre ?

– Je ne sais pas. Sans doute quelqu'un qui s'est servi de mon téléphone.

– Et il y a beaucoup de gens qui s'en servent ?

– Ben oui, ça arrive, ça ne me dérange pas de le prêter.

– À qui ?

– J'ai oublié.

L'interrogatoire se poursuivit un bon moment sans que le prévenu change quoi que ce soit à sa version initiale. Têtu comme un âne, il niait tout ce dont on l'accusait et continuait à affirmer que c'était par hasard qu'il avait trouvé le sac de sport.

On le reconduisit finalement à l'isolement dans sa cellule, puis on amena le jeune homme qui était avec lui dans la jeep à la salle d'interrogatoire. Ce dernier habitait encore chez ses parents. En fouillant sa chambre, on avait trouvé une petite quantité de marijuana et quelques pilules d'ecstasy. On n'y avait découvert aucune arme, ni matraque, ni objets contondants, et ses parents avaient été très surpris par l'intervention de la police. Cela valait surtout pour sa mère qui s'était par ailleurs employée à dissimuler son état d'ivresse. Certes, il prenait des trucs, comme la plupart des jeunes de son âge, mais les parents ignoraient que leur fils était le complice de trafiquants et de brutes épaisses. Ils avaient demandé dans combien de temps il serait libéré.

Un bras soutenu par une attelle, il entra dans la salle en boitant, couvert de pansements, maigre comme un clou, le dos voûté malgré son jeune âge. Il passait son temps à renifler la morve qui lui coulait du nez. Il se faisait appeler Biddi. Il se montra nettement plus coopératif que la fois précédente. Quand on lui annonça que la police avait les preuves de sa présence avec Randver dans la cabane à outils, il n'essaya pas de nier, mais fit son possible pour tout mettre sur le dos de son acolyte. Peu à peu, on reconstitua le fil des événements avant leur accident sur le boulevard de Breidholt. Randver avait piqué une grosse colère en voyant que la livraison qu'il attendait n'arrivait pas alors que Danni était déjà rentrée en Islande. Il avait demandé à Biddi de l'accompagner pour chercher Lassi qu'ils avaient trouvé sans difficulté. Le gamin leur avait répondu qu'il ne savait pas où était la came. Randver avait décidé de l'emmener dans cette cabane isolée au bord de la mer où il l'avait battu et torturé.

– Je n'ai rien fait, assura le jeune homme d'un air innocent en regardant son avocat qui avait négocié pour que son client obtienne une remise de peine s'il avouait.

– Vous savez pourquoi Daniela n'a pas livré la drogue ?

– Non, Randver m'a dit que c'était une camée et qu'il y avait toujours des risques avec les gens comme elle.

– Quand vous cherchiez Daniela et Lassi, est-ce que vous êtes passés chez lui ?

– Oui. Il n'y avait personne.

– C'était quand ?

– Je n'en suis pas sûr. Je n'étais pas vraiment…

– Comment vous avez fait pour pénétrer dans l'immeuble ?

– Quelqu'un nous a ouvert la porte et celle du sous-sol n'était pas verrouillée.

– Cela signifie que n'importe qui pouvait y entrer, n'est-ce pas ?

– En tout cas, on n'a pas eu de problème.

– Pourquoi avoir fait subir un tel supplice à Lassi ?

– Randver est cinglé. J'ai bien cru qu'il allait le tuer.

– Vous l'avez pourtant aidé, non ?

– Pas du tout. C'est Randver qui l'a torturé comme ça.

– Nous avons trouvé vos empreintes sur plusieurs outils dans cette cabane. Vos empreintes sanglantes. C'est le sang de Larus.

– Eh bien, c'étaient des outils que Randver me tendait après s'en être servi. J'ai vraiment essayé de le faire arrêter. Je ne sais combien de fois. C'est un sadique. Un vrai sadique, répondit Biddi en regardant son avocat.

– Larus ne vous a pas dit que Daniela était chez lui ?

– À mon avis, il ignorait où elle était. Mais il a dit quelque chose qui a mis Randver hors de lui.

– Quoi ?

– Que Daniela allait le faire plonger. Qu'elle publierait un truc sur le Net.

– Pour faire plonger Randver ?

– Oui, en tout cas, c'est ce qu'il a cru comprendre.

– Et comment il a réagi ?

– Il a pété les plombs. On comprenait à peine ce que Lassi disait étant donné ce que Randver lui avait fait subir… il l'avait sacrément amoché, Lassi aurait raconté n'importe quoi, juste histoire de dire quelque chose, vous comprenez ? Je crois qu'il ne savait plus où il était, on comprenait à peine ce qu'il disait. Randver était camé jusqu'aux yeux, il a cru que Lassi était sérieux, ça l'a rendu complètement dingue. Il disait qu'il allait le buter. Puis, en voyant le SMS de Danni, il n'a plus pensé à rien d'autre qu'à récupérer la came. Il a balancé Lassi dans le coffre de la jeep en disant qu'il allait buter cette petite conne et son copain, et qu'il irait ensuite les enterrer tous les deux à la décharge publique.

30

La vie n'avait pas été tendre pour la fille de Nikulas. Elle n'était toutefois pas disposée à s'appesantir sur la question dans ses conversations avec les inconnus comme Konrad. Il ne se rappelait pas l'avoir croisée quand il était entré dans la police. Elle lui confia qu'elle avait quitté son poste quelque temps plus tôt en précisant qu'elle avait obtenu cet emploi de secrétaire grâce à l'intervention de son père qui l'avait recommandée à ses supérieurs. Lorsque ce dernier était parti à la retraite, peu avant son décès, l'administration n'avait plus eu envie d'employer sa fille à qui elle avait imposé un mi-temps avant de la licencier sous prétexte d'une réorganisation des services. Elle avait passé sa vie dans les bureaux de diverses entreprises où elle avait toujours aimé travailler.

Elle évita soigneusement de lui parler des vieilles histoires que Konrad avait découvertes en interrogeant d'anciens policiers qui se souvenaient de l'époque où le commissariat se trouvait rue Posthusstraeti. Sans la condamner, ses collègues d'autrefois avaient déclaré que la boisson avait conduit la jeune femme à sa perte. Ses supérieurs avaient tenté de lui faire entendre raison plus d'une fois jusqu'au moment où il était devenu impossible de la garder comme secrétaire. Il lui était même arrivé de venir en état d'ivresse. Parfois, elle oubliait simplement qu'elle travaillait. Quelqu'un l'avait décrite comme une célibataire qui menait une existence des plus mornes dans un appartement du quartier des Hlidar.

Konrad l'avait appelée deux fois au téléphone. D'abord réticente à lui parler, elle avait catégoriquement refusé qu'il vienne la voir chez elle. Pendant leur seconde conversation, elle s'était montrée curieuse d'en savoir plus sur la jeune fille du lac. Elle avait fini par accepter de le rencontrer tout près de chez elle et lui avait donné rendez-vous sur un banc du parc de Klambratun où elle aimait venir s'asseoir quand il faisait soleil comme en ce moment.

Le parc de Klambratun se préparait à l'hiver. Les pelouses commençaient à jaunir et à se dessécher sous l'effet du froid. La plupart des arbres avaient perdu leurs feuilles. Les chants d'oiseaux s'étaient tus, on n'entendait plus que le ronronnement incessant des voitures du boulevard Miklabraut qu'on voyait défiler à travers les branches torturées des arbres nus. En été, les gens venaient ici pour s'allonger sur l'herbe et profiter de la vie. Aujourd'hui, ils traversaient le parc d'un pas décidé et à grandes enjambées.

Konrad trouva le banc que la fille de Nikulas lui avait indiqué. Il s'installa et observa les signes du changement de saison puis remarqua une femme d'âge mûr qui sortait du rideau d'arbres longeant Miklabraut et s'avançait vers lui. Sa tenue lui rappelait plus ou moins celle de sa sœur Beta. Toutes deux ressemblaient à des vagabondes sorties d'un conte populaire islandais. Elle portait un anorak qui avait perdu son éclat, un bonnet en laine, une épaisse jupe, de grosses chaussettes et des baskets éculées.

– Vous êtes Konrad ? vérifia-t-elle en approchant. Ils se saluèrent puis elle s'installa à côté de lui sur le banc.

– Merci d'avoir accepté de me rencontrer.

– J'ai été plutôt surprise quand… quand vous m'avez parlé de ce drame au téléphone, déclara Arora, je ne savais pas… enfin, disons que ça m'a étonnée.

– Pourquoi ?

– Eh bien, pourquoi vous imaginez que je sais quelque chose ? J'ignore tout de cette histoire.

– J'ai pensé que vous vous en souviendriez peut-être puisque c'est votre père qui a enquêté sur le drame. Les procès-verbaux ne m'ont pratiquement rien appris et, pour être honnête, j'ai l'impression qu'il n'y a même pas eu d'enquête sur les causes de l'accident. Peut-être parce que le drame touchait des gens qui habitaient dans les baraquements, je ne sais pas. Ou parce qu'on considérait qu'il n'y avait pas de quoi en faire toute une histoire, si vous voyez ce que je veux dire. Les journaux n'ont pratiquement pas parlé de l'accident et, avec tout le respect que je dois à votre père, il me semble que son enquête a été complètement bâclée. Puis les pelleteuses ont rasé les baraquements sur la colline quelques mois plus tard et cette affaire a été enterrée.

– C'est une réaction assez compréhensible étant donné les circonstances, n'est-ce pas ? Surtout à cette époque. On n'en parlait que du bout des lèvres par respect pour la famille.

– Votre père n'a jamais mentionné l'accident ?

– Non. Nikulas ne nous racontait jamais sa journée en rentrant à la maison. Et ça s'est passé avant que je prenne mes fonctions rue Posthusstraeti. Par conséquent, je n'en ai jamais entendu parler.

– On m'a dit qu'il n'était pas vraiment enquêteur à la Criminelle.

– Tout à fait, il assurait surtout des remplacements pendant les vacances d'été. Si je me souviens bien, il avait suivi une formation, mais officiellement il faisait toujours partie de la police de rue où il a fini comme brigadier. En réalité, le travail d'enquêteur ne l'intéressait pas, il trouvait ça barbant. Les cambriolages, vols, agressions et bagarres s'expliquaient pour ainsi dire sans qu'il ait vraiment besoin de creuser. Les auteurs étaient toujours les mêmes. Les meurtres sont extrêmement rares, fort heureusement.

– Fort heureusement, convint Konrad.

La plupart de ceux qui avaient connu Nikulas pendant sa carrière de policier étaient aujourd'hui décédés. Palmi faisait partie des rares personnes encore vivantes à se souvenir de lui, mais les deux hommes n'avaient jamais été proches. Il avait conseillé à Konrad de s'adresser à Arnor, qui avait travaillé avec lui pendant plusieurs années.

Konrad avait téléphoné au domicile de ce dernier, qui n'avait pas tardé à lui confier un certain nombre de choses sur son ancien collègue. Plusieurs femmes s'étaient plaintes de son comportement au cours d'interventions où il était pourtant censé représenter l'ordre et la loi. Il s'était montré grossier à leur encontre, n'avait pas hésité à les harceler, parfois de manière extrêmement insistante, allant même jusqu'à enfreindre la loi. Il s'en prenait surtout aux femmes en difficulté qui étaient les proies les plus faciles pour les hommes comme lui. La police avait très peu réagi à ces signalements, mais Arnor s'était employé à ce que Nikulas soit mis à la porte. Deux femmes étaient venues le voir à quelques mois d'intervalle en affirmant qu'il les avait agressées. Arnor préférait ne pas entrer dans les détails au téléphone, mais il avait laissé entendre qu'il avait forcé la première à lui faire une fellation et qu'il avait tenté d'avoir un rapport sexuel avec la seconde. Tout ça remontait aux années 60. Comme bien souvent dans ces cas-là, il n'y avait aucun témoin. La parole de ces femmes ne faisait pas le poids face à celle du policier.

Konrad hésitait à parler à la fille de Nikulas de la conversation qu'il avait eue avec Arnor. En allant à ce rendez-vous, il s'était demandé comment aborder la question sans la blesser. Il comprit bientôt qu'il n'avait aucune raison de s'inquiéter. Arora mit elle-même le sujet sur le tapis.

– Je suppose qu'on vous a dit que Nikulas n'avait pas bonne réputation dans les rangs de la police, commença-t-elle.

– Oui, je…

– C'est pour cette raison que vous m'avez contactée ?

– Non, ça n'a rien à voir, mais on m'a effectivement confié certaines choses, avoua Konrad, toujours réticent à s'engager dans cette voie.

– Qui vous en a parlé ?

– D'anciens policiers.

– Pourquoi vous intéressez-vous à Nikulas ? Qu'est-ce que… qu'est-ce que vous cherchez au juste ?

– Je veux essayer d'avoir une image plus nette de ce qui est arrivé au lac de Tjörnin, répondit Konrad. Savoir s'il vous en avait parlé à vous ou à votre mère. Si cette histoire était pour lui source d'inquiétude. Je n'ai pas grand-chose en main et, évidemment, tout ça remonte à très longtemps…

– Source d'inquiétude ? Comment ça ? Vous sous-entendez que ce n'était pas un accident ?

– Oui, consentit Konrad, encore réticent à lui parler de son amie voyante, n'étant pas certain lui-même de l'objectif qu'il poursuivait en se livrant à ces investigations. Peut-être manquait-il simplement d'occupation depuis qu'il était à la retraite. En réalité, il y a toutes les chances pour qu'il se soit agi d'un simple accident, ajouta-t-il. Mais j'ai envie d'en savoir plus, voilà tout.

– Cette gamine était de votre famille ?

– Non.

Arora regardait les arbres et leurs branches dénudées en écoutant le brouhaha permanent du boulevard Miklabraut.

– C'est une des premières choses que j'ai découvertes en arrivant rue Posthusstraeti. Je m'y plaisais beaucoup. Il y avait des gens très bien dans la police, à cette époque. Et je suppose encore aujourd'hui.

– Qu'est-ce que vous avez découvert ?

– Que Nikulas n'était pas apprécié. Je me rappelle d'ailleurs que ça ne m'a pas étonnée. J'ai mieux compris pourquoi il n'aimait pas parler de son boulot. Au début, il ne voulait pas que j'aille travailler là-bas et refusait d'user de son influence. Puis on lui a demandé si c'était sa fille qui avait posé sa candidature à cet emploi de secrétaire et il a fini par me recommander.

– Cela dit, il ne vous a pas interdit de solliciter le poste ?

– Non, mais j'avais l'impression que mon initiative lui déplaisait fortement.

– Vous dites que vous n'étiez pas étonnée de découvrir qu'il n'était pas apprécié. Pourquoi ?

– Parce que c'était le genre d'homme qui vous mettait mal à l'aise, répondit Arora, je le savais parfaitement. Je n'ai pas envie de développer. En tout cas, personne au commissariat ne m'a fait payer son comportement, bien au contraire. Puis il est parti quelque temps plus tard, et je n'avais plus à me soucier de lui.

– Vous savez que plusieurs femmes se sont plaintes ? Elles lui reprochaient d'être grossier et même…

– Oui, on m'a dit ça.

– Ça n'a pas dû être facile d'entendre ces accusations.

– Bien sûr que non. Mais je plaignais surtout ces pauvres femmes.

– J'imagine que vous étiez surprise, poursuivit Konrad.

– Oui, j'étais assez étonnée.

– Seulement assez ?

– Oui.

– Parce qu'il mettait les gens mal à l'aise ?

– Oui. Parce qu'il était vulgaire. Et il n'était pas gentil avec ma mère.

– C'était difficile de vivre sous son toit ?

– Il n'était pas toujours facile. Surtout quand il buvait, ce qui était fréquent. Je n'aime pas trop parler de ça. Il faut aussi que… j'ai beaucoup à faire aujourd'hui.

Arora se prépara brusquement à partir.

– Bien sûr, répondit Konrad, merci beaucoup d'avoir accepté de me rencontrer. J'ai remarqué que vous l'appelez toujours Nikulas plutôt que papa ou bien mon père.

– C'est une vieille habitude.

– Je comprends.

– Bon, il faut vraiment que j'y aille, déclara-t-elle en se levant et en remontant la fermeture éclair de son anorak. J'ai vite appris à ne plus l'appeler papa. Au commissariat, ses collègues le surnommaient saint Nikulas, vous êtes au courant ? Pour rire, évidemment. Justement parce qu'il n'avait rien d'un saint.

– Non, je ne savais pas.

– Ces gens-là voyaient clair. On pourrait attribuer un grand nombre de qualificatifs au défunt Nikulas, mais sûrement pas celui de saint.

31

Le calme était revenu à l'hôpital après l'agitation de la journée. Konrad sortit de l'ascenseur et se dirigea vers le service des soins intensifs. Le couloir était presque désert. L'aide-soignant et l'infirmière qui le traversèrent à pas feutrés ne s'inquiétèrent pas de sa présence. Il avait prévu de se présenter comme un ami de la famille de Lassi au cas où on lui poserait des questions, mais ça n'avait pas été nécessaire. Il n'y avait aucun policier en faction devant la chambre du jeune homme alors qu'il était mêlé à du trafic de drogue et qu'il avait peut-être des délinquants extrêmement violents à ses trousses. Konrad supposa que la police avait considéré qu'il ne courait aucun risque à l'hôpital. En outre, les sempiternelles suppressions de postes ne permettaient pas qu'on consacre de précieux moyens humains à surveiller jour et nuit un petit délinquant.

Il avança dans le couloir jusqu'à la chambre où Lassi était maintenu en coma artificiel. Son état de santé présentait des signes d'amélioration et on ne tarderait plus à le réveiller, lui avait dit Marta en l'appelant en début de soirée, comme par habitude. Elle lui avait parlé de Lassi, de Danni et de son amie qui avait affirmé que la jeune fille détestait ses grands-parents.

– Ah bon ? Ces braves gens ? s'était étonné Konrad.

– Celle qui nous a dit ça s'appelle Fanney, ce n'est peut-être pas le témoin le plus fiable. C'est une gamine adorable, mais bon, c'est quand même une junkie.

– Tu comptes leur en parler ?

– J'imagine qu'ils ont fait tout ce qu'ils ont pu pour l'empêcher de se droguer et qu'ils se sont disputés avec elle. C'est toujours le même scénario. Ceux qui veulent aider passent en général pour les pires emmerdeurs.

Marta lui résuma les interrogatoires de Randver et de son acolyte. Apparemment, Danni ou Lassi avait menacé de publier sur le Net des informations sur les activités de Randver ou des choses le concernant. Ça l'avait rendu fou de colère alors qu'il était déjà complètement drogué et déconnecté.

Seul dans sa chambre misérable, un masque à oxygène sur le visage, Lassi était branché à des tas d'appareils dont Konrad ignorait en grande partie les fonctions. On lui administrait des traitements par perfusion. Des pansements protégeaient les plaies ouvertes que les médecins avaient recousues. Konrad demanda à l'aide-soignant qui sortait de la pièce s'il avait reçu des visites. L'employé n'en savait rien, il venait de prendre son service. Il ne lui avait pas demandé ce qu'il venait faire dans la chambre du principal témoin d'une affaire criminelle.

Konrad le savait à peine lui-même si ce n'est qu'il avait éprouvé le besoin de voir Lassi pour associer un visage à ce nom. Il n'arrivait pas à effacer de son esprit l'image du sous-sol où il avait trouvé Danni gisant parmi les détritus, une seringue plantée dans le bras. Il pensait à leurs dettes, à Danni passant la douane, à Lassi aux mains de ces deux barbares, et ne pouvait s'empêcher de ressentir une profonde compassion pour ces deux débutants dans le monde du crime. Il imaginait leur descente, tellement typique des jeunes dépendants de l'alcool et de la drogue, qui ne voulaient ou ne pouvaient pas décrocher, et qu'on retrouvait à la rue, déphasés, marginaux, paumés. Son expérience de policier lui avait enseigné que, dans certains cas, leur addiction s'expliquait par une profonde souffrance ou une grande colère que la drogue atténuait momentanément. Ces répits de courte durée étaient cependant payés au prix fort : violence, abus de toutes sortes et prostitution.

Konrad regardait le visage défiguré de Lassi en songeant aux mécanismes de l'existence quand il entendit du bruit derrière lui. Un jeune homme entra dans la chambre, hésitant, et lui demanda si c'était bien Larus qui était allongé dans le lit. Konrad lui répondit que oui.

– Mon Dieu, c'est affreux, commenta le jeune homme en approchant.

– Vous êtes… ?

– Son frère. Vous croyez qu'il s'en remettra ?

– Je ne suis pas médecin, avoua Konrad. Je connaissais sa petite amie, Danni.

– La gamine qui est morte ?

– C'est moi qui l'ai trouvée chez votre frère.

– Ah, d'accord. Je ne la connaissais pas. Les policiers m'ont dit qu'ils s'entendaient bien.

– Tout à fait.

– Il ne méritait pas ça, reprit le jeune homme, les yeux baissés sur le lit. Même s'il était insupportable, même s'il a passé son temps à nous mentir et à nous extorquer de l'argent. Personne ne mérite une chose pareille. Vous avez vu dans quel état ils l'ont mis ? Je n'arrive pas à croire que ces sauvages aient pu le traiter comme ça.

– Ils disent qu'il a essayé de les doubler dans une histoire de trafic de drogue.

– Ouais, ça ne change rien. Ce sont des barbares.

– En effet.

– Tout à l'heure, je discutais avec mon autre frère, et on se disait qu'on devrait s'arranger pour les attirer dans notre atelier et les amocher… pardon, mais vous pouvez me rappeler qui vous êtes ?

– Un ami de la famille de Danni, répondit Konrad.

– Elle était complètement larguée, n'est-ce pas ?

– Disons qu'elle et Lassi étaient dans le même bateau.

– Ça ne m'étonnerait pas que ce soit elle qui ait rédigé l'ordonnance à mon nom pour obtenir les médicaments.

– Les médicaments ?

– Lassi m'a dit que c'était lui, mais je n'en suis pas sûr. Je crois qu'il s'agissait de pilules contre les crises d'épilepsie. Je ne me rappelle pas leur nom. Lyrsika ou je ne sais quoi. Vous connaissez ?

– On prescrit du Lyrica dans les cas d'épilepsie. Je suppose que c'est ce dont vous parlez.

– Oui. J'étais à l'atelier et le téléphone a sonné. C'était une pharmacie de Hafnarfjördur qui m'appelait pour m'informer que ce médicament…

– Le Lyrica.

– … ah oui, le Lyrica n'était pas disponible, mais qu'ils pouvaient me fournir un traitement de substitution sauf si je préférais attendre qu'ils reçoivent l'autre. Je ne voyais pas du tout de quoi ils parlaient. La femme au bout du fil a vérifié et j'ai compris qu'on m'avait prescrit un traitement contre l'épilepsie que je n'avais jamais demandé et dont je n'avais aucun besoin.

– C'est un produit apprécié des drogués, répondit Konrad. Ils arrivent à en tirer quelques effets.

– Évidemment, j'ai découvert que Lassi ou la gamine avait fait une ordonnance à mon nom pour avoir ces trucs-là. J'imagine qu'ils ont rédigé d'autres prescriptions en se servant d'autres noms. Lassi m'a tout avoué quand j'ai réussi à lui mettre la main dessus. Ils avaient piqué un carnet d'ordonnances à un médecin et imité son écriture de toute manière incompréhensible. Il m'a demandé de n'en parler à personne.

– Certains sont rudement débrouillards pour se procurer leur dose, répondit Konrad. On m'a dit qu'ils étaient très proches.

– Oui, évidemment. Je n'ai jamais rencontré cette fille. Je n'étais pas souvent en contact avec Lassi depuis quelque temps, sauf quand je l'ai appelé pour lui parler de cette histoire. C'est comme ça. Toutes ces trahisons et ces mensonges… Vous savez ce qui est arrivé à Danni dans la chambre de mon frère ?

– On pense qu'elle est morte d'une overdose. Sans doute accidentelle. Sans doute parce qu'elle a été trop gourmande.

– Ce n'est pas un suicide ?

– Personne ne sait ce qu'elle pensait, répondit Konrad en regardant l'équipement et les tuyaux qui entouraient le blessé. Sauf peut-être Lassi. Il est sans doute le seul à pouvoir nous le dire.

– S'il survit.

– Oui, s'il survit.

Marta avait mis ces gens dans une telle colère qu'elle pensait qu'il valait mieux qu'elle parte pour qu'ils puissent reprendre leurs esprits. Elle était passée chez eux en sortant du travail pour leur toucher un mot des déclarations de Fanney, la jeune droguée, à propos de la haine que, selon elle, son amie Danni vouait à ses grands-parents. Marta avait tenté de leur en parler sans les effaroucher, mais maladroite comme elle était parfois, elle avait échoué. Elle s'était pourtant employée à ne pas citer directement les propos de Fanney, qui les avait traités de vieux cons en disant que Danni les détestait et que c'était leur faute si elle était dans cette situation. Mais le couple, surtout l'épouse, l'avait harcelée de questions et exigé de savoir ce qu'elle cherchait. Ils lui avaient demandé pourquoi elle tournait autour du pot comme un chat autour d'une écuelle de lait. Sans citer aucun nom, Marta avait répondu qu'elle avait interrogé les amies de Danni : l'une d'elles avait déclaré qu'elle nourrissait une certaine hostilité à l'égard de ses grands-parents, une hostilité qui confinait à la haine, et la policière avait envie de savoir ce qu'il en était, s'ils pouvaient lui parler de leurs relations avec leur petite-fille et lui expliquer pourquoi elle était médisante envers eux.

– Enfin, cette pauvre gamine était complètement droguée du matin au soir, n'est-ce pas ? avait rétorqué l'épouse. Quelle valeur accorder à de tels propos ? Il est logique qu'elle ait eu des choses à nous reprocher puisque nous passions notre temps à essayer de lui faire entendre…

Elle n'acheva pas sa phrase. Marta balaya le salon du regard. Ils avaient reçu quantité de fleurs et de lettres de condoléances, pour certaines envoyées par de hauts responsables de la nation, et les avaient installées partout où il y avait de la place.

– Qu'est-ce qu'elle disait exactement à ses amies ? demanda l'époux en haussant les sourcils.

– Je préfère ne pas…

– Quoi ? Qu'est-ce qu'elle disait ?

– Eh bien, tout d'abord, qu'elle vous haïssait.

– Mon Dieu… avait soupiré la femme.

– Elle disait aussi que vous étiez responsables de ce qui lui était arrivé.

– N'importe quoi ! s'était écrié le mari.

– Je pensais que vous pourriez peut-être m'expliquer pourquoi elle éprouvait de tels sentiments et ce qui la poussait à s'exprimer ainsi, avait plaidé Marta.

– Tout ça n'a ni queue ni tête ! avait explosé le mari en regardant sa femme d'un air inquiet.

– Vous avez sans doute ressenti… avait repris Marta, aussitôt interrompue par le maître de maison.

– Je n'arrive pas à croire qu'elle ait pu dire des choses pareilles. Je suppose que ça prouve à quel point elle était perdue. Voilà tout. Ça prouve qu'elle était complètement noyée dans ces… dans ces horreurs.

– Pauvre enfant, avait soupiré la femme.

– Les amies dont vous parlez, elles aussi, elles sont dans le caniveau ? s'était enquis l'époux d'un ton méprisant. Ce ne sont sans doute pas des témoins les plus fiables, n'est-ce pas ?

– Je ferais peut-être mieux de revenir vous voir plus tard, avait répondu Marta. Nous enquêtons sur le décès de Danni en prenant en compte le contexte, le trafic de drogue et son implication avec des délinquants. Je tiens à en savoir le plus possible sur elle.

– Comment ça ? Vous voulez dire qu'on a ouvert une enquête pour meurtre ?! s'était affolé le mari en la raccompagnant à la porte.

– Il manque un certain nombre de pièces au puzzle, avait répondu Marta en veillant à ne pas trop en dire. Danni s'était fait des ennemis.

– Et ils sont responsables de sa mort ?

– Je ne sais pas. Son décès n'a peut-être rien à voir avec ça. En tout cas, je suppose que vous souhaitez connaître les événements qui l'ont entraîné et savoir s'ils sont en rapport avec le trafic de drogue ou autre chose.

– Nous voulons seulement que tout ça s'arrête, avait répondu l'époux. Que cette affreuse histoire finisse sans que vous passiez votre temps à nous exaspérer en nous harcelant de questions auxquelles nous sommes incapables de répondre.

32

La chambre était spacieuse. L'amie d'Eyglo la partageait avec son petit frère qui la suivait comme son ombre et n'aimait pas qu'elle le laisse de côté. Eyglo allait parfois jouer chez eux après l'école. Elle appréciait leur compagnie. Leur mère l'accueillait toujours avec gentillesse, elle leur beurrait des tartines, leur donnait un verre de lait et des gâteaux secs qu'elle avait toujours en quantité.

Contrairement à la mère d'Eyglo, elle était femme au foyer, son intérieur était toujours impeccable et, quand elle venait dans cet appartement, Eyglo sentait la douce odeur de propre qui flottait dans l'air. Chez elle, il n'y avait personne. Toute seule, elle s'ennuyait. Son père passait son temps à courir en ville, parfois on ne le voyait pas des jours durant. Sa mère travaillait comme une esclave à l'usine de poisson. Elle rentrait épuisée, sa fille l'aidait à faire le ménage, puis elle allait s'allonger sur le canapé.

L'appartement de son amie se trouvait au rez-de-chaussée d'un immeuble moderne. Les pièces étaient spacieuses et élégantes, des tableaux étaient accrochés aux murs et le sol recouvert de bois que sa copine appelait du parquet. Les trois enfants buvaient du jus d'orange frais, Eyglo n'en avait jamais goûté jusque-là. Et ils ajoutaient du chocolat en poudre dans le lait.

– Qu'est-ce que c'est que ça ? avait un jour demandé la maman en remarquant la ficelle qu'Eyglo portait autour du cou.

– La clef de chez moi, avait répondu la petite en la lui montrant.

– La clef de chez toi ? Il n'y a donc personne pour t'accueillir après l'école ? s'était-elle étonnée. La jeune invitée avait remarqué l'attitude de la femme qui, sa cigarette à la main, observait parfois avec envie depuis la fenêtre de son salon la vie qui se déroulait à l'extérieur. Plus tard, lorsque Eyglo s'était engagée dans les luttes féministes, le souvenir mélancolique de cette femme debout à sa fenêtre lui était revenu plus d'une fois à l'esprit.

Mais ce n'était pas uniquement pour cette raison qu'elle repensait parfois avec tristesse à ses visites chez son amie. Un jour, elle s'était un peu trop attardée, la nuit presque éternelle de l'hiver pesait sur la ville. Le père était rentré, le dîner attendait sur la table et la mère lui avait demandé s'il n'était pas temps de repartir chez elle, à moins qu'elle ne veuille manger avec eux. Elle était la bienvenue. Ils ignoraient qu'Eyglo s'était réfugiée dans la cuisine et qu'elle était morte de peur à l'idée de devoir retourner dans la chambre pour y chercher son cartable. Elle avait pourtant rarement peur de ce qu'elle voyait même si ça lui arrivait parfois.

– Il y a quelque chose qui ne va pas, ma petite ? s'était inquiétée la maman.

– Non, avait répondu Eyglo. J'attends.

– D'accord, ma chérie, mais tu attends quoi ?

– La femme.

– Quelle femme ?

– Celle qui porte la robe noire.

La mère avait regardé son mari qui avait haussé les épaules comme si ça ne le concernait pas. Puis elle avait essayé de faire entendre raison à l'enfant.

– Il n'y a aucune femme ici à part moi, avait-elle assuré. De quelle femme tu parles ?

– De celle qui est dans la chambre et qui porte une robe noire, avait répondu Eyglo.

– Toi aussi, tu l'as vue ? avait demandé la mère à sa fille qui avait secoué la tête. Quelqu'un est entré avec toi ? avait-elle interrogé son mari.

Il avait également secoué la tête, comme s'il trouvait la question déplacée.

– Viens, avait dit la maman, je veux que tu me la montres.

Elle avait pris la main d'Eyglo qui avait résisté, terrifiée à l'idée de revoir la femme en noir. Mais ça n'avait servi à rien, la mère de son amie était déterminée, elle l'avait presque traînée derrière elle avant d'ouvrir d'un coup sec la porte de la chambre des enfants.

– Enfin, ma petite Eyglo, qu'est-ce que c'est que ces bêtises ? Tu vois bien qu'il n'y a personne. Allons, va reprendre ton cartable. Tes parents doivent s'inquiéter.

Eyglo était entrée dans la pièce en gardant les yeux rivés au sol. Elle avait attrapé son cartable puis était ressortie en vitesse. Elle y avait à nouveau perçu la présence de la femme dans un coin, qui l'avait regardée, elle avait le cou brisé, sa tête pendait mollement sur son épaule, un pan de sa robe noire était déchiré. Elle avait sans doute eu un grave accident. Dès qu'elle était sortie de la chambre, Eyglo avait jeté un œil à l'intérieur et constaté que la femme n'y était plus.

Elle s'était immédiatement calmée. Cette apparition n'annonçait sans doute rien de bon, mais elle se sentait quand même soulagée.

Lorsqu'elle était effrayée par les choses qu'elle voyait et qui restaient invisibles à d'autres, elle en parlait à son père, à Engilbert. Il l'avait d'ailleurs encouragée en lui disant qu'elle se sentirait mieux si elle pouvait partager son expérience. Elle évitait d'en discuter avec sa mère qui n'appréciait pas du tout qu'elle ait hérité des facultés d'Engilbert et aurait préféré avoir une fille normale, une fille qui n'ait pas de visions surnaturelles et soit imperméable aux phénomènes paranormaux, aux fantômes et à tout ce cirque. C'était le domaine réservé d'Engilbert. Sa mère aurait voulu qu'Eyglo soit exempte de ce don déplorable. Elle ne croyait pas à la vie après la mort et se tenait à l'écart des activités de son mari. La mort est la fin de tout, avait-elle martelé à sa fille, avec tout le bon sens de l'ouvrière qui n'avait pas le privilège de pouvoir passer son temps à s'interroger sur le sens profond de la vie. Et n'imagine pas qu'il en aille autrement. Nous finirons tous dans la tombe et ensuite, ce sera terminé, il n'y a rien d'autre après. Ces choses sont uniquement dans ta tête. Tu tiens ça de ton père et plus vite tu te déferas de ces lubies, mieux ce sera.

La réaction d'Engilbert avait été tout à fait différente. Plus tard ce soir-là, après que sa mère s'était couchée, elle lui avait parlé des murmures qu'elle entendait parfois, et de cette femme en robe noire. Il s'était enflammé comme chaque fois qu'on lui racontait des histoires d'au-delà. Il lui avait demandé où elle avait eu cette vision, dans quelle direction cette femme regardait, si elle avait dit quelque chose ou donné des indices sur son identité et si elle savait à quelle époque elle appartenait. Est-ce que c'était la première fois qu'elle la voyait ?

Les gens qui vivaient dans cet appartement l'avaient-ils reconnue quand Eyglo l'avait décrite ? Eyglo lui avait répondu qu'elle supposait que non parce que personne ne l'avait crue.

La peur que lui avait inspirée la femme en noir avait continué à la hanter. Puis, trois semaines plus tard, elle avait appris l'affreuse nouvelle à l'école. Elle était rentrée chez elle en courant à toutes jambes, en larmes. Pour une fois, Engilbert était à la maison. Il sentait l'alcool, il avait le regard vague, absent, comme lorsqu'il rentrait après ses longues beuveries. Cela ne l'empêchait pas d'être toujours gentil avec sa fille, même quand il était encore ivre. Il s'était assis à côté d'elle et lui avait demandé pourquoi elle pleurait.

– Le frère de mon amie a eu un accident, avait-elle répondu.

– Non, ce n'est pas possible ?!!

– Une voiture l'a renversé devant son immeuble.

– Pauvre garçon. J'espère qu'il va mieux.

– Mon amie n'est pas venue en cours et… je… notre professeur nous a parlé d'un terrible accident.

– Mon Dieu, quelle horreur !

– Il nous a demandé de prier pour la famille.

– Et c'est exactement ce que nous allons faire, ma chérie. Nous allons prier pour ces pauvres gens. Mais dis-moi, il va mieux ? Il a été gravement blessé ? Tout va bien, n'est-ce pas ?

– Non…

Eyglo avait été incapable de retenir ses larmes.

– Ebbi est mort à l'hôpital, avait-elle haleté entre deux sanglots. Il est mort. Ebbi est mort.

33

Konrad regardait la pluie. L'air grave, il écoutait en silence Eyglo disserter sur des phénomènes que personne n'était en mesure de prouver ni d'expliquer. Peu de gens croyaient à ces choses-là, la plupart considéraient qu'elles relevaient de superstitions, de simples hasards, de délires, ou que certains y voyaient un moyen d'extorquer de l'argent aux crédules. Eyglo n'essayait pas de le convaincre de quoi que ce soit, elle lui avait raconté la mort d'Ebbi en la présentant comme un des drames de son existence. Certes, l'événement datait de plusieurs dizaines d'années et il y avait longtemps que le nouveau siècle avait débuté, mais Konrad se rendait compte que cette histoire continuait à la hanter et qu'elle ne prenait aucun plaisir à lui en parler. Elle avait eu l'impression qu'il mettait sa parole en doute et tenait à lui prouver son entière honnêteté, en paroles comme en actes.

Ils se trouvaient dans le bâtiment de la mairie de Reykjavik. Le ciel était chargé de nuages, il s'était mis à pleuvoir peu avant leur arrivée. C'est Eyglo qui avait suggéré qu'ils se retrouvent là en ajoutant qu'ils pourraient y voir une exposition de vieilles photos aériennes datant de l'époque où la ville s'était étendue à toute vitesse, juste après la guerre. Elle avait pensé que ça l'intéresserait. Pris du point de vue des oiseaux, ces clichés montraient les campagnes parsemées de fermes où s'élèveraient plus tard les quartiers de Haaleiti et de Breidholt. On y voyait aussi les baraquements que les Britanniques puis les Américains avaient construits ici et là dans Reykjavik pendant la Seconde Guerre mondiale, à l'ouest de Grandi et à l'est de la rivière d'Ellidaa. En parcourant l'exposition, Eyglo et Konrad avaient assisté au développement de la ville avant d'aller s'asseoir à la cafétéria où elle lui avait raconté l'histoire de la femme à la robe noire.

Konrad venait alors de lui exposer le fruit de ses recherches concernant la jeune fille de Tjörnin. Il avait précisé que Nikulas, le policier chargé de l'affaire, manquait cruellement de professionnalisme dans tous les domaines. Il avait la réputation de s'en prendre sexuellement aux femmes qui demandaient de l'aide aux forces de l'ordre. Konrad prévoyait également de contacter le fils du beau-père de Nanna pour qu'il lui décrive la vie sur la colline de Skolavörduholt. Il ne manquerait pas de lui parler de la poupée.

– En tout cas, Nanna dessinait très bien, avait-il dit.

– Je n'arrête pas de penser à cette poupée. Il y a là quelque chose que je ne comprends pas, une chose…

Eyglo n'avait pas terminé sa phrase.

– Enfin, il y a longtemps qu'elle doit être perdue, avait-elle conclu.

– Vous êtes toujours en contact avec cette amie d'enfance, la sœur du garçon ? avait demandé Konrad après qu'elle lui avait parlé de la femme à la robe noire.

– Non. Je ne suis jamais retournée voir ces gens. Je n'en ai pas eu le courage. Tout ça dépassait mon entendement, je n'étais qu'une enfant. J'aurais sans doute dû les prévenir du danger, mais je n'avais pas compris et, de toute manière, personne ne m'aurait crue.

– Cet événement vous a beaucoup marquée ?

– Un an plus tard, quand j'ai vu la jeune fille pendant la fête d'anniversaire, j'ai eu le même sentiment, je me suis dit que ça n'annonçait rien de bon. Je détestais ces visions, quelle que soit leur origine, qu'elles proviennent de sensations ou d'intuitions, qu'elles aient été le fruit de mon imagination, que ce soient des fantômes venus d'un autre monde ou que ces manifestations aient une tout autre explication... Je ne comptais pas les exploiter. Je l'ai dit à mon père. Je lui ai dit que je ne voulais pas. Il a essayé de m'apprendre à accepter ces visions, mais je n'y arrivais pas et ça me mettait en colère, j'étais aussi furieuse contre lui et contre ma mère parce qu'elle ne me comprenait pas. Tout ça me rendait folle de rage, c'est terrible d'être si jeune et de ne pas comprendre ce qui vous arrive. C'est un sentiment très déplaisant.

– J'imagine, avait répondu Konrad.

– J'ai donc essayé de les ignorer puisque je ne comprenais pas vraiment leur nature.

– Je crois comprendre ce que vous voulez dire.

– La colère n'engendre rien de bon.

– Et la femme que vous avez vue dans cet immeuble ?

Konrad perçut une hésitation.

– Je suppose que vous avez vos raisons pour me raconter cette histoire ici, à la mairie ? avait-il demandé en observant les autres visiteurs de l'exposition. La pluie frappait violemment la surface du lac de Tjörnin qui s'étendait vers la rue Skothusvegur. Pourquoi m'avoir donné rendez-vous ici ? Ce n'était quand même pas uniquement pour contempler le Reykjavik d'autrefois ?

Eyglo esquissa un sourire un peu las, comme si elle n'était pas sûre d'avoir le courage de se confronter une fois de plus à ces questions sans réponses.

– Cette femme à la robe noire, vous connaissez son identité ?

– Venez, répondit Eyglo en se levant, j'ai quelque chose à vous montrer.

Konrad la rejoignit devant la photo aérienne d'un ancien camp militaire installé à l'ouest de la ville. Les baraquements étaient alignés selon un plan en damier. En regardant de plus près, on distinguait les voitures qui roulaient dans ces rues sans nom. Eyglo lui montra un croisement.

– C'est à cet endroit que c'est arrivé, dit-elle.

– Quoi donc ?

– Trente ans après avoir vu la femme dans la chambre d'Ebbi et de mon amie, je suis allée au cadastre. J'avais passé tout ce temps à me poser la question de son identité sans jamais essayer d'y répondre. C'était un souvenir douloureux que je préférais oublier et je savais que ça ne changerait rien que j'aille me renseigner. Il m'a fallu toutes ces années avant de pousser la porte de ce bureau pour interroger les spécialistes de l'histoire de la ville, les gens qui étaient au courant des démolitions, des constructions, des lieux qui ont existé puis disparu et dont plus personne ne se souvient. Par exemple, les anciens carrefours, étant donné que j'étais persuadée que cette femme avait été victime d'un accident de la circulation. J'ai également feuilleté les vieux journaux et on m'a permis d'accéder aux archives de la police mentionnant les accidents mortels sur une période précise. Elles donnaient les noms des victimes. C'est comme ça que j'ai fini par retrouver la sœur de la femme qui m'est apparue dans la chambre.

Konrad scrutait la photo du carrefour situé à l'entrée du camp militaire. Le cliché avait été pris à une certaine altitude par une belle journée d'été et on y voyait l'ombre des bâtiments.

– La femme à la robe noire était la petite amie d'un soldat américain, reprit Eyglo. Ils étaient ensemble depuis quelques mois, follement épris. Sa sœur m'a dit combien ils étaient heureux tous les deux, ils filaient le parfait amour. Ce soir-là, en rentrant d'un bal de l'armée, ils étaient montés dans une jeep décapotable. Sans qu'on sache pourquoi, le véhicule roulait trop vite en arrivant au carrefour, il s'était renversé et avait fait un tonneau. La jeune femme était morte instantanément, le cou brisé. Son amoureux s'en était sorti avec quelques égratignures.

Eyglo passa son doigt sur le verre qui couvrait le cliché pour en ôter une poussière.

– J'ai interrogé un ancien soldat qui se souvenait parfaitement de cette histoire. Un Islandais du Canada qui avait été envoyé ici pendant la guerre et travaillait dans la police militaire. Il s'appelait Thorson, il est revenu s'installer en Islande après la fin des hostilités.

– Thorson ? Je sais qui c'est, répondit Konrad. Il est décédé il n'y a pas si longtemps…

– Oui, j'ai lu ça dans les journaux. C'était un homme adorable et il m'a beaucoup aidée. Thorson se rappelait tous les détails. Il était allé sur le lieu de l'accident. Il m'a dit que le soldat ne s'était jamais remis d'avoir perdu la femme de sa vie. Trois semaines après l'accident, il s'est suicidé d'une balle dans la tête à l'intérieur d'un baraquement.

Konrad commençait à soupçonner où Eyglo voulait en venir en lui racontant tout ça.

– Des années plus tard, le camp militaire a été rasé, reprit-elle. Toute une population de pauvres s'était installée dans ces baraquements désaffectés et y est restée pendant plus de dix ans. Quand les autorités ont jugé qu'ils n'étaient plus habitables, elles ont tout rasé pour bâtir des immeubles. Un de ces immeubles a été construit sur l'emplacement de l'ancien carrefour. Un jeune couple de Reykjavik a emménagé au rez-de-chaussée. Ils ont eu deux enfants dont l'un est mort, renversé par une voiture, juste devant leur porte.

Konrad regarda Eyglo. Elle avait les larmes aux yeux.

– Dites-moi, Konrad, vous pouvez expliquer ça ? reprit-elle. Parce que, si vous en êtes capable, je serais curieuse de voir comment vous vous y prenez.

34

On amena une nouvelle fois Randver à la salle d'interrogatoire. Il avait bénéficié des meilleurs soins médicaux, on avait changé les bandages qui lui enveloppaient la tête et il avait l'air moins ridicule. Il affichait toutefois la même hostilité et refusait toujours de coopérer. Assis, l'air buté, à côté de son avocat, il lançait des regards noirs à Marta qui dirigeait l'interrogatoire. Ayant eu plus d'une fois face à elle des salauds à qui elle n'avait eu aucun mal à tirer les vers du nez, elle ne se laissa pas impressionner.

Au bout d'une demi-heure de tergiversations, de sarcasmes et de menaces sournoises proférées par le détenu, elle avait décidé d'arrêter de perdre son temps et refermé le dossier qu'elle avait devant elle.

– Ce type est toujours assommé à l'hosto ? demanda Randver. Son avocat l'avait informé de l'état de santé de Lassi. Apparemment, ça l'amusait de savoir que le jeune homme était encore en soins intensifs. De plus, ces interrogatoires offraient une distraction bienvenue par rapport à l'ennui de l'isolement. Marta avait l'impression que la solitude commençait cependant à lui peser, même s'il paradait plus encore que d'habitude.

– Il souffre de graves traumatismes, répondit elle. Vous n'y êtes pas allé de main morte.

– Je ne l'ai pas touché, rétorqua Randver avec un sourire narquois, dévoilant ses dents jaunies. Puisque je vous le dis. Je n'ai jamais levé la main sur ce type. Je ne sais même pas qui c'est !

– Vous aviez peur de quoi ?

– Peur ? Mais je n'avais pas peur.

– Si ! Vous aviez peur de Danni.

– Qu'est-ce que tu racontes, ma vieille ? Tu devrais te faire sauter plus souvent, ça te remettrait les idées en place. Si tu veux, je peux te dépanner. Tout de suite. Tu veux qu'on s'en occupe immédiatement ? Ici ? Pas de problème, cocotte. Y a qu'à demander !

Marta regarda l'avocat de Randver qui se contenta de remonter ses lunettes à monture noire très mode sur son nez en haussant les épaules, comme s'il n'était en rien responsable des propos de son client. Elle avait l'impression qu'il en avait la trouille.

– Elle vous avait menacé, je veux savoir de quoi.

– De rien. Elle ne m'a jamais menacé de rien. D'ailleurs, qu'est-ce qu'elle aurait pu faire contre moi ?

– Je l'ignore, répondit Marta. Par contre, je sais qu'elle voulait publier des choses gênantes à votre sujet sur Internet. Vous ne voulez pas me dire ce que c'était ?

– Je ne vois pas de quoi vous parlez.

– Soit ! Enfin, ça ne vous a pas empêché de vous mettre en rage et de dire que vous alliez la tuer puis balancer son corps à la décharge publique avec celui de Lassi.

Randver se creusa la tête en se demandant d'où elle tenait ces informations. Tout à coup, il éclata de rire.

– C'est Biddi qui vous a raconté ces mensonges ?

– Qu'est-ce que Danni savait à votre sujet pour vous mettre à ce point en colère ?

– Rien du tout. C'est des conneries. Vous racontez n'importe quoi.

– Donc, sa mort ne serait pas accidentelle ?

Randver ne répondit pas.

– Elle avait menacé d'autres gens de publier des trucs sur Internet ?

Randver se taisait.

– Vous connaissez d'autres gens qui étaient aussi en colère contre elle ? D'autres qui ont peut-être pété les plombs comme vous ? Des gens qui font partie de vos amis ? Pour qui est-ce que Danni a passé la came à la douane ? Ils étaient au courant de son existence ? Elle connaissait leur identité ?

– Vous ne croyez quand même pas toutes les conneries que Biddi vous raconte ! vociféra Randver. Premièrement, c'est lui qui a amoché Lassi. Il l'avait traité de fils à sa maman et de pédé, ça l'a rendu complètement dingue. Biddi a pété les plombs et j'ai eu du mal à l'empêcher de buter ce petit con.

L'avocat se raclait ostensiblement la gorge pour signaler à son client qu'il ferait mieux de se taire. Le détenu ne l'entendait pas.

– Par conséquent, vous connaissez Lassi, rétorqua Marta.

– Hein ?

– Vous étiez avec lui dans cette cabane à outils ?

– Tout ce que Biddi vous raconte n'est qu'un tissu de mensonges ! hurla Randver, ayant oublié un instant qu'il était censé ne jamais être allé dans cette cabane avec Lassi qu'il ne connaissait du reste absolument pas. Ne croyez pas ce qu'il vous dit !! Ce n'est qu'un crétin ! Un sale petit crétin !!! Il a passé un accord avec vous ? C'est ça ? Il va s'en sortir comme ça ? Cette espèce d'ordure va s'en tirer sans rien ?!

– Eh bien, c'est…

– Vous pouvez lui dire que je le buterai dès que je serai sorti de toutes ces conneries ! s'écria Randver. C'est un homme mort ! Dis-lui ça, connasse de flic ! Un homme mort !!

L'avocat était un dilettante qui avait péniblement obtenu son diplôme de droit après deux tentatives à l'Université de Reykjavik. Jugeant qu'il était temps d'intervenir, il se pencha vers son client et lui murmura quelques mots à l'oreille comme il avait vu faire dans d'innombrables séries télé. Randver le repoussa si violemment qu'il tomba presque de sa chaise. Ses lunettes dernier cri atterrirent sur le sol. En tendant le bras pour les ramasser, il se cogna la tête au rebord de la table et poussa un petit cri qui faisait penser au couinement de la semelle d'une chaussure.

35

Konrad entra se mettre à l'abri. Son portable sonna. C'était la grand-mère de Danni. Il regarda l'écran, hésita un instant puis refusa l'appel en se reprochant aussitôt sa grossièreté. Il était fermement résolu à ne plus se mêler de cette affaire, n'ayant aucun moyen d'aider ces gens. Il revoyait la femme plongée dans l'affliction après le décès de sa petite-fille, ce qui n'avait pas manqué de rouvrir d'anciennes blessures. La mère de l'enfant était morte dans un accident de voiture des années plus tôt, cette femme portait le poids d'un double deuil.

Il avait dit au revoir à Eyglo sous la pluie, devant la mairie, sans savoir comment réagir à son récit. Elle ne lui demandait pas de prendre parti. Elle s'était contentée d'abattre toutes ses cartes. Elle avait pour ça tout son respect et sa confiance, il n'imaginait pas un instant qu'elle ait pu lui mentir. Ils avaient passé un long moment à contempler le lac de Tjörnin puis Eyglo avait annoncé qu'elle devait y aller.

– Merci de m'avoir confié tout ça, avait dit Konrad. Je suppose que ce n'est pas facile d'en parler.

– Ça ne m'était pas arrivé depuis des années. La vieille Malfridur fait partie des rares personnes à connaître cette histoire. Je n'ai jamais dit à la famille d'Ebbi ce que j'avais vu exactement. Mon père affirmait que j'avais raison de me taire. Même si je ne comprenais pas vraiment à l'époque, l'idée de leur en parler me semblait déplacée. Ça n'aurait fait qu'ajouter à leur détresse et ça n'aurait pas changé quoi que ce soit. Ces gens ont quitté Reykjavik quelque temps après la mort de leur fils.

Eyglo regardait la pluie ruisseler sur les vitres.

– Ma vision ne concernait pas l'accident lui-même. Je ne vois pas ce que j'aurais pu faire.

– Évidemment.

– Je n'étais qu'une enfant. Je ne pouvais absolument pas… je n'ai pas compris ce que cette apparition signifiait.

– Bien sûr.

Konrad avait clairement perçu qu'elle le regrettait.

– Et, un an plus tard, Nanna vous est apparue ?

– Je n'avais rien demandé. Je refusais ces visions, je suppose que vous l'avez compris. Je n'ai pas cherché à en savoir plus à son sujet. J'ai découvert qui elle était quand vous m'avez appelée l'autre jour en me parlant de la fille de Tjörnin.

– Oui… j'imagine que ce n'est pas drôle d'être confronté à ces choses-là quand on est enfant.

– Je ne vous demande pas de croire tout ce que je vous ai dit, avait souligné Eyglo. J'avais de bonnes raisons pour cesser d'organiser des séances. Tout ça ne m'apporte aucune joie ni aucune satisfaction. Au contraire, ces visions m'ont toujours beaucoup perturbée, ça ne me dérangerait vraiment pas d'en être débarrassée.

Konrad tenta d'essuyer l'eau qui ruisselait de ses vêtements. Palmi se leva, agita la main et lui fit signe de venir s'asseoir à sa table. Les deux hommes s'étaient donné rendez-vous dans un café que Konrad s'était dépêché de rejoindre sous une pluie battante après avoir quitté Eyglo. Il avait été étonné quand, plus tôt dans la matinée, il avait reçu un appel de l'ancien policier qui souhaitait le rencontrer pour lui parler de ce dont ils avaient discuté la fois d'avant. Konrad ignorait que Palmi s'intéressait à l'enquête sur la mort de Nanna. Il lui avait rendu visite pour l'interroger sur l'assassinat de son père, mais voilà que Palmi demandait à le voir pour lui parler de la jeune fille noyée dans le lac.

Ils se serrèrent la main. Palmi lui confia qu'il n'avait pas souvent le courage de quitter la péninsule de Sudurnes pour se rendre à Reykjavik, surtout quand il faisait mauvais temps comme aujourd'hui.

– Tu as interrogé la fille de Nikulas ? demanda-t-il. Elle t'a appris des choses ?

– Très peu.

– Et Arnor ?

– Nous avons eu tous les deux une discussion intéressante. Nikulas n'était pas un ange. Sa fille ne s'en est d'ailleurs pas cachée. Il buvait, il était désagréable avec sa famille, plusieurs femmes l'ont accusé de choses très graves. Ses collègues le surnommaient saint Nikulas, tu le savais ?

– Oui, mais quand tu es venu me voir, je n'avais pas envie de m'engager sur ce terrain. Je n'aime pas dire du mal des gens. Je ne l'ai pas beaucoup connu, mais suffisamment pour vouloir l'éviter. Ce n'était pas un bon flic. Il était possédé par je ne sais quel démon. Quand j'ai repensé à sa dernière enquête et à l'histoire de cette gamine, ça m'a beaucoup troublé. J'ai fini par appeler une amie à qui j'ai demandé d'aller fouiner dans l'ancien atelier où étaient autrefois fabriqués les cercueils à côté du cimetière de Fossvogur, là où les hôpitaux conservent aujourd'hui leurs archives. Je lui ai demandé de feuilleter les dossiers des malades et plus particulièrement les vieux rapports d'autopsie. Elle a accepté quand je lui ai parlé de cette gamine, elle a même trouvé ça excitant.

– On n'a pas besoin d'une autorisation spéciale pour consulter ces documents ?

– Elle est médecin à la retraite et elle a gardé des contacts. Elle a prétexté qu'elle voulait voir son dossier. En tout cas, elle a découvert que le corps de la petite a effectivement été autopsié, ce qui semble tout à fait normal après ce genre d'accident. J'aurais été très surpris du contraire.

Le portable de Konrad sonna une seconde fois. La grand-mère de Danni insistait. Il refusa l'appel, s'excusa auprès de Palmi puis se maudit à nouveau en silence de ne pas avoir décroché.

– Je disais donc que cette amie est allée à Fossvogur consulter les archives de l'hôpital. Elle m'a expliqué qu'à cette époque, les autopsies étaient le plus souvent pratiquées par le pneumologue Anton Heilman, spécialiste de la tuberculose. Il n'était pas le seul à se charger de cette tâche, mais elle pense que c'est lui qui s'est occupé de la petite. Elle a cru reconnaître ses initiales, un gribouillis presque incompréhensible, dans un des registres. Elle n'a trouvé nulle part le nom du médecin de garde ce jour-là, mais elle est presque sûre que c'était Heilman.

– Elle a trouvé le rapport d'autopsie ?

– Hélas, non, répondit Palmi, il n'était pas aux archives. Elle en a trouvé d'autres qui datent de la seconde partie de l'année 1961. Plusieurs autopsies ont été pratiquées, la plupart à des fins pédagogiques, et presque toutes par Heilman. Certaines sur des personnes décédées subitement, crises cardiaques et ce genre de choses. En revanche, il est certain que le corps de la petite Nanna a bien été admis dans ce service. Mon amie a trouvé le registre de la morgue, une sorte de carnet de bord où on consignait tous les passages en salle d'autopsie. Ce registre mentionne une fillette de douze ans. Le nom n'est pas précisé, mais la date correspond à celle du décès de Nanna. En outre, c'est la seule jeune fille à apparaître dans le document à cette période. Le registre renvoie au rapport d'autopsie, mais cette amie n'a pas réussi à mettre la main dessus. Soit il a disparu, soit il n'a jamais été placé dans le dossier correspondant, soit on l'en a sorti et on ne l'a pas remis en place. Il arrive que les vieux rapports s'égarent. En tout cas, celui de Nanna est perdu.

– Ce médecin, tu l'as connu ?

– Non, Heilman était pneumologue. C'était avant que mon amie commence sa carrière à l'hôpital. Il est mort il y a une vingtaine d'années. Selon elle, c'était un praticien très apprécié et respecté.

– La mère de Nanna l'a sans doute rencontré, répondit Konrad. Elle travaillait à la cuisine de l'hôpital et connaissait probablement tous ceux qui y étaient employés. Peut-être même qu'il lui a parlé de l'autopsie de sa fille.

– En effet, il n'est pas impossible qu'ils en aient discuté. Tu m'as dit l'autre jour que cette pauvre femme n'était pas vraiment satisfaite des conclusions de la police. Qu'elle n'était pas sûre que la mort de sa fille ait été purement accidentelle.

– Elle s'est adressée à la Société islandaise de spiritisme. Elle voulait qu'on lui conseille un médium. Ce sont les gens avec qui elle a discuté qui ont eu cette impression.

– Elle est allée consulter un voyant ?

– Je ne sais pas, répondit Konrad. C'est possible.

– Dis-moi, est-ce que tu peux clairement répondre à cette question : y a-t-il la moindre raison de penser que cette noyade ait été autre chose qu'un accident ? demanda Palmi d'un ton grave.

– Non, répondit Konrad après un long moment de réflexion. En réalité, non. Aucun indice ne va dans ce sens.

Il pleuvait encore à seaux quand il rentra chez lui. Une femme s'abritait sous le petit auvent devant sa porte. Il approcha et écarquilla les yeux en reconnaissant la grand-mère de Danni. Trempée, emmitouflée dans son manteau, elle portait une capuche en plastique usé qui avait du mal à protéger ses cheveux blonds de la pluie battante. Il éteignit le moteur, se dépêcha de la rejoindre et l'invita à entrer, mais elle refusa et lui parla sans préambule de l'affreuse policière qui était venue les voir, elle et son mari, cette femme ignoble qui s'était comportée de manière grossière et avait insinué des choses monstrueuses.

– Vous ne voulez vraiment pas entrer ? Nous n'allons quand même pas discuter sous la pluie, insista Konrad.

– J'ai essayé de vous joindre, je voulais savoir si vous pouviez intervenir et avoir une discussion avec elle. Tout cela m'épuise. Elle soutient que… que Danni nous haïssait. Vous vous rendez compte ! Comment peut-on dire des choses pareilles ? À nous ? Elle nous traite comme des chiens.

– Non, je… elle doit avoir ses raisons si elle…

– Ses raisons ? Ce sont des insinuations sans fondement ! Elle écoute des mensonges de junkies ! Voilà tout ! Des mensonges monstrueux ! Vous ne pourriez pas lui parler ? Pourquoi elle ne peut pas nous foutre la paix ? Nous laisser pleurer notre pauvre Danni. Vous ne pourriez pas aller la voir et lui demander de nous laisser tranquilles ?

– J'imagine que ça fait simplement partie de l'enquête, vous ne devriez pas vous en alarmer. Ce type d'affaire est souvent très complexe.

– Qui est-elle pour nous juger ?

– Je ne crois vraiment pas qu'elle vous ju…

– Dans quelle direction est-ce qu'elle oriente cette enquête ? Vous le savez ?

– Tout ce que je sais, c'est que Marta est une excellente policière, répondit Konrad. Je suis certain qu'elle tient absolument à éclaircir les circonstances du décès de Danni. Vous devriez faire preuve d'un peu de patience avec elle…

– De patience ?

– Oui…

– Vous ne pourriez pas essayer de la dissuader d'interroger tous ces junkies ? Et de découvrir ce qu'elle a en tête ? Nous n'y comprenons rien.

– Non, ce ne serait pas correct. Je crois qu'elle serait furieuse si…

– Pas correct ?! Parce que vous trouvez que c'est correct de nous juger comme elle le fait ? Cette femme affirme que Danni nous accusait d'être responsables de l'enfer qu'elle vivait. Et j'ai l'impression que c'est ce qu'elle croit.

– Vous ne voulez vraiment pas entrer ? insista Konrad.

– Non, merci. Je pensais que vous alliez m'aider, mais évidemment… évidemment, vous nous jugez autant qu'elle. Je constate que je me suis trompée. J'avais cru… enfin, peu importe, au revoir !

Elle tourna les talons et s'en alla sous la pluie battante. Konrad la regarda s'éloigner en se demandant si elle était venue en voiture ou si elle avait pris un taxi. Elle s'arrêta subitement, se retourna et lui cria :

– Nous n'avons jamais rien voulu d'autre que le bonheur de Danni, sachez-le. Jamais. Nous ne voulions que son bien !

Sur quoi elle s'en alla à petits pas sous la pluie, les épaules voûtées, sa capuche en plastique sur les cheveux.

36

Il mit à cuire la bouillie de flocons d'avoine en veillant à ce qu'elle soit assez épaisse puis sortit le morceau de boudin au foie et à la graisse de mouton qui lui restait et en coupa quelques tranches en attendant que l'avoine arrive à ébullition. Il se mit à table, coupa en dés les tranches de boudin, les ajouta dans la casserole, y versa un peu de lait et mélangea le tout. Il mangeait toujours sa bouillie salée. Il connaissait des gens qui la sucraient et y ajoutaient de la crème, mais cette idée le dégoûtait. Il voulait que la sienne soit épaisse, salée, et préférait que le boudin soit suret. Hélas, on n'en trouvait qu'en hiver, pendant les fêtes du Thorrablot, lorsque les magasins mettaient en rayon les spécialités traditionnelles. Il appréciait le goût suret de ces aliments.

Une odeur de brûlé flottait dans la chambre. Il n'avait pas eu le courage de nettoyer les vieilles traces de bouillie sur la plaque chauffante. Il avala les flocons et mâcha les morceaux de boudin en écoutant le journal de midi à la radio. Un jeune homme était toujours dans un coma artificiel, au service des soins intensifs, après une course-poursuite entre la police et des malfaiteurs qui s'était soldée par un accident sur le boulevard de Breidholt. Les deux malfrats placés en détention provisoire étaient soupçonnés de trafic de drogue. Il écouta ces nouvelles sans vraiment y prêter attention. La radio diffusait régulièrement ce type d'informations qui lui entraient par une oreille et ressortaient par l'autre.

Il posa son bol dans l'évier et le rinça à l'eau chaude pour qu'il soit prêt le lendemain midi puis fit de même avec la cuiller. Il vivait dans cette chambre sans fenêtre, pas plus grande que deux cellules de prison, où il y avait un évier et deux plaques électriques. Les toilettes et la douche se trouvaient dans le couloir. Lui et les autres locataires avaient aussi accès à la cuisine équipée d'un frigo, d'une télé et d'une cuisinière, mais il préférait se servir des plaques de sa chambre. Au pied de la vieille banquette accolée au mur, il y avait une table et une chaise, les plaques électriques étaient posées sur une autre petite table. Le tout aux frais du propriétaire. Pour sa part, il ne possédait rien dans cette chambre, en dehors de ses vêtements et de quelques objets personnels qu'il conservait dans un carton posé à même le sol.

Les quatre chambres à cet étage étaient louées par des célibataires qui n'entretenaient pratiquement aucune relation les uns avec les autres. Il était le plus ancien locataire. Des nouveaux arrivaient constamment, des visages inconnus apparaissaient dans le couloir ou à la cuisine. Il y avait parmi eux des Polonais qui cherchaient du travail. Il avait même cru apercevoir quelques touristes. Il ne fréquentait pas les autres occupants du couloir.

Il ne sortait jamais avant midi, après avoir déjeuné et écouté les nouvelles à la radio. Ensuite, il s'habillait en fonction de la météo et se rendait sans se presser dans le quartier ouest. Il achetait à manger, du café et des produits ménagers en se limitant toutefois au strict nécessaire : il n'était pas très riche, surtout depuis que le loyer de sa chambre avait beaucoup augmenté. Il lui arrivait de descendre sur le port pour voir les bateaux décharger leur cargaison et les marins sur la jetée. Il avait longtemps travaillé en mer et ça lui manquait.

Ce jour-là, en rentrant chez lui, il trouva dans la cuisine un parfait inconnu qui avait à peu près son âge, et qui lui demanda s'il s'appelait bien Eymundur. Il ne répondit ni oui ni non, cet homme n'avait pas besoin de connaître son identité. Pourquoi cette question ? demanda-t-il au bout d'un moment, avouant qu'il se prénommait en effet Eymundur. L'inconnu expliqua qu'on lui avait dit qu'il louait une chambre à cette adresse et qu'il désirait discuter avec lui de certaines affaires si ça ne le dérangeait pas.

– Et vous, quel est votre nom ? demanda-t-il.

– Konrad, répondit l'inconnu. Je crois savoir que vous avez habité sur la colline de Skolavörduholt vers 1960. C'est bien ça ?

– Je ne vois pas en quoi ça vous concerne.

– Dans un baraquement. Vous viviez avec votre père et sa compagne, il me semble d'ailleurs qu'elle était propriétaire des lieux. Elle avait une fille…

– Eh bien, répondit Eymundur en sortant dans le couloir pour aller à sa chambre, je n'ai rien à vous dire et j'ai autre chose à faire.

Konrad se leva et le suivit dans le couloir.

– Je voulais vous poser des questions sur la fille de cette femme, cria-t-il dans son dos.

Eymundur ne lui répondit pas. Il sortit sa clef, entra dans sa chambre et referma la porte. Konrad se retrouva seul dans le couloir. Il ne savait pas quoi faire, mais il ne comptait pas renoncer aussi facilement, il alla frapper à la porte. Eymundur ne répondait pas. Il abaissa la poignée et constata qu'il avait fermé à clef. Il inspecta le couloir puis tambourina et cria d'une voix forte qu'il voulait seulement lui poser des questions sur la fille de l'ancienne compagne de son père et l'accident de Tjörnin.

Il attendit un moment puis laissa tomber. Il n'allait tout de même pas enfoncer la porte pour forcer l'homme à lui parler. Il devait être patient. Il reviendrait un autre jour en espérant qu'Eymundur serait dans de meilleures dispositions.

Plongé dans ses pensées, il s'apprêtait à quitter le couloir quand une autre porte s'ouvrit. Une quinquagénaire lui demanda ce que signifiait ce boucan. Il lui présenta ses excuses en disant qu'il était désolé de l'avoir dérangée.

– Vous vouliez voir Eymundur ? demanda-t-elle derrière sa porte à peine entrouverte si bien qu'on ne voyait qu'une partie de son visage.

– Oui, mais ce n'est pas grave, répondit Konrad en s'apprêtant à repartir.

– Un accident à Tjörnin ? Lequel ? s'enquit la femme. Qu'est-ce qui s'est passé ?

– Rien, assura Konrad, surpris par cette curiosité. En tout cas, ça ne vous concerne pas.

– La fille de la compagne de son père ? Comment ça ?

L'épaisseur des murs de ce couloir était sans doute inversement proportionnelle à la curiosité de ses occupants, pensa Konrad.

– Au revoir, madame, répondit-il.

– Cet homme est une brute épaisse, murmura la quinquagénaire. Il m'a menacée. On ne pourrait pas le faire expulser ?

Eymundur sortit dans le couloir et les regarda sans un mot. La femme rentra précipitamment chez elle en l'apercevant.

– Qu'est-ce que vous lui avez dit ? demanda Eymundur.
– Rien du tout.
– Je vous interdis de parler de moi.
– Ce n'est absolument pas le cas. Je veux uniquement discuter quelques minutes avec vous, ensuite vous ne me verrez plus.
– Je n'ai rien à vous dire. Je veux que vous partiez. Fichez-moi la paix !

Eymundur était sur le point de retourner dans sa chambre. Konrad approcha et lui cria :

– Vous étiez à Reykjavik quand Nanna s'est noyée ?

Eymundur hésita. Il regarda la porte de la quinquagénaire.

– Vous parlez de quoi ?
– De la fille de cette femme.
– La fille de cette femme ?
– Oui.

Eymundur hésita encore quelques instants puis fit signe à Konrad de le suivre à l'intérieur.

– Pourquoi venir me poser des questions sur Nanna après tout ce temps ? s'étonna Eymundur en refermant sa porte et en lui indiquant la chaise branlante.
– J'ai été policier, avoua Konrad en s'asseyant. Une de mes amies aimerait en savoir plus sur cet accident, elle m'a demandé de faire des recherches. J'ai consulté les rapports de police et j'y ai trouvé votre nom…
– Votre amie, en quoi cette histoire la concerne ?
– Elle pense pouvoir aider cette jeune fille à trouver la paix, répondit Konrad. Elle est médium, c'est elle qui a éveillé ma curiosité sur cet événement. Je dois dire que plus j'avance dans mes investigations, plus je m'y intéresse.

Eymundur le dévisagea en silence, l'air grave.

– Comment ça ?

– J'essaie d'explorer d'autres hypothèses.

– D'autres hypothèses ?

– Tout à fait.

– Vous voulez dire que la mort de Nanna ne serait pas accidentelle ?

– Je voulais justement vous demander si vous aviez eu des doutes à ce sujet, répondit Konrad.

– Non, aucun. J'aurais dû ? s'étonna Eymundur.

– Il me semble que l'enquête a été bâclée. Apparemment, on a immédiatement conclu à un accident et personne n'a cherché plus loin. Plus je me plonge dans cette histoire, plus elle m'interpelle. Vous aviez de bonnes relations avec Nanna ?

– De bonnes relations ? Non, nous n'en avions pour ainsi dire aucune. Il y avait entre nous une grande différence d'âge et je suis arrivé là-bas sans qu'on me demande mon avis. J'avais perdu ma mère et mon père avait emménagé chez cette femme, il n'avait nulle part où aller… pardonnez-moi, mais pour être honnête, je ne vois pas pourquoi je vous parlerais de tout ça.

– Et avec votre belle-mère, vous vous entendiez bien ?

– Oui. Le peu que nous nous sommes connus. Elle était toujours gentille avec moi, mais nous n'avons jamais été proches. Je n'étais pas souvent à la maison à cette époque.

– Ça a dû être affreux de perdre sa fille de cette manière.

– Je ne vous le fais pas dire.

– Elle s'est reproché ce qui lui est arrivé ? Reproché de ne pas l'avoir surveillée d'assez près ? Ou est-ce qu'elle a cherché d'autres responsables ? Vous vous en souvenez ? Vous vous rappelez sa réaction ?

– Je me souviens surtout qu'elle était effondrée, répondit Eymundur. On le serait à moins. Enfin, vous imaginez. Le drame a eu des conséquences sur sa relation avec mon père. Il l'a quittée peu après. Pour ma part, je n'ai jamais revu cette femme. Je suis allé travailler en province où j'ai passé plusieurs années. Ensuite, j'ai été marin.

– Est-ce qu'elle a mis en doute les conclusions de l'enquête ? demanda Konrad. Je veux dire, concernant le caractère accidentel du décès.

– Je ne crois pas. En tout cas, ça ne me dit rien.

– Est-ce que vous vous souvenez de gens dont les gamins de la colline avaient peur ? Des hommes que les mômes trouvaient effrayants ou qu'ils évitaient ?

– Pas vraiment. On entendait toutes sortes d'histoires, mais ce n'était pas spécifique à ce quartier. Des histoires de salauds, de sauvages, comme on disait alors. À en croire ces rumeurs, ils étaient partout.

– Des hommes dont les jeunes filles devaient particulièrement se méfier ?

– Vous voulez dire des pervers ?

– Par exemple.

Eymundur secoua la tête.

– Vous savez si la mère de Nanna est allée consulter des médiums après le décès de sa fille ?

– Des médiums ? Non. Ça ne me dit rien, mais si elle l'avait fait, elle ne m'aurait sans doute pas mis au courant.

– Est-ce qu'il y avait parmi les visiteurs réguliers de votre foyer ou parmi les membres de la famille des hommes qui portaient un imperméable et un chapeau ? J'imagine qu'ils étaient nombreux à être habillés comme ça à cette époque. Un homme a été vu dans cette tenue tout près du lac de Tjörnin au moment où Nanna s'est noyée.

Eymundur secoua la tête.

– Ou quelqu'un qui avait du mal à marcher, quelqu'un qui boitait ? poursuivit Konrad en pensant aux paroles du poète sur l'homme qu'il avait aperçu rue Soleyjargata.

– Non, ça ne me dit rien. Je ne vois pas. Je ne comprends pas le sens de toutes ces questions. Ni de votre visite. Qu'est-ce que vous cherchez au juste ? En quoi cette histoire vous concerne ? C'était un accident. On nous a toujours dit que c'en était un. Vous avez l'intention d'affirmer le contraire aujourd'hui, des dizaines d'années plus tard ?

– Non, je n'ai aucune raison d'affirmer le contraire. Il n'empêche que l'enquête a été bâclée, je m'en suis rendu compte en consultant les pièces du dossier. Je comprends également tout à fait que vous n'éprouviez aucun plaisir à en parler. Je promets de ne plus venir vous déranger. Je vous serais cependant reconnaissant de bien vouloir me contacter si des détails en rapport avec le drame vous revenaient en mémoire. Peu importe leur nature. Vous pouvez m'appeler quand vous voulez.

Konrad se leva. Il nota son numéro de téléphone au coin d'un journal posé sur la table et ouvrit la porte. Le couloir était désert. Eymundur, ancien occupant d'un baraquement sur la colline de Skolavörduholt, se tenait à côté de la plaque électrique maculée de traces de bouillie brûlée.

– Vous menacez les gens qui vivent ici ? demanda Konrad.

– Je les menace ? Non. Et de quoi donc ?

– Vous feriez mieux d'arrêter.

– Je n'ai jamais menacé personne. C'est cette bonne femme qui vous a dit ça ? C'est une sale menteuse !

Konrad répéta qu'il lui conseillait de ne pas continuer. Il allait refermer la porte quand la question lui revint à l'esprit. Il avait presque oublié le principal.

– Vous vous souvenez de la poupée de Nanna, celle qu'on a retrouvée là où elle s'est noyée ?

– Je me rappelle celle avec laquelle elle jouait. Elle était affreuse, mais c'était la seule qu'elle possédait. Sa mère lui demandait parfois si elle n'était pas un peu trop grande pour ça, mais Nanna ne l'écoutait pas.

– Vous l'avez vue jouer avec ?

– Évidemment. La petite était assez spéciale, disons, un peu simplette, elle conservait ses trésors à l'intérieur. On pouvait enlever la tête, ce qui permettait à Nanna d'y mettre toutes sortes de choses. Parfois, elle y glissait un dessin. Je peux vous dire qu'elle avait un sacré coup de crayon pour son âge. Elle était vraiment très douée. En tout cas, un jour, je l'ai même vue cacher un de ses dessins à l'intérieur de cette poupée.

– Vous savez ce qu'elle est devenue ?

Eymundur secoua la tête.

– Je l'ignore, mais… je crois me souvenir que mon père avait demandé au gamin de la mettre à la poubelle. Il me semble qu'il m'a dit ça. Mais je ne peux pas…

– Au gamin ?

37

Les mots refusaient d'apparaître sur le papier, ce qui n'était pas nouveau. Assis à son bureau depuis midi, quelques feuilles posées devant lui, Leifur avait lutté avec eux jusque dans la soirée. Ce papier artisanal aux bords irréguliers absorbait bien l'encre, il était épais et élégant. Il y avait des années que Leifur l'avait acheté, à l'époque où il écrivait ses derniers poèmes. Il se souvenait qu'il lui avait coûté les yeux de la tête et qu'il avait compté ne s'en servir que pour recopier ses textes au propre. Aujourd'hui, ces feuilles n'avaient pas plus de valeur à ses yeux que n'importe quel papier encombrant son bureau, si ce n'est qu'elles portaient en elles les souvenirs jaunis de poèmes qui n'avaient jamais vu le jour, ces vers que Leifur avait jadis comparés à des enfants n'ayant pas eu la chance de croître et d'embellir.

Il avait fait les cent pas dans la pièce puis était sorti pour une petite promenade qu'il avait interrompue lorsqu'il s'était mis à pleuvoir. Il s'était fait du café, une tasse à fois. Il le buvait toujours chaud et fraîchement passé. À ses yeux, ce breuvage était imbuvable s'il était froid ou réchauffé. Il se rappelait un de ses collègues poètes encensé par les papes de la culture, selon lui très surestimé. Cet homme n'aimait que le café froid, il trouvait ça spirituel et s'en faisait d'ailleurs une fierté. Il avait justement écrit sur la question un de ses plus mauvais poèmes.

Leifur bourra sa pipe et l'alluma. Il aspira la fumée et la rejeta par le nez en méditant sur le langage. Il avait du mal à écrire. Cette activité avait toujours exigé de lui de gros efforts. Pendant ses études à l'université, il avait même acheté deux traités de poésie en anglais qu'il n'avait montrés à personne tant il en avait honte. Une fois de plus, il se dit qu'il était trop exigeant, c'était son handicap. D'autres ne se gênaient pas pour publier n'importe quelles sottises qui leur valaient respect et admiration.

En fin d'après-midi, il avait ouvert une bouteille, comme il le faisait parfois quand il avait le cœur lourd. Dans ces moments-là, il buvait beaucoup. La fumée du tabac flottait dans le bureau. Il avait griffonné une ou deux remarques, deux ou trois vers formant presque une strophe. À nouveau, il pensa à son entrevue avec l'homme qu'il avait trouvé sur le pas de sa porte et qui, après toutes ces années, était venu l'interroger sur la petite et sur l'accident en lui demandant ce qu'était devenue la poupée. Si l'inspiration ne lui venait pas après un événement pareil, il pouvait oublier définitivement toute velléité d'écriture.

À nouveau, il repensa à sa visite dans le baraquement numéro 9, comme il l'avait fait tant de fois depuis le passage de l'ancien policier. De nombreux détails lui étaient revenus en mémoire après son départ. Il s'était revu, tout jeune, à la porte du baraquement, prenant congé de la mère en deuil. Un homme était arrivé et l'avait bousculé en lui demandant sur un ton peu amène ce qu'il venait faire là et si c'était le marchand qui l'envoyait pour réclamer son dû.

– C'est le garçon qui a trouvé Nanna, l'avait rassuré sa compagne d'un ton las. Il ne vient pas nous réclamer de l'argent.

– Ah bon ? avait répondu l'homme. Oui, quelle affreuse affaire. C'est vraiment terrible. Tu as vu mon fils ? avait-il demandé à sa compagne.

– Eymundur est parti tôt ce matin, avait-elle dit, absente.

– Cet imbécile n'est pas allé travailler. Je suis passé le voir là-bas, ses collègues m'ont dit qu'il n'était pas là. Quel fainéant !

– Ne parle pas de lui comme ça.

– Non, mais franchement ! J'ai encore le droit de dire ce que je veux. Je parle de lui comme ça me chante.

– Je ne sais pas quoi en faire, avait soupiré la femme, la poupée à la main. C'est cette horreur qu'elle a essayé de rattraper dans l'eau. Je ne veux plus la voir, avait-elle ajouté en jetant le jouet par terre.

Son compagnon l'avait regardée d'un air interrogateur puis était allé ramasser le jouet qu'il avait tendu à Leifur.

– Tu veux bien mettre ça à la poubelle, mon gars ? avait-il demandé.

Déconcerté, Leifur avait pris la poupée. Il ne savait pas quoi penser, mais n'avait pas eu le temps d'ouvrir la bouche pour protester. L'homme l'avait poussé vers l'extérieur avant de claquer la porte du baraquement.

Leifur était resté les bras ballants, la poupée à la main. Il avait cherché alentour une poubelle ou une benne à ordures et avait aperçu à quelques mètres un vieux tonneau d'essence où les habitants du quartier faisaient brûler des détritus. Il s'était approché, mais au lieu d'y balancer le jouet sans ménagement, il l'avait posé délicatement sur les cendres froides qui emplissaient le tonneau puis était reparti.

Au bout de quelques mètres, le doute l'avait envahi. Il avait revu la gamine qu'il avait repêchée dans le lac, sa poupée flottant sous le pont et le reste de cette soirée paisible qui s'était transformée en cauchemar. Ce jouet avait été le dernier compagnon de la petite. C'était la dernière chose qu'elle avait tenue dans sa main avant que la mort la prenne. Leifur s'était immobilisé. Sa sensibilité de poète lui disait qu'il ne pouvait pas jeter ce jouet au fond d'un tonneau comme un vulgaire déchet.

La bouteille était presque vide. Sa pipe fumait dans le cendrier. Leifur leva les yeux. Il attrapa ce qu'il avait écrit, le relut, grimaça puis déchira les feuilles et les fourra dans la corbeille sous le bureau. Vanité, murmura-t-il. Tout n'est que vanité. Maudite vanité. Il prit ce qui restait de l'épais papier élégant et le mit aussi dans la corbeille. Dans un tiroir fermé à clef, il conservait des poèmes inédits qu'il avait assemblés pour en faire un recueil. Il y gardait également des bribes, des textes inachevés, des vers isolés qu'il n'avait jamais exploités. Il chercha la clef qu'il trouva après quelques tâtonnements et vida également le contenu du tiroir dans la corbeille. Puis il attrapa son briquet, résolu à tout brûler, mais se ravisa, comprenant que c'était sans doute dangereux de le faire ici, au milieu de tous ces livres et de tous ces papiers.

Il emporta donc la corbeille dans le salon et la posa devant la cheminée en pierre de Drapuhlid, fermement décidé à réduire en cendres ces notes et son vieux rêve de devenir poète, résolu à faire ses adieux à ces chimères qui, de toute manière, n'avaient jamais rien donné. Bientôt, le feu brûla vivement dans l'âtre. Tout à coup, Leifur pensa à son cagibi à la cave, à ce qu'il y conservait, et qui était un rappel permanent de ses rêves brisés. Peut-être n'aurait-il pas dû la récupérer. Il lui semblait parfois que c'était à ce moment-là que le sort avait commencé à s'acharner contre lui. À partir de cette soirée et de ce terrible événement. Jadis, il l'avait sauvée de la destruction, composant ainsi une sorte d'élégie, mais aujourd'hui il ne voyait plus aucune raison de la garder chez lui. Il descendit l'escalier, entra dans le cagibi, déplaça quelques boîtes, tendit le bras vers l'étagère supérieure et l'attrapa, résolu à la jeter dans les flammes avec tous ses vers de poétaillon.

Il ne savait pas vraiment pourquoi il n'avait pas dit à Konrad que cette poupée se trouvait à la cave et qu'elle l'avait accompagné toutes ces années comme un poème laissé en suspens. Naturellement, il ne connaissait pas l'ancien policier. Qui sait s'il ne risquait pas de l'accuser de la mort de la gamine ? Que savait-il de la manière dont ces gens-là fonctionnaient ? De plus, ni les objets qu'il gardait dans son cagibi ni leur provenance ne concernaient cet imbécile. Et il ne le connaissait pas. Il ne le connaissait absolument pas.

38

Pris dans un bouchon sur le boulevard Miklabraut, Konrad regrettait de ne pas avoir emprunté un autre itinéraire pour aller chez l'enseignant. Il regarda vers l'avant de la file pour voir ce qui bloquait la circulation, mais il était à l'arrêt juste avant un virage et avait peu de visibilité. Agacé, il repensait à sa visite chez Eymundur.

Cet homme s'était en fin de compte employé à lui faire bonne impression. Konrad l'avait peut-être traité avec un respect qu'il ne méritait pas. Il l'avait ménagé en se gardant de mentionner la peine de prison qu'il avait purgée vingt ans plus tôt pour une agression particulièrement sauvage qui avait entraîné l'infirmité permanente de sa victime. Il avait pratiquement battu à mort sa compagne de l'époque, qu'il accusait sans aucun fondement d'infidélité. Il était apparu pendant le procès qu'Eymundur s'était déjà servi de ce prétexte dans le passé pour frapper plusieurs de ses anciennes compagnes.

Sa voisine avait affirmé qu'il l'avait menacée. Konrad avait senti qu'elle vivait dans la peur. En quittant Eymundur, il s'était brièvement arrêté chez elle pour lui dire de ne pas hésiter à prévenir la police si cet homme tentait à nouveau de l'intimider. Elle lui avait répondu qu'elle l'avait déjà appelée deux fois et qu'elle allait bientôt déménager.

Il progressait à une vitesse de tortue dans la circulation. Loin devant lui, Konrad aperçut enfin des gyrophares et comprit que la cause du bouchon était un accident. Espérant que ce n'était pas trop grave, il avança de quelques mètres. Eymundur lui avait dit que son père avait demandé au gamin qui avait découvert le corps de Nanna de jeter la poupée.

– Vous parlez de Leifur ? avait vérifié Konrad.

– Je ne sais pas comment il s'appelle. Il est passé au baraquement. Mon père m'a dit que la mère de Nanna avait demandé à le voir. J'ignore pourquoi.

– Et il était censé jeter cette poupée ?

– Exactement.

– Vous avez vu Nanna ôter sa tête pour glisser des dessins qu'elle avait faits à l'intérieur ?

– Oui.

– Elle l'a fait peu avant de mourir ?

– Oui.

– C'était quel genre de dessins ? Vous les avez vus ?

– Non, je me rappelle seulement que la gamine dessinait drôlement bien. Ça, je m'en souviens.

Leifur remonta de la cave, la poupée à la main. Les flammes dansaient joyeusement dans l'âtre. Le soir, au plus noir de l'hiver, il lui arrivait d'allumer le feu et de l'écouter crépiter, seul avec ses pensées. Il avait toujours un peu de bois sec dans une caisse à côté de la cheminée, des branches qui s'étaient cassées ou qu'il avait sciées sur l'arbre du jardin. C'était la seule tâche qu'il effectuait dans ce qui avait été autrefois le domaine réservé de son ex-épouse, cette femme qui passait son temps à le traiter de fainéant. Maudite mégère !

Il commença par mettre au feu les feuilles qu'il avait remplies au cours de la journée. Elles étaient sèches et cassantes. En quelques secondes, les flammes les dévoraient en lançant des gerbes d'étincelles puis les réduisaient en flocons noirs. Il prenait le temps de plier chaque page avant de la jeter au feu. Il regardait les mots se disloquer et se changer en fumée qui montait en volutes dans le conduit. Il prit le recueil de poèmes qu'aucun éditeur n'avait accepté, déchira les feuilles une à une et les mit dans l'âtre en songeant à sa carrière ratée de poète et le peu de choses qu'il avait accomplies par ses tâtonnements littéraires.

Il avait ouvert une seconde bouteille qu'il buvait directement au goulot. Il ne grimaçait plus en avalant cet alcool fort. Il l'ingurgitait avec gourmandise, bouleversé, furieux, consterné et plein de mépris pour lui-même. La bouteille lui échappa des mains et éclaboussa ses vêtements, sa chemise et le bas de son pantalon. Il la ramassa et la posa à bonne distance pour ne pas risquer de la renverser à nouveau.

Bientôt, il ne resta plus que la poupée, symbole de rêves avortés, les rêves de la gamine de Tjörnin, les rêves qu'il avait caressés dans sa jeunesse, lorsqu'il avait encore la vie devant lui. Il ne l'avait pas descendue de son étagère depuis qu'il avait emménagé dans cette maison avec sa famille, il y avait plusieurs dizaines d'années. Il l'avait d'abord gardée chez ses parents en leur expliquant la provenance, en leur disant qu'il n'avait pas envie de la jeter, en tout cas pas pour l'instant. Ils avaient compris leur fils qui avait une âme de poète. Il avait aussi parlé à sa femme de la jeune fille et de sa poupée, et elle avait été touchée par sa sensibilité.

Il prit le jouet et regarda une dernière fois ses cheveux abîmés, sa bouche et ses joues rebondies. Le bois craquait dans l'âtre. Il aurait dû se débarrasser de cette saleté depuis longtemps, au moment où il avait quitté le baraquement, plutôt que de la traîner derrière lui toute sa vie. Il entendit comme un craquement dans la cheminée, les flammes crépitèrent en lançant des étincelles qu'il ne vit pas immédiatement atterrir sur le bas de son pantalon imbibé d'alcool.

Sans qu'il ait le temps de bouger le petit doigt, le tissu s'enflamma. Il se leva d'un bond et balança la poupée par terre. Sentant le feu monter le long de ses jambes, il tenta d'abord de l'éteindre avec ses mains, mais quand il se pencha en avant, sa chemise s'embrasa également. Il l'arracha frénétiquement et la déchira en lambeaux comme s'il était devenu fou. Il frappa ses pieds sur le sol tout en essayant d'enlever son pantalon puis perdit l'équilibre alors qu'il tentait de se réfugier dans l'entrée. La chemise avait atterri au pied des rideaux du salon qui, aussi secs et cassants que le papier dans la cheminée, s'étaient aussitôt enflammés. L'instant d'après, la fenêtre n'était plus qu'un brasier. L'incendie se propagea à l'ensemble du salon et devint bientôt incontrôlable.

Après une attente interminable, Konrad dépassa enfin le lieu de l'accident et les gyrophares de police. Les trois véhicules impliqués dans le carambolage avaient semé le chaos boulevard Miklabraut. Il vit les conducteurs et leurs passagers qui discutaient sous la pluie. Apparemment, il n'y avait aucun blessé grave. Dès qu'il eût dépassé le goulot d'étranglement, la circulation redevint fluide et il accéléra. Il roulait à toute vitesse vers chez Leifur quand son portable sonna. Ce numéro lui était désormais familier.

– Je sais qui elle est allée voir, annonça Eyglo sans préambule.

– Qui ça ?

– La mère de Nanna. Elle a bien consulté un médium. Au moins une fois. Vous vous rappelez que Malfridur se souvenait de cette femme, elle a fait des recherches après qu'on a discuté ensemble et elle a découvert ça. Ce médium n'était pas membre de la Société islandaise de spiritisme. Pour une raison que j'ignore, il détestait cette association. Cet homme est mort depuis longtemps, mais son fils veut bien nous rencontrer. Il a gardé les archives de son père.

– Ce médium, vous le connaissiez ? demanda Konrad.

– Oui, c'était un ami de mon père, je me rappelle l'avoir vu à la maison…

– Nom de Dieu !! s'écria Konrad.

– Qu'est-ce qui se passe ?

– Bon Dieu, qu'est-ce que c'est que ça… ?

– Il y a quelque chose qui ne va pas ?

– Je vous rappelle plus tard !!

Il raccrocha, appela la centrale d'urgences, se gara au plus près de la maison et bondit hors de sa voiture. Les vitres du salon avaient explosé sous l'effet de la chaleur, des flammes jaillissaient par l'ouverture et éclairaient la nuit. Il ignorait si Leifur était pris au piège dans l'incendie, mais supposa que c'était le cas. La porte d'entrée était fermée à clef. Il donna un grand coup de coude qui brisa la vitre en verre cathédrale, passa une main à l'intérieur et ouvrit. Un mur de chaleur s'abattit sur lui quand il entra dans le vestibule. Il aperçut Leifur, recroquevillé sur lui-même, torse nu, son pantalon sur les chevilles. Il ne restait que quelques lambeaux de tissu calciné. Ses jambes étaient affreusement brûlées, il avait perdu connaissance. Konrad le sortit du vestibule, l'emmena à l'air libre et le posa doucement sur le trottoir devant la maison. En l'examinant rapidement, il constata qu'il n'était pas en mesure de le secourir. Il n'osait pas toucher ses lésions de peur de les aggraver. Une odeur insupportable de chair brûlée lui emplissait les narines, de la fumée montait des jambes de Leifur.

Konrad retourna dans la maison, espérant qu'il pourrait sauver quelques objets de valeur ou contenir les flammes. Il s'avoua vaincu dès qu'il atteignit la porte du salon. Alors qu'il s'apprêtait à rebrousser chemin, il aperçut une vieille poupée abîmée qui gisait sur le sol. La chaleur était infernale. Il avait l'impression que ses cheveux se consumaient. Il la ramassa et l'emporta dehors en courant.

Les pompiers et l'ambulance arrivaient devant la maison quand il ressortit à l'air libre. En scrutant la poupée, il remarqua que, malgré la chaleur et les langues de feu qui avaient consumé tout ce qui pouvait brûler dans le salon, elle était pratiquement intacte, comme si une main invisible l'avait protégée de cette mer de flammes.

39

Son ami en poste à la Scientifique n'était pas précisément enchanté de sa visite. Konrad avait dû parlementer un long moment et beaucoup insister avant qu'il accepte de satisfaire à sa requête. Il avait fini par le convaincre en lui exposant les tenants et les aboutissants de l'affaire qui l'amenait, ce qui l'avait intrigué. Les deux hommes avaient travaillé de longues années ensemble et se connaissaient bien. Konrad savait que s'il parvenait à l'intéresser à cette histoire, la suite serait un jeu d'enfant.

Il lui avait raconté ce qui s'était passé au lac de Tjörnin en 1961 en précisant qu'il craignait que l'enquête n'ait été bâclée. Une pauvre femme qui vivait dans les baraquements sur la colline de Skolavörduholt avait perdu sa fille unique. Il s'était abstenu de mentionner Eyglo et ses dons de voyance, sachant que son interlocuteur, extrêmement terre à terre, un ancien hippie jadis grand admirateur de Mao et désireux de changer le monde, n'aurait pas manqué de lui rire au nez. Aujourd'hui, il ne buvait pratiquement plus de café, sauf s'il était surmonté d'un nuage de mousse de lait. Il avait toutefois conservé un côté contestataire. Konrad était bien placé pour savoir qu'il prenait un étrange plaisir à détourner les règles et à défier ses supérieurs.

– Et il te faut ça pour maintenant ?

– Je suis curieux, mais je ne veux pas en faire tout un foin. Pour l'instant, je préfère agir en toute discrétion.

– Donc ce n'est pas une enquête officielle ? demanda le gars de la Scientifique après s'être accordé un long moment de réflexion.

– Non, avoua Konrad.

– Tu ne me demandes quand même pas de trafiquer des preuves, n'est-ce pas ?

– Si tu veux, tu peux ouvrir un dossier que tu ressortiras le moment venu.

– Attends un peu, qu'est-ce que tu racontes ?

– Je te demande de me rendre un service.

Konrad esquissa un sourire gêné. Ils étaient seuls au quartier général de la Scientifique situé sur la colline de Grafarholt, le long du boulevard Vesturlandsvegur. Il se rappelait l'époque où ce service alors domicilié rue Borgartun abritait seulement un bureau. Les temps avaient changé. Il contemplait le bâtiment aux formes ultra modernes et les appareils dernier cri qui l'équipaient. C'était la pause de midi, ils étaient seuls. Les pompiers étaient parvenus à maîtriser l'incendie qui avait ravagé le domicile de Leifur et à empêcher les flammes de se propager à la maison voisine. Leifur avait été transféré inconscient à l'hôpital. Il souffrait de brûlures au troisième degré et avait inhalé des fumées toxiques. Konrad lui avait probablement sauvé la vie. S'il avait passé quelques minutes de plus bloqué dans le bouchon, il serait arrivé trop tard.

Oliver, l'ami de Konrad à la Scientifique, avait le teint mat et les cheveux bruns. Son grand-père était arrivé en Islande après la guerre d'Espagne. Malgré son air enjoué, typiquement méridional, Oliver luttait contre une mélancolie tout islandaise au plus noir de l'hiver. Le phénomène ne faisait que s'accentuer avec l'âge. Il rendait alors visite à sa famille espagnole pour se réchauffer au soleil alors que l'Islande grelottait, plongée dans une nuit presque permanente.

Konrad lui tendit le sac en plastique. Oliver attrapa la poupée qui avait échappé aux flammes. L'ancien policier était persuadé que c'était bien le jouet qu'il cherchait, la poupée de Nanna, mais il n'avait pas osé la décortiquer lui-même, de peur de détruire par maladresse des preuves qui pourraient lui être utiles. Il avait donc contacté Oliver pour solliciter son aide. Ce dernier enfila des gants en latex, sortit doucement le jouet du sac, le posa sur une des paillasses du laboratoire et en approcha une lampe halogène.

– Qu'est-ce que tu veux savoir ? demanda-t-il.

– Normalement, on doit pouvoir retirer la tête.

– Voyons ça, répondit Oliver en tournant le cou de la poupée sans que la tête s'en détache. Il y a quelque chose à l'intérieur ? demanda-t-il en la plaçant devant la lampe. Nous devrions peut-être faire une radio ?

– Je ne sais pas.

Oliver tourna à nouveau la tête du jouet. Elle ne s'enlevait pas si facilement. Il avait beau tirer, tordre et tourner, elle ne cédait pas.

– Je préférerais que tu ne l'abîmes pas, prévint Konrad. Je ne m'y prendrais pas plus mal.

– Elle me résiste, plaida Oliver. Il plaça son pouce sous le menton et fit levier comme s'il essayait de faire sauter un bouchon de champagne. La tête partit d'un coup et alla rouler sous une chaise.

– Ça y est ! s'exclama Konrad. Il alla la chercher et la posa sur la paillasse.

Oliver plaça le corps décapité sous la grosse loupe fixée à la lampe et scruta l'intérieur tout en le tournant.

– Il y a quelque chose là, annonça-t-il.

– Quoi ? Qu'est-ce que tu vois ? s'impatienta Konrad.

– Je vois que je vais avoir besoin d'une longue pince, répondit Oliver en ouvrant le tiroir de la paillasse voisine qu'il fouilla jusqu'à y trouver l'outil adéquat avant de replacer la poupée sous la lampe.

– Qu'est-ce que c'est ?

– Il me semble apercevoir un bout de papier collé sur le plastique au niveau du ventre.

– Fais bien attention de ne pas le déchirer.

Oliver s'interrompit. Il lança un regard noir à Konrad qui lui promit de ne plus l'importuner avec ses remarques inutiles.

Oliver continua à gratter un certain temps et le morceau de papier se détacha du plastique. Il le sortit par le cou et le posa sur la paillasse. Konrad crut reconnaître du papier ciré d'une extrême finesse.

– On va avoir du mal à déplier…

– C'est un dessin ? interrompit l'ancien policier.

– … ce truc-là sans l'endommager. Oui, c'est peut-être un dessin, on distingue un gribouillis par transparence, poursuivit-il en plaçant le fragment face à la lumière. Bien malin celui qui pourra dire ce que ça représente.

Il reposa le papier sur la paillasse et, à force de patience, parvint à le déplier, faisant apparaître sous leurs yeux un bleu très pâle, du jaune et un gribouillis au crayon à papier dans lequel il était impossible de distinguer quoi que ce soit.

– Et c'est tout ? s'agaça Konrad en fixant le papier.

– Tu t'attendais à mieux ?

Konrad inspecta l'intérieur du corps, il n'y voyait rien d'autre. Déçu, il le frappa sur la paillasse, le secoua, regarda à nouveau à l'intérieur comme si ce qu'il avait espéré y trouver était susceptible d'apparaître par magie. Hélas, cette poupée n'était pas disposée à exaucer ses souhaits.

– Tu voulais autre chose ? demanda Oliver qui l'avait regardé s'agiter dans tous les sens en y prenant un malin plaisir.

– Excuse-moi, répondit Konrad. Désolé de t'avoir dérangé pour ça.

Il ramassa la tête qu'il s'apprêta à replacer sur le corps et aperçut quelque chose à l'intérieur. Il l'examina quelques instants puis la tendit à son ami.

– Et ça, c'est quoi ? demanda-t-il.

Oliver attrapa la tête, la regarda avec la loupe, reprit sa pince, l'enfonça doucement à l'intérieur et détacha sans trop de difficulté un second morceau collé au plastique. C'était également du papier ciré, nettement mieux conservé que le premier. Il le posa sur la paillasse et le déplia sans peine. Ce dessin en couleur représentait une gamine. Les deux hommes se penchèrent en avant pour mieux voir. Bien qu'estompées, les lignes étaient encore assez nettes. La composition était réfléchie. On devinait les traits de la jeune fille. Konrad eut immédiatement l'impression qu'elle pleurait. Elle portait une robe rouge et des chaussures d'été. À l'arrière-plan, on distinguait un baraquement militaire aux contours imprécis.

– C'est ça que tu cherchais ? demanda Oliver.

– Sans doute, murmura Konrad, les yeux rivés sur la jeune fille.

– C'est à elle qu'appartenait cette poupée ?

– On m'a dit qu'elle avait un très bon coup de crayon.

– Donc c'est un autoportrait ?

– Très probablement.

– Elle avait quel âge ?

– Je dirais environ douze ans.

– Tu crois vraiment ? Elle ne serait pas… tu as vu son ventre ? s’étonna Oliver. On dirait… on dirait qu’elle est enceinte. Elle a eu un enfant si jeune que ça ?

– Non, répondit Konrad, incapable de détacher son regard du dessin. Elle n’a pas eu d’enfant.

– Que s’est-il passé ?

– Elle est morte.

40

La mère de Konrad était passée devant les fenêtres du café Hressingarskalinn puis avait poussé la porte, elle était entrée et avait rejoint son fils qui l'attendait, assis dans un coin. Quand elle avait voulu l'embrasser, il avait esquivé son baiser, jugeant qu'il avait passé l'âge. Il s'était éloigné d'elle depuis l'époque où elle avait quitté le foyer familial en emmenant Beta. Il savait qu'elle était arrivée des fjords de l'Est quelques jours plus tôt et qu'elle ne tarderait plus à repartir. Elle lui avait envoyé une lettre pour lui dire qu'elle tenait absolument à le voir et avait suggéré le café Hressingarskalinn. Konrad n'entrait jamais dans cet établissement trop m'as-tu-vu à son goût, plein d'artistes, de poètes et de journalistes qui venaient y discuter en prenant un café.

Il n'avait pas dit à son père qu'il avait l'intention de la voir, sachant que ce dernier s'y opposerait. Il ne parlait jamais de son ex-femme ni du couple qu'ils avaient formé, pas plus que des raisons de leur divorce. Ces derniers temps, surtout lorsqu'il avait bu, Konrad avait parfois tenté d'aborder ces sujets avec lui. Il n'avait récolté que des invectives et des insultes contre sa mère. Cette infâme catin. C'était tout ce que lui disait son père.

Elle lui avait demandé comment il allait, il avait marmonné quelques mots dans sa barbe, mais était resté pour ainsi dire mutique tandis qu'elle faisait de son mieux pour alimenter la conversation. Il y avait presque un an qu'ils ne s'étaient pas vus. Brusquement, il avait constaté que l'âge commençait à marquer son visage. Ses rides s'étaient creusées, sa peau avait perdu de son éclat, quelques cheveux blancs étaient apparus. Un jour, il lui avait demandé comment elle avait rencontré son père. Elle lui avait parlé d'un bal pendant la guerre. Plusieurs soldats s'étaient intéressés à elle, mais ces hommes ne lui plaisaient pas et elle se trouvait en mauvaise posture. Le père de Konrad les avait chassés, l'air supérieur, en homme du monde, sûr de lui. De fil en aiguille, elle s'était installée chez lui et était bientôt tombée enceinte de Konrad. Le mariage avait été expéditif. Elle n'avait jamais su exactement la profession qu'exerçait son mari et affirmait qu'à l'époque elle n'avait pas encore découvert le fond de son caractère. Quand ils recevaient la visite de soldats, c'était parce que son époux magouillait avec eux. Il avait organisé des séances de spiritisme à la maison, et ce n'était qu'une combine de plus. Peu à peu, elle avait compris qu'il se moquait de la manière dont il gagnait sa vie tant qu'il s'enrichissait. Il se fichait que des gens souffrent de ces manigances. Elle avait eu beau essayer de faire abstraction de cela, le doute l'avait envahie et elle avait été de moins en moins sûre d'avoir fait le bon choix en l'épousant. Elle se disait que tout était allé un peu trop vite. C'est alors que Beta était venue au monde.

– Tu ne voudrais pas venir vivre avec moi dans les fjords de l'Est ? avait-elle demandé après un long silence où ils s'étaient contentés d'écouter les conversations animées et joyeuses des clients du Hressingarskalinn.

– Je veux vivre à Reykjavik, avait répondu Konrad, conscient qu'il ne facilitait pas la tâche à sa mère depuis le début de leur discussion. Il ne savait pas lui-même comment expliquer cette animosité ni pourquoi il sentait la colère bouillonner en lui. Il avait beaucoup bu avec ses camarades les deux nuits précédentes et n'était pas à prendre avec des pincettes.

– Pourquoi tu ne louerais pas une chambre ? Tu n'es pas obligé d'habiter chez lui. Tu es assez grand pour te débrouiller seul.

– Je le ferai peut-être.

– Tu ne devrais pas trop attendre avant de…

– Ne te mêle pas de mes affaires, avait coupé Konrad, je fais ce que je veux quand je veux.

– Bien sûr, je ne voulais pas m'immiscer dans ta vie.

Il y avait eu un silence.

– Tu me sembles tellement… tu es sûr que tout va bien ? s'était-elle inquiétée.

– Oui, tout va bien. Et toi ? Tu es sûre que tout va bien ? avait-il répété, hautain et méprisant.

– Konrad ! Qu'est-ce qui t'arrive ?

– Rien.

– Bien sûr que si. Pourquoi tu es en colère ? Tu as des choses à me reprocher ?

– Je me demande ce que mon père et toi, vous aviez dans la tête ! Pourquoi m'avoir conçu ? Pourquoi avoir eu Beta ? C'est n'importe quoi. On n'est que des accidents. Des erreurs. On n'a aucune importance à vos yeux. Franchement, à quoi est-ce que vous pensiez ?

– Konrad, ce n'est pas vrai !

– Puis un jour, voilà que tu disparais sur un coup de tête. Pouf, tu quittes tout ce cirque.

– Ce n'est pas ce qui s'est passé, Konrad. Je n'ai pas disparu sur un coup de tête, s'était insurgée sa mère.

– Oh que si ! C'est quoi alors ?

– Je ne pouvais plus rester avec lui.

– En effet, tu ne pouvais plus.
– Et il y avait une raison.
– Sans doute.
– Écoute-moi, Konrad. J'avais une bonne raison de partir.
Le fils regardait le fond de sa tasse.
– Je n'ai pas pu t'en parler jusque-là parce que les enfants ont du mal à comprendre certaines choses. Ton père ne t'a jamais fait de mal, il est même parfois gentil avec toi et je sais que tu es proche de lui, même si tu connais aussi ses travers. Mais le moment est peut-être venu de t'avouer la vérité.
– La vérité ? J'imagine que tu vas me raconter des mensonges sur son compte.
– Non, Konrad, je ne te mentirai jamais.
– Il dit que tout ça, c'est ta faute.
– Je sais.
– Il dit que tu l'as trahi, que tu l'as trompé, que tu serais capable d'inventer n'importe quoi pour t'en défendre et que je ne dois pas t'écouter.
– Je suis partie pour Beta.
– Beta ?
– Il lui faisait du mal.
En levant les yeux, Konrad avait vu sa mère lutter pour retenir ses larmes.
– Du mal ? Comment ça ?
– J'ai été forcée de l'éloigner de lui.
– Pourquoi ?
– Il lui faisait du mal comme seuls les hommes peuvent en faire aux petites filles.

Konrad était rentré chez lui et avait franchi la porte comme un ouragan. Il s'était précipité sur son père et l'avait empoigné sans crier gare. Habitué à se battre, l'homme ne s'était pas laissé surprendre, il l'avait plaqué au sol où il l'avait maintenu tout en lui demandant ce que signifiait ce cirque et s'il n'était pas tombé sur la tête.

– Espèce de sale pervers ! avait hurlé Konrad en pleurant de rage et en le maudissant. Espèce de saloperie ! Espèce de monstre !

41

Assise à la fenêtre de son bureau, Marta savourait sa cigarette et rejetait la fumée à l'extérieur tout en écoutant Konrad d'un air concentré sans l'interrompre. Il était venu la voir immédiatement après avoir quitté les locaux de la Scientifique pour lui raconter l'histoire de la gamine retrouvée noyée dans le lac du centre de Reykjavik au début des années 60. Elle vivait avec sa mère, son beau-père et le fils de celui-ci dans un baraquement délabré sur la colline de Skolavörduholt. Un jeune lycéen avait découvert son corps en passant sur le pont de la rue Skothusvegur. L'enquête de police avait conclu à un terrible accident. Le corps avait été autopsié, mais le rapport de cette autopsie était introuvable. Dans ses derniers instants, la petite s'était accrochée à sa poupée qu'on avait également retrouvée, flottant dans le lac. L'histoire de ce jouet était elle aussi intéressante, l'homme qui le détenait aujourd'hui était celui-là même qui l'avait trouvé. Et Konrad avait sauvé l'homme en question d'un incendie la veille. Ce dernier était en ce moment à l'hôpital. On avait découvert à l'intérieur de la poupée un dessin représentant probablement la gamine, une sorte d'autoportrait où elle s'était représentée enceinte.

– Elle avait quel âge ? demanda Marta en éteignant sa cigarette.

– Douze ans, répondit Konrad en lui tendant une photocopie. Il avait demandé à Oliver de conserver les deux originaux en tant que pièces à conviction. Biologiquement, ajouta-t-il, ce n'est pas exclu.

Marta s'accorda un moment pour examiner le document.

– C'est étrange de se dessiner de cette manière, s'étonna-t-elle.

– En effet.

– Comment tu sais que c'est bien cette gamine ?

– Apparemment, elle avait un excellent coup de crayon, répondit Konrad. Il n'y a aucune raison d'imaginer que ce dessin ne soit pas un autoportrait.

– Et pourquoi ce ne serait pas, par exemple, un portrait de sa mère ou d'une amie ? suggéra Marta.

– Sa mère n'a pas eu d'autre enfant.

– Dans ce cas, qu'est-ce que tu déduis de ce dessin ?

– Que cette gamine a été abusée. Qu'elle était déjà formée bien que très jeune. Et que quelqu'un a sans doute voulu la faire taire.

– Ce quelqu'un, ce serait l'auteur des abus ?

– Probablement.

– On ne s'est pas rendu compte qu'elle était enceinte quand on l'a trouvée ? Ou même avant ?

– Je l'ignore, mais sans doute que non.

– Quelqu'un t'a dit qu'elle subissait des violences sexuelles ?

– Non.

– Mais tu supposes qu'elle avait compris la nature des changements qui s'opéraient dans son corps et qu'elle en a fait un dessin. C'est comme ça que tu vois les choses ?

– Ce serait une conclusion tout à fait logique même s'il y a une autre possibilité. Elle connaissait sans doute les conséquences que pouvaient avoir ces violences sexuelles et elle les a représentées sur ce document.

– Tu es certain qu'elle a subi des abus ?

– Je pense qu'il faut essayer de déterminer s'il y en a eu.

– Tu dis que son corps a été autopsié, mais que le rapport est introuvable.

– C'est ça.

– Qu'est-ce que tu comptes faire de tous ces éléments ?

– Aller au cimetière et l'exhumer. Vérifier si elle était enceinte.

– Alors que tu n'as rien d'autre que ce dessin ?

Konrad regarda Marta sans rien dire.

– C'est tout ce que tu as en main ?

– Je trouve que c'est amplement suffisant. À ma connaissance, cette petite n'a aucun parent susceptible de s'y opposer. Tout ce dont j'ai besoin, c'est que tu consentes à t'intéresser à cette affaire.

– Le fait que cette gamine se soit dessinée de cette manière ne signifie absolument pas qu'elle était enceinte, répondit Marta. Nous l'ignorons. Nous ne savons même pas si c'est elle qui a fait ce dessin. Ce n'est que ton intime conviction. Rien ne dit qu'il s'agisse d'un autoportrait. Son corps a été autopsié, comme tu le dis toi-même, et même si le rapport s'est perdu, la police aurait évidemment été mise au courant de l'état de la petite si elle avait attendu un enfant. Or on ne trouve aucune trace de cet élément dans le dossier, ce qui signifie que le légiste n'a rien remarqué d'anormal.

– Je crains que l'enquête n'ait été complètement bâclée, plaida Konrad.

Marta haussa les épaules. Il lui en fallait un peu plus que des spéculations pour entreprendre une démarche officielle.

– Donc, tu ne vas rien faire ?

– Mais je ne peux rien faire, Konrad, et tu le sais très bien.

– J'avais imaginé que tu me comprendrais mieux que la plupart des gens, répondit-il, déçu.

– Je me demande où tu es allé pêcher cette idée, conclut Marta.

Il descendait tranquillement l'allée en regardant les croix et les tombes ornées de petites bougies ou de quelques fleurs déposées par les amis et les familles. Certaines de ces décorations étaient récentes, d'autres n'avaient pas été renouvelées depuis longtemps. Quelques tombes peu entretenues n'en avaient aucune.

Konrad était allé sur le site Internet du service des cimetières. Il avait entré dans le moteur de recherche le nom de la petite et la date du décès. C'est ainsi qu'il avait trouvé la sépulture. Il ne se pressait pas. Il avait tout son temps, le soleil luisait sur la crique de Fossvogur, l'air était tiède et rien ne venait troubler la quiétude du lieu en dehors du murmure discret et lointain du boulevard Kringlumyrarbraut.

Il ne lui fallut pas longtemps pour arriver devant une tombe qui portait un simple numéro. Il vérifia qu'il correspondait à celui qu'il avait noté. Cette sépulture n'avait ni pierre tombale ni croix, le nom et la date du décès n'y figuraient pas. Seule l'herbe rase et jaunie recouvrait le sommeil de l'enfant.

Marta avait peut-être raison. Il était possible qu'il se trompe et qu'il voie dans ce dessin des choses qui ne s'y trouvaient pas. Il aurait tant voulu que ce soit vrai.

Depuis quelques jours, il pensait beaucoup à sa mère et, debout devant la tombe, il se rappela à nouveau leur rendez-vous, le jour où son père avait été assassiné, juste après leur violente dispute. Konrad avait immédiatement compris ce que sa mère avait dit au sujet de Beta. Il avait tout de suite su qu'elle ne lui mentait pas. En le voyant pâlir de colère, elle l'avait supplié de ne pas faire de bêtise, sinon elle s'en voudrait de lui avoir confié ça. Il avait aussi compris que, pendant des années, il lui en avait voulu injustement. Elle n'avait pris aucun plaisir à lui avouer ces horreurs lorsqu'elle avait compris qu'elle n'avait pas le choix. Il savait qu'elle avait agi dans l'urgence dès qu'elle avait vu ce qui se passait, elle s'était arrangée pour éloigner Beta au plus vite du foyer familial et espérait que Konrad viendrait la rejoindre plus tard. Il s'en était voulu terriblement d'avoir cru la version de cet homme qui accusait sa mère d'infidélités et de prostitution, cet homme qu'il était parfois allé jusqu'à conforter dans sa méchanceté, sa haine et son mépris.

Les yeux baissés sur l'herbe rase, Konrad se rappela une ancienne prière que sa mère récitait tous les soirs avant de faire un signe de croix sur la poitrine de ses deux enfants pour les protéger pendant la nuit. Il pensait en avoir oublié le texte quand, brusquement, ce dernier lui était revenu en mémoire après de longues années d'oubli. Il le récita dans sa tête. Et même s'il n'était pas croyant, il imita sa mère et fit un signe de croix sur la tombe.

Toute décoration n'en était pas absente. Quelqu'un avait déposé récemment une rose rouge en souvenir de la jeune fille qu'on avait découverte jadis, seule et abandonnée, dans le lac de Tjörnin.

42

Depuis le cimetière, on voyait le bâtiment de l'Hôpital national de Fossvogur. Konrad décida d'y faire un saut pour prendre des nouvelles de Leifur. Marta l'avait informé que l'enseignant avait été admis en soins intensifs, où on avait soigné ses brûlures et où il resterait quelques jours en convalescence. Leifur avait été très surpris en apprenant l'identité de l'homme qui lui avait permis d'éviter le pire. Il avait déclaré qu'il serait très heureux de voir son sauveur. Ses mains et ses jambes souffraient de graves brûlures, mais il avait apparemment réussi à éteindre les flammes sur son pantalon avant de tomber évanoui, intoxiqué par les gaz qu'avait dégagés l'incendie.

L'hôpital était à deux pas du cimetière. Konrad fit de son mieux pour chasser de son esprit les pensées cyniques sur les avantages de cette proximité tandis qu'il effectuait le court trajet en voiture. Il médita sur les facéties du destin qui avaient voulu que deux parfaits inconnus s'invitent dans son existence par le biais de deux affaires sans aucun lien, et que ces deux hommes se retrouvent au même moment, gravement blessés, dans le même hôpital.

Bien qu'on lui eût administré de puissants analgésiques, Leifur était conscient. Ses bras et ses jambes étaient enveloppés dans d'épais bandages, un bidon d'oxygène était posé à côté de son lit pour faciliter sa respiration. Comme il n'y avait plus aucune raison de le garder au service de soins intensifs qui manquait cruellement de place, on l'avait installé dans une chambre pour trois.

– Vous voilà ! Merci beaucoup de venir me voir ici, lança-t-il, la voix pâteuse, en apercevant Konrad dans l'embrasure. La police m'a dit que c'est vous qui m'avez extrait des flammes.

– Vous l'avez échappé belle !

– Vous êtes le seul à qui je puisse en être reconnaissant.

– Vous semblez en forme.

– Disons plutôt dopé, répondit Leifur en regardant ses bandages. J'ai bien failli me tuer. Vous veniez me voir pour une chose précise quand vous m'avez arraché à l'incendie ?

– Oui, pour la poupée. J'ai appris qu'on vous l'avait donnée.

Leifur le dévisagea, inquisiteur. Konrad lui relata sa visite chez Eymundur.

– Je ne sais pas ce qui m'a pris, s'excusa l'enseignant en regardant son visiteur comme un pécheur repentant. Évidemment, j'aurais dû vous en parler. Je ne suis pas… je ne me reconnais plus vraiment depuis quelque temps.

– Chacun ses démons.

– Elle est où ? s'inquiéta Leifur. Calcinée, je suppose.

– Eh bien, non. J'essaie de me débrouiller pour qu'elle soit prise en compte en tant que pièce à conviction, ce qui ne va pas sans mal. Elle est entre les mains de la police qui semble, hélas, ne pas beaucoup s'y intéresser.

– Une pièce à conviction ?

Konrad lui rapporta ce qu'Eymundur avait dit des capacités artistiques de Nanna. Il l'avait vue un jour glisser des dessins à l'intérieur de cette poupée. En retirant la tête du jouet, on avait découvert deux petits morceaux de papier actuellement en cours d'examen. Curieux, Leifur posa une foule de questions que Konrad balaya d'un revers de main en disant que la police se penchait sur cette affaire, mais qu'il était incapable de dire ce qui en sortirait.

– D'accord, mais pourquoi la police devrait… ce n'était pas un accident ?

– Je me suis pas mal intéressé à cette histoire et il y a une chose qui pique ma curiosité, c'est la question que je voulais vous poser hier soir. Pourquoi avoir gardé cette poupée pendant tout ce temps ? Quelle drôle d'obsession !

– Drôle d'obsession ? Je ne saurais dire si c'en était une. On m'a donné cette poupée pour que je m'en débarrasse et, pour un ensemble de raisons, je n'ai pas eu le cœur de la jeter.

– Oui, pardonnez-moi, je devrais éviter de vous parler de ces choses-là dans votre état.

– De me parler de quoi ? De quelles choses ?

– Pourquoi ne pas avoir mentionné l'existence de cette poupée la première fois que je suis venu vous voir ?

– Je pensais… Pour être tout à fait honnête, il me semblait que ça ne vous regardait pas. Je ne vous connaissais pas. C'était une affaire privée.

– Mais ça donne l'impression que vous avez des choses à cacher.

– Quoi ? Le fait que j'aie une vie privée ?

– Vous êtes le seul témoin du drame, répondit Konrad. Il n'y avait personne d'autre sur les lieux. Vous étiez totalement seul.

– Et l'homme en imperméable ?

– Vous l'avez mentionné, mais vous êtes le seul à l'avoir vu. Vous comprenez ? Nous sommes bien forcés de croire à votre version.

– Comment ça ? Vous me croyez coupable ? Responsable de ce qui est arrivé à cette gamine ? Comment ? Vous imaginez que j'ai tout inventé ? Je ne la connaissais pas. C'était la première fois que je la voyais.

Leifur s'agitait. Son visage grimaça de douleur quand il tenta de se redresser dans son lit en lançant des regards noirs à Konrad.

– Cette poupée, où est-ce que vous la gardiez ?

– Dans ma cave. Je n'y avais pas touché depuis des lustres.

– Dans ce cas, pourquoi elle gisait dans le salon quand je vous ai trouvé ?

Leifur hésita.

– J'étais allé la chercher.

– Pourquoi ?

– Je voulais la regarder, répondit Leifur.

– C'est pour ça que vous aviez allumé un feu dans la cheminée ? Pour la brûler ?

Leifur hésita à nouveau. Cette conversation le mettait manifestement mal à l'aise et il avait du mal à dissimuler sa gêne.

– Je brûlais quelques papiers. Des vieux papiers que je ne voulais plus garder. J'étais… je voulais me débarrasser de choses que je traîne derrière moi depuis des années, des choses du passé, et je voulais en même temps tirer un trait sur ce passé. Oui, je voulais aussi brûler cette poupée. Alors, vous êtes content ?

– Rien de tout ça ne me rend heureux, répondit Konrad. Si c'est ce que vous pensez, c'est un malentendu.

– Je suppose que c'est justement pour cette raison que je n'ai pas mentionné cette poupée. J'avais peur que vous ne m'accusiez de je ne sais quoi, peur que vous ne me demandiez pourquoi je l'avais gardée si longtemps ou que vous disiez que ça ressemblait à une drôle d'obsession.

– Je ne voulais pas vous mettre en colère, répondit Konrad. Je me borne à décrire les faits. Il n'y a pas d'autre témoin dans cette affaire.

– Et ce… et le beau-fils ?

– Le beau-fils ?

– Je me suis justement souvenu d'un détail. Il n'est pas allé travailler le lendemain de la mort de la petite. Vous le saviez ? Son père était d'ailleurs furieux. Il était allé le voir sur son lieu de travail, mais ne l'avait pas trouvé.

– Eymundur ?!

– Oui, c'est son nom… ?

43

Eyglo bricolait dans son jardin quand Konrad passa la voir après avoir quitté l'hôpital. Il ne voulait pas attendre davantage avant de lui parler de l'incendie, du dessin qu'il avait trouvé dans la poupée et de ses soupçons sur l'état de la gamine au moment de sa mort. Le jardin était petit, mais bien entretenu, la pelouse coupée à ras et les arbres soigneusement taillés. Eyglo cultivait des bruyères et des fleurs d'automne qui tendaient leurs corolles vers le soleil. N'attendant aucune visite, elle sursauta en apercevant Konrad. Une table en verre et des fauteuils à l'assise recouverte de coussins moelleux étaient installés à l'abri d'un des murs de la maison, elle l'invita à s'asseoir, se rendit à l'intérieur puis revint avec une carafe d'eau où flottaient des tranches de citron. Tout en remplissant leurs verres, elle s'extasia sur la météo magnifique en précisant que, d'après les prévisions, cette douceur allait continuer.

– Bon, déclara-t-elle quand ils eurent bu quelques gorgées, nous voilà bien installés et maintenant vous allez pouvoir me dire ce qui justifie votre air grave par une si belle journée.

– J'ai trouvé la poupée, annonça Konrad d'un ton neutre.

Eyglo le dévisagea, abasourdie. Jamais elle n'avait imaginé entendre ces mots-là.

– Leifur l'a gardée toutes ces années durant. Quand il a voulu la brûler dans sa cheminée, ses vêtements ont pris feu et les flammes ont ravagé sa maison.

Comprenant tout à coup les implications de ce qu'il venait de lui dire, Eyglo se leva d'un bond.

– Je n'arrive pas à le croire ! C'est vrai ? Elle est… elle existe encore ?

Konrad hocha la tête.

– Mais enfin, qu'est-ce que… qu'est-ce qui est arrivé à Leifur ? demanda-t-elle en fixant Konrad dans les yeux. Il a… vous dites que ses vêtements se sont enflammés ?

– Je viens d'aller le voir à l'hôpital. Il se remettra de ses blessures. J'en suis le premier surpris étant donné l'état dans lequel il était quand je l'ai sorti de l'incendie.

– Qu'est-ce que vous faisiez chez lui ?

– Je venais d'apprendre qu'à l'époque, on lui avait confié la poupée. Or il ne m'en avait pas parlé à ma première visite. Il soutient que ce détail ne me regardait pas, il a d'ailleurs parfaitement raison.

– Vous n'êtes pas content ? Ce sont… ce sont d'excellentes nouvelles. Vous êtes sûr que c'est bien la poupée de Nanna ?

– Hélas oui.

– Pourquoi hélas ? Elle est où ? Vous l'avez apportée ? Je peux la voir ?

– Pour l'instant, je l'ai confiée aux soins de la police, répondit Konrad, plus exactement de la Scientifique. Nous avons trouvé à l'intérieur une chose qui change considérablement la donne. Un dessin qui m'a tout l'air d'être un autoportrait. Il est plutôt bien conservé. Leifur et Eymundur m'ont dit tous les deux que la petite avait un vrai don artistique, et ça saute aux yeux quand on voit ce document. Aussi étrange que ça puisse paraître, il représente une gamine enceinte.

Eyglo le fixa.

– Elle aurait donc été abusée ? demanda-t-elle.

– C'est difficile à dire. Il y a d'autres possibilités. Mais l'une d'elles est effectivement qu'elle ait été abusée.

– Ce n'est peut-être pas elle que ce dessin représente.

– En effet.

– C'est peut-être uniquement une chose qu'elle a imaginée, comme ça arrive souvent chez les enfants.

– Oui.

– En tout cas, je sais maintenant pourquoi elle veut sa poupée, poursuivit Eyglo, sûre d'elle. Pourquoi elle la cherche avec autant d'insistance. C'est évident. Cette poupée est importante.

– Je crois plutôt qu'il s'agit d'un hasard si…

– Cet homme s'apprêtait à la brûler dans sa cheminée, non ?

– Oui, mais…

– Et ce sont ses vêtements à lui qui ont pris feu, n'est-ce pas ?

– Oui, c'est…

– Et la poupée ? Elle a été endommagée ?

– Non.

Eyglo regarda Konrad comme si les faits parlaient d'eux-mêmes et n'appelaient aucun commentaire.

– C'est elle qui a fait ce dessin, reprit-elle. Nanna a été violée. Quand les conséquences du viol ont été visibles, on l'a assassinée. Noyée dans le lac de Tjörnin. Et le coupable est évidemment son violeur.

– Rien de tout ça n'apparaît dans l'enquête.

– Vous reconnaissez vous-même qu'elle a été bâclée. Nous devons exhumer son cercueil pour vérifier ce qu'il en est. Vous n'allez pas rester les bras croisés.

– J'ai discuté avec mes anciens collègues. Ce que nous avons trouvé ne suffit pas à demander qu'on exhume le corps et qu'on rouvre l'enquête. Nous n'avons aucune preuve tangible. Absolument aucune.

Il regarda Eyglo. Elle semblait brûler d'envie d'aller immédiatement au cimetière pour arracher l'herbe qui recouvrait la tombe, pelleter la terre et en sortir le cercueil afin de faire éclater la vérité au grand jour. Il n'était pas loin d'avoir le même désir, mais savait également que Marta avait raison. Les éléments qu'ils avaient découverts ne suffiraient pas à justifier une telle intervention.

– Il faut que je retourne interroger Eymundur. Que je voie s'il pourra répondre à mes questions concernant ces abus. Nous n'avons pas assez de preuves. Il faut que nous creusions un peu plus.

– Vous ne croyez pas que sa mère s'en serait rendu compte ? demanda Eyglo.

– De quoi ?

– Du fait qu'elle attendait un enfant.

– Ce détail ne figure nulle part dans les archives. Si cette femme était au courant des abus subis par sa fille et de sa grossesse, elle n'a établi aucun lien avec l'accident. En tout cas, elle n'en a pas parlé à la police. Ni à Leifur. Qui sait ? Ce n'était peut-être pas une bonne mère. Peut-être qu'elle buvait ou qu'elle se fichait du sort de la petite.

– Elle était peut-être tout simplement désemparée face à la police, répondit Eyglo, c'était une autre époque.

Konrad haussa les épaules.

– Je suis allée sur sa tombe, avoua Eyglo.

– J'ai cru le comprendre. C'est vous qui y avez déposé cette rose ?

Elle hocha la tête.

– Je suis allée au service des cimetières, reprit-elle. Il y a des années que personne ne s'intéresse à cette tombe. Autant qu'ils sachent, personne ne l'entretient. Cette petite est enterrée là, tout le monde l'a oubliée. À part vous et moi. Il faut agir.

– Vous voulez dire exhumer le corps ? Nous-mêmes ?

– Je suis sûre que la gamine serait d'accord, répondit Eyglo, comme si cette idée ne lui semblait pas plus mauvaise qu'une autre.

La bouillie de flocons d'avoine débordait de la casserole et brûlait sur la plaque, dégageant une fumée qui s'échappait par la porte ouverte et envahissait le couloir. Le boudin au foie de mouton était coupé en dés sur la table, attendant d'être incorporé à la préparation.

Le couloir était désert et la porte de la voisine constamment aux aguets entrouverte. Konrad lui avait conseillé de prévenir la police si le locataire du fond la menaçait à nouveau ou lui posait le moindre problème.

L'odeur de brûlé s'infiltrait dans sa chambre de la même taille que celle du fond. Des rideaux crasseux occultaient la fenêtre donnant sur l'arrière-cour laissée à l'abandon. Il faisait sombre à l'intérieur de la pièce, meublée d'un divan, d'une table encombrée de produits de toilette et de plats préparés à réchauffer au four à micro-ondes. Un sac de supermarché était renversé sur le sol où quelques produits s'étaient éparpillés. Des relents de parfum bon marché flottaient dans l'air.

On entendait à peine les cris de douleur étouffés de la locataire. Elle semblait avoir capitulé face à son agresseur, incapable de résister aux coups de poing qui s'abattaient en rafale sur son visage.

Puis ce fut le silence. Quelques instants plus tard, Eymundur sortit de la chambre, referma soigneusement la porte et retourna chez lui. Il rabattit d'un coup de tête la mèche de cheveux qui était retombée sur son front. Les poings en sang, il retira la casserole de la plaque, versa ce qui n'avait pas trop brûlé dans une assiette creuse, s'installa à table et mangea, reprenant comme si de rien n'était le fil de ses activités.

44

Marta discutait avec un médecin devant la chambre de Lassi en début de soirée lorsqu'elle apprit qu'une agression particulièrement violente venait d'être commise sur une femme d'âge mûr dans le quartier ouest, tout près de la rue Framnesvegur. On avait découvert la victime presque morte dans la chambre qu'elle occupait, où l'agression avait eu lieu. Elle avait réussi à trouver la force d'appeler les secours, mais ses blessures étaient telles qu'on pouvait parler de tentative de meurtre. Un homme, lui aussi d'âge mûr et locataire dans le même couloir, avait été arrêté par la police, dénoncé par la victime. Il avait déjà eu affaire à la justice pour violences contre des femmes et avait même été condamné à la prison. La police l'avait trouvé dans sa chambre quand elle était venue l'arrêter. Il avait ensuite été placé en cellule, rue Hverfisgata. Il n'avait pas résisté et avait reconnu l'agression.

– Quelle ordure ! s'exclama Marta.

– Par contre, il refuse de nous dire ce qui s'est passé, répondit son collègue qui l'appelait de la Criminelle.

– Eh bien, qu'il aille se faire voir !

– Il refuse de nous parler, mais il est prêt à discuter avec Konrad.

– Avec Konrad ? Et pourquoi donc ?

– Il ne nous l'a pas précisé.

– Qu'est-ce qu'il lui veut ?

– Aucune idée. Il refuse de nous le dire.

Marta alla s'asseoir au chevet de Lassi. Le médecin l'avait appelée pour la prévenir qu'il ne tarderait plus à reprendre conscience. Elle avait alors foncé à l'hôpital et passé trois quarts d'heure à ses côtés à attendre qu'il se réveille. D'après le médecin, son état était encore préoccupant, mais il avait ouvert les yeux dans l'après-midi et avait pu répondre à des questions simples.

Elle attendit encore un moment puis appela Konrad qui décrocha presque aussitôt.

– Je te dérange ? demanda-t-elle.

– En fait, oui, je suis assez occupé en ce moment.

Marta promit de ne pas être trop longue, elle lui parla de l'arrestation d'Eymundur et lui demanda comment il le connaissait.

– Je l'ai interrogé dans le cadre de l'enquête que je mène sur l'histoire de la jeune fille dont tu n'as pas envie d'entendre parler, répondit-il. Eymundur est le fils du compagnon de la mère de Nanna.

– Tu l'as vu récemment ?

– Oui, pourquoi ? Pourquoi vous l'avez arrêté ? demanda Konrad, subitement en proie à un mauvais pressentiment.

– Pour agression. Il s'en est pris à une femme qui loue une chambre dans le même couloir que lui. Il l'a presque tuée.

Il y eut un long silence dans le combiné.

– Konrad ?

– Quelle ordure !

– Qu'est-ce qui s'est passé entre toi et cet Eymundur ?

– Nom de Dieu ! vociféra Konrad. J'ai discuté avec cette dame, je lui ai dit de prévenir la police à la moindre menace.

– Elle n'en a pas eu le temps. En tout cas, cet homme demande à te voir. Tu sais pourquoi ?

– À me voir ? s'étonna Konrad.

– Si tu n'as pas mieux à faire, nous te le gardons au frais rue Hverfisgata. Je suis curieuse de savoir ce qu'il a à te dire même si je m'oppose en général à satisfaire les désirs de ces sales types. Ils ne méritent ni égard ni traitement spécial.

– Pourquoi moi ?

– Je l'ignore.

– Eh bien, j'avais d'autres questions à lui poser, par conséquent…

– D'accord, on voit ça dès demain, je dois te laisser.

Elle écourta leur conversation en voyant Lassi s'agiter, son rythme respiratoire s'accéléra légèrement, il entrouvrit les yeux et la vit à son chevet. Elle rangea son portable et se présenta, ajoutant qu'elle était la policière chargée de l'enquête sur la séquestration et les sévices qu'il avait subis. Elle lui demanda s'il avait la force de répondre à quelques questions.

– Da… nni ? murmura-t-il.

Marta hésita.

– Danni… ? répéta Lassi.

– Elle est morte. Je suis désolée.

Lassi ferma les yeux. Son visage se crispa de douleur.

– Co… co… mment ?

– Elle se trouvait chez vous. Elle a fait une overdose. C'est l'explication la plus probable. Soit il s'agit d'un suicide, soit d'une maladresse.

Lassi secoua la tête. Elle craignait qu'il ne sombre à nouveau et se rappela un détail que Biddi avait mentionné pendant son interrogatoire.

– Elle voulait publier des choses concernant Randver sur Internet ? demanda-t-elle.

Lassi ne répondit pas.

– C'est ça qui l'a rendu fou ? Elle avait menacé d'autres personnes de faire ce genre de choses ? Des personnes qui auraient pu s'introduire dans votre chambre et l'y laisser pour morte ?

Le jeune homme avait manifestement à nouveau perdu conscience.

– Un trafiquant qu'elle avait l'intention de dénoncer ? poursuivit Marta, espérant qu'il l'entendait encore. Un gros bonnet, un type plus important que Randver ?

– Non… pas… Ran… murmura Lassi. La grand… mère…

– Oui ?

– … sa… vait…

– La grand-mère ? Celle de Danni ? Elle savait ? Elle savait quoi ?

Les questions de Marta avaient beau pleuvoir, Lassi ne les entendait plus. Il avait à nouveau sombré dans un profond sommeil et se trouvait dans un lieu où n'existaient ni souffrance ni réponses, et où la douleur du deuil pouvait attendre.

45

Konrad éteignit son téléphone après sa brève conversation avec Marta et retourna dans le bureau où Eyglo discutait avec l'homme qui les avait invités à passer le voir dans son entreprise en précisant qu'il y serait jusqu'en fin de soirée. Eyglo était persuadée que c'était une excuse pour ne pas les recevoir chez lui. Konrad lui répondit qu'il ne voyait pas pour quelle raison et se permit de souligner qu'elle avait tendance à être un peu paranoïaque.

Le bureau était encombré de papiers, de factures et de vieux bons de commande, entassés sur des étagères d'où ils débordaient. Passionné de généalogie, Theodor, leur hôte, dirigeait une petite maison d'édition installée dans un ancien local industriel du quartier de Skeifan. Il se présentait comme généalogiste, avait la cinquantaine bien en chair et portait une barbe blanche qu'il caressait machinalement d'une main tout en dissertant.

C'est Eyglo qui l'avait contacté. Elle avait demandé à Konrad de l'accompagner. Ce dernier ayant fait un saut chez lui après leur conversation dans le jardin de Fossvogur, il était légèrement en retard. Eyglo le présenta en disant qu'il avait été policier. Theodor avait fait de son mieux pour rester impassible, mais Konrad avait perçu la petite hésitation habituelle chaque fois qu'un interlocuteur découvrait son ancienne profession. Tout le monde avait quelque chose à cacher.

L'éditeur leur parla de son père. Membre de la Société islandaise de spiritisme pendant une courte période, il n'y avait pas rencontré le succès qu'il escomptait et l'avait quittée, fâché. Il avait longtemps exercé comme médium, surtout dans les années 60 et 70, ensuite son intérêt pour le surnaturel s'était largement émoussé, puis il était décédé en l'an 2000. Depuis son plus jeune âge, il avait tenu un carnet intime dont une grande partie avait subi un dégât des eaux après son décès. La cave où les cahiers étaient conservés avait été inondée. Theodor avait dû en jeter un bon nombre, mais il avait gardé ceux que le sinistre avait à peu près épargnés dans son bureau, expliqua-t-il en entrant dans le cagibi au fond de la pièce, occupé par des classeurs à tiroirs et des cartons remplis de documents comptables, de registres de généalogie et d'autres étagères où Konrad crut apercevoir un livre sur les familles du Skagafjördur et d'autres ouvrages du même type.

– Voilà pourquoi il était plus simple de se voir ici, précisa-t-il. Tout est là, dans ces cartons.

Konrad regarda Eyglo d'un air de dire qu'elle avait cédé à la paranoïa sans aucune raison. Elle ne manifesta aucun signe de repentir.

– Cela dit, je n'ai pas eu le temps de me plonger vraiment dans tout ça, poursuivit le généalogiste en rapportant deux cartons. Vous y trouverez peut-être votre bonheur. Je me dis parfois que je devrais écrire un livre à partir de ces cahiers, voire en publier certains. Ils regorgent d'histoires de fantômes et de revenants. Mon père connaissait le vôtre, Engilbert. Je me rappelle l'avoir entendu parler de lui. Surtout de ce qui lui est arrivé. C'était un accident, n'est-ce pas ?

– Oui, c'était un accident, confirma Eyglo, qui s'étonnait parfois de rencontrer tant de gens ayant connu son père.

– Avec son copain, ils avaient mis au point un système très simple auquel ils ont recouru plus d'une fois. Il faut dire que certaines personnes sont tellement crédules. Engilbert avait rapidement acquis une très bonne réputation pendant la guerre. Il voyait au-delà des apparences, il en savait plus que le commun des mortels et avait le pouvoir de consoler bien des gens. Et son acolyte veillait à ce qu'il en soit ainsi. Il connaissait ceux qui participaient aux séances et se renseignait sur eux de diverses manières. Parfois, en recourant simplement à la généalogie. J'ai même entendu dire qu'il payait un généalogiste pour avoir le nom des aïeux défunts, d'une épouse décédée dans un accident, d'une mère morte de maladie dans des conditions terribles. C'est ainsi qu'il se procurait les noms, les liens et les événements.

– Je vois, répondit Konrad.

– Regardez ça, reprit Theodor. Beaucoup de ces notes datent des années 60. J'ai cru comprendre que c'est la période qui vous intéresse. Hélas, je ne peux pas vous les prêter, même si on est censé avoir confiance en la police, ajouta-t-il avec un sourire, dévoilant ses grandes dents dans sa barbe. Elles constituent les archives personnelles de mon père, je les exploiterai peut-être plus tard et je ne veux pas qu'elles tombent entre n'importe quelles mains. En revanche, vous pouvez les feuilleter autant que vous voudrez dans mon bureau.

Konrad le remercia pour sa gentillesse en lui rappelant qu'il n'était plus policier et en lui demandant s'il avait hérité des capacités de voyance de son père. L'éditeur caressa sa barbe en disant que, pour être tout à fait honnête, il ne croyait pas trop à toutes ces choses-là.

Il regarda Eyglo en prononçant ses paroles, mais elle demeura impassible. Puis il s'adressa à Konrad et ajouta qu'il ne se rappelait pas avoir entendu son père parler d'affaires qui lui avaient semblé plus étranges que d'autres. Theodor n'avait jamais compris pourquoi il s'était brouillé avec les gens de la Société islandaise de spiritisme. Pour lui, toutes ces choses n'étaient que des chimères.

– Je me souviens cependant qu'il lui arrivait de parler de cette femme venue le consulter pour sa fille, celle qu'Eyglo a mentionnée au téléphone. Mon père était très sensible, cette jeune femme est restée gravée dans sa mémoire parce qu'elle avait perdu sa fille unique d'une manière affreuse et qu'elle était en quête de réponses. Il se souvenait de l'accident de Tjörnin, mais n'en savait pas plus que ça et, à ma connaissance, il n'a pas été en mesure de l'aider ou de lui rendre la vie plus supportable.

– On peut feuilleter tout ça ? demanda Eyglo. Déjà plongée dans la lecture, elle n'avait rien entendu de la conversation des deux hommes. Elle avait pris quelques carnets datant de 1961 à 1965, chacun couvrait apparemment un trimestre. C'étaient de gros cahiers lignés, une date figurait au-dessus de chaque entrée. L'écriture était nette, élégante et facilement lisible.

Theodor répondit que ça allait de soi. Il continua à discuter avec Konrad pendant qu'Eyglo s'immergeait dans sa lecture. Sachant à peu près ce qu'elle cherchait, elle parcourait les pages rapidement, les descriptions de la météo du jour, les remarques sur l'actualité, les comptes rendus d'activités quotidiennes et les récits de séances auxquelles l'auteur du journal avait assisté ou qu'il avait organisées chez lui. Certaines étaient décrites en détail, d'autres très brièvement. Parfois ne figuraient que deux lignes bien tournées sur la météo, ce qui impliquait sans doute l'absence d'événements notables. D'autres journées, plus substantielles, occupaient une page entière.

Elle fronça les sourcils en tombant tout à coup sur le nom de son père.

> … quand Engilbert est passé me voir, ivre comme à son habitude, nous avons commencé par discuter de la Société et de la manière dont ses membres se comportent avec moi. Je crois qu'il venait surtout pour que je lui offre de l'alcool. Pas une fois il ne m'a contredit. Puis il m'a demandé si j'avais quelque chose à boire. Mon Dieu, il a complètement sombré dans l'ivrognerie…

Eyglo continua à tourner les pages. Elle s'arrêtait parfois sur des noms, parcourait les remarques qui s'y rapportaient, puis passait son chemin quand elle se rendait compte qu'elle ne connaissait pas les personnes concernées. Elle feuilleta ainsi plusieurs cahiers. Ils étaient classés dans l'ordre chronologique, mais il en manquait quelques-uns, il y avait parfois un trou d'une année entière. Elle supposait qu'ils avaient été détruits pendant l'inondation de la cave de Theodor. Alors qu'elle parcourait celui du premier trimestre de 1963, abîmé par l'eau, une page attira particulièrement son attention.

> Ce soir, une jeune femme de Keflavik est passée me demander une séance. Malfridur m'avait déjà parlé d'elle en disant qu'elle était confrontée à un deuil terrible et qu'elle s'était adressée à la Société. Elle était là, pauvrement vêtue, les joues creusées manifestement par la faim. Je l'ai immédiatement invitée à entrer, je

lui ai offert du café et quelque chose à manger. Elle a été très directe. Elle m'a dit qu'elle vivait dans les baraquements de Skolavörduholt, que sa fille s'était noyée dans le lac de Tjörnin et qu'elle craignait de ne pas avoir suffisamment bien veillé sur elle. J'ai reconnu que j'étais au courant de son histoire et de l'accident…

Eyglo tourna la page, mais le reste des notes du cahier avait été rendu illisible par le dégât des eaux. Elle essaya de le déchiffrer, l'encre avait coulé, les feuilles étaient collées. Elle parvenait çà et là à lire quelques mots ou quelques bouts de phrases isolés, mais ça ne servait à rien. Elle prit le cahier suivant et feuilleta rapidement les premières pages. Nulle part il n'était question de la femme de Keflavik ou de cette séance privée. Elle continua à le feuilleter sans rien trouver d'utile en dehors d'une phrase concernant son père que l'auteur du journal avait notée sous quelques lignes décrivant la météo.

Ce qui est arrivé à mon cher Berti est affreux. RIP

– Je ne trouve rien sur cette séance. Vous m'avez bien dit que votre père en avait organisé une pour cette femme ? demanda-t-elle à Theodor qui exposait à Konrad tous les secrets de la généalogie.

– Non, beaucoup de ces cahiers ont souffert, hélas, répondit-il. Et je ne les ai pas examinés de très près. Je me rappelle juste qu'il a parlé de cette femme en me disant qu'il n'avait pas pu apporter de vraies réponses à ses interrogations.

– Vous savez comment cette séance s'est passée ?

– D'après mon père, elle était plutôt réussie. Enfin, ça ne veut pas dire non plus que la petite s'est manifestée. Absolument pas. Mais il a eu l'impression que la jeune femme était repartie apaisée. Dommage qu'Engilbert ne soit plus là, vous pourriez lui poser la question, répondit Theodor en secouant la tête, navré de ne pouvoir l'aider davantage.

– Vous voulez dire mon père ?

– Oui, il était présent. Tout à fait par hasard.

– Engilbert ?

– Oui, lui et un de ses copains. Ils sont passés à la maison ce soir-là. Mon père s'entendait bien avec le vôtre, il l'appréciait beaucoup.

– Et ils ont vu cette femme ? s'enquit Eyglo. Ils ont participé à la séance ?

– Engilbert y a assisté, à ce que m'a dit mon père. Je ne sais pas si c'est aussi le cas de son copain.

– C'était qui ? demanda Konrad.

– Qui ça ?

– Le copain d'Engilbert, précisa Konrad qui s'était tenu en dehors de leur conversation. L'homme qui est venu chez vous avec lui, c'était qui ?

– Mon père a trouvé la coïncidence très surprenante, il m'en a souvent parlé, répondit Theodor. Voyez-vous, ces deux hommes sont tous deux décédés peu après. L'un d'eux a d'abord été poignardé, puis l'autre s'est noyé. Je veux dire Engilbert, se reprit-il en regardant Eyglo d'un air penaud comme s'il lui avait manqué de respect.

– Poignardé ?

– Devant les abattoirs, rue Skulagata, répondit Theodor. Poignardé à mort. Assassiné.

46

En se garant devant la maison, Marta se rappela le jour où elle était venue informer ses occupants du décès de la jeune fille égarée sur le chemin de la vie. Elle se rappelait l'expression de la grand-mère quand elle lui avait annoncé la nouvelle. Tout espoir s'était évanoui d'un coup lorsque cette femme avait appris ce qui était arrivé à sa petite-fille, un voile de tristesse s'était posé sur son visage et son regard s'était éteint. Marta l'avait terriblement plainte, elle avait essayé de faire de son mieux pour atténuer le choc, bien que consciente que ça ne servait à rien. On n'oubliait jamais ce genre de visite.

Et à mon avis, elle n'est pas près non plus d'oublier celle-ci, pensa-t-elle avant de sonner à la porte. Personne ne répondit. Elle sonna une seconde fois et aperçut une ombre qui passait derrière la vitre teintée. L'instant d'après, la femme vint lui ouvrir. Elle devait s'être allongée et semblait encore un peu endormie.

– Excusez-moi de vous déranger si tard, dit Marta en regardant sa montre qui indiquait presque huit heures.

– Ce n'est pas grave, répondit la femme en l'invitant à entrer. Il est quelle heure ?

Marta lui répondit en réitérant ses excuses. Elle ajouta qu'elle avait pris quelques notes concernant Danni et qu'elle souhaitait les lui soumettre. La femme lui demanda quand ils pourraient organiser l'inhumation. Marta n'avait pas encore la réponse à cette question. L'examen du corps serait terminé d'ici quelques jours, pensait-elle.

La maîtresse de maison la précéda dans le salon. La policière avait l'impression qu'elle avait vieilli de plusieurs années depuis sa première visite, elle semblait s'être tassée, son dos s'était voûté et elle avait perdu sa prestance. Elle avait l'air morne, négligeait sa tenue vestimentaire, elle n'était pas coiffée, comme si elle jugeait ne plus mériter la place qu'elle occupait avant dans l'existence.

Marta supposait qu'elle avait surtout envie de se rendormir puisqu'elle avait enfin réussi à trouver le sommeil grâce aux calmants que lui avait probablement prescrits son médecin.

– Je n'ai rien à vous offrir, murmura-t-elle, navrée. Je ne vous attendais pas et…

– Ne vous inquiétez pas. Votre mari est à la maison ?

– Non, il s'est absenté. Il se sent très mal. Il fait de longues promenades en voiture. Ni lui ni moi n'allons bien. Évidemment que nous n'allons pas bien.

– Évidemment, convint Marta, veillant à ne pas la brusquer. J'ai réfléchi aux propos de Fanney concernant votre petite-fille. À mon avis, il faut prendre en compte ce qu'elle dit et peu importe comment vous l'interprétez, il me semble qu'il y a deux sujets que nous devons aborder. Pourquoi cette jeune fille affirme que Danni vous détestait et pourquoi Danni vous rendait responsables de ce qui lui arrivait ?

– Je ne connais pas cette Fanney et je ne sais pas pourquoi elle vous a dit ça. Danni se sentait bien chez nous.

– Votre petite-fille n'était pas une exception, répondit Marta. Nous sommes hélas confrontés à beaucoup de jeunes comme elle, même si, heureusement, tous ne meurent pas prématurément. Il arrive que des jeunes filles perdent pied dans la vie. Des jeunes garçons aussi, évidemment. Un des points communs de ces gamins est qu'ils ont eu des difficultés au cours de leur existence.

– Pourquoi vous me dites ça ? Danni était très heureuse ici.

– Certains de ces gamins sont issus d'excellentes familles. D'autres de très mauvaises. Certains touchent à l'alcool ou à la drogue, ils perdent le contrôle et ne mettent pas longtemps à dégringoler. D'autres recourent à ces substances pour s'anesthésier. Pour oublier la réalité, ne serait-ce que momentanément. Ce sont en général ceux-là qui traînent derrière eux un passé difficile.

– Oui, je ne comprends pas pourquoi vous me dites tout ça. Nous ferions peut-être mieux d'attendre mon mari. Il pourra vous dire tout comme moi que Danni s'épanouissait comme une fleur sous notre toit.

– Beaucoup de ces jeunes ont traversé des moments très pénibles, poursuivit Marta. Le divorce de leurs parents. Du harcèlement scolaire. Un décès dans la famille. Ils tombent sur de mauvaises fréquentations. Puis un processus se met en route et ils n'arrivent plus à s'en détacher ni à s'en sortir.

La femme écoutait l'exposé en silence.

– Danni a évidemment perdu sa mère, ajouta Marta.

– Je crois vraiment que nous ferions mieux d'attendre mon mari, répéta son interlocutrice en secouant la tête.

– Elle était trop petite quand c'est arrivé pour s'en rappeler, n'est-ce pas ?

– Oui, mais, bien sûr, elle a toujours su qu'elle avait une mère et… à quel point sa mère avait compté dans notre vie. Nous faisions de notre mieux pour entretenir son souvenir.

– Est-ce qu'elle aurait été harcelée ? À l'école ou… ?

– Non, rien de tout ça. Danni a toujours été très épanouie à l'école. Mais en grandissant, elle s'est éloignée de ses anciens camarades et s'est mise à fréquenter des gens que nous ne connaissions absolument pas. Elle ne les invitait jamais à la maison. Comme cette Fanney. Ces gens ne venaient jamais ici.

– Je comprends, répondit Marta, satisfaite de pouvoir enfin entrer dans le vif du sujet. Son ami Lassi nous a dit qu'elle était au courant de certaines informations qu'elle avait menacé de publier sur Internet. Vous voyez lesquelles ?

Elle secoua la tête. Marta répéta ce qu'elle venait de lui dire en essayant d'être aussi claire que possible.

– Nous pensions et nous pensons d'ailleurs toujours qu'elle avait l'intention de dénoncer ceux qui tirent les ficelles de ce trafic. Les gens qui l'avaient envoyée à l'étranger et à qui elle avait servi de mule.

La grand-mère lui opposait un regard vide.

– Quand j'ai interrogé Lassi, toujours dans un état grave à l'hôpital de Fossvogur, il m'a laissé entendre que les informations détenues par Danni n'avait en fait rien à voir avec le milieu de la drogue. Vous avez une idée de ce que ça pourrait être ?

– Non, répondit la femme, hésitante, comme si elle ne comprenait toujours pas où Marta voulait en venir.

– Lassi m'a dit que vous étiez au courant.

– Au courant de quoi ?

– Du secret que Danni avait l'intention de publier sur Internet.

– Je ne vois pas de quoi vous parlez. Je n'en ai aucune idée.

– Si quelque chose vous revient à l'esprit, vous voulez bien me contacter ? Vous connaissez mon numéro.

– Évidemment.

Marta lui adressa un sourire encourageant, se leva, la salua et alla à la porte. Elle avait transmis à cette femme le message qu'elle était venue lui communiquer, ensuite il n'y avait plus qu'à attendre.

– Mademoiselle, cria la femme dans son dos comme si elle appelait une serveuse au restaurant.

La policière se retourna.

– Je voulais juste vous dire à quel point Danni… a toujours été une fille adorable et gaie, c'était une enfant tellement sympathique. Tellement intelligente, pleine d'imagination et… C'était l'enfant idéal. Exactement comme sa mère. Elle était notre plus précieux trésor et elle le sera toujours. C'était notre enfant idéal. J'aurais tant voulu pouvoir en faire plus avant… avant qu'il soit trop tard.

Marta hocha la tête puis ouvrit la porte en se disant qu'elle ne regrettait décidément pas sa visite.

La maîtresse de maison resta un long moment assise à côté du téléphone après le départ de la policière, puis composa le numéro et attendit. Chaque sonnerie lui crevait les tympans.

– La police est venue ici une fois de plus avec de nouvelles informations, débita-t-elle à toute vitesse, nerveuse, dès que son correspondant eut décroché. Ils croient que Danni voulait publier des choses sur Internet. Tu étais au courant ?

La voix à l'autre bout du fil était calme et posée. Elle la pria de ne pas s'inquiéter et lui demanda de quoi elle parlait.

– Son petit ami. Lassi. Il est au courant. Elle lui a tout raconté. Il reprend peu à peu conscience et, bientôt, il dira à la police tout ce qu'il sait. C'est certain. Il dira aussi ce que nous savions. Ce que je savais.

– Je vais mettre fin à cette conversation, maintenant, répondit la voix. Nous en discuterons plus tard, quand tu seras calmée.

– Mais c'est de ça qu'il parle… il sait comment ça se passait ? C'est bien ça que Danni voulait publier sur le Net ?

La voix lui ordonna à nouveau de se calmer, tout allait s'arranger.

– Tu le savais ? Tu savais qu'elle avait l'intention de divulguer cette histoire sur Internet ?

Silence dans le combiné.

– Dis-moi que tu ne le savais pas. Dis-le-moi !

Son correspondant se mit subitement en colère et haussa le ton.

– Je ne te permets pas de me menacer, répondit la femme. Arrête, arrête, arrête, pour l'amour de Dieu, arrête, arrête, pleura-t-elle dans le combiné avant de raccrocher violemment.

47

On alla chercher Eymundur dans sa cellule. On jugea inutile de le menotter puisqu'il était calme. Une odeur forte et désagréable émanait de ses vêtements, il ne s'était ni lavé ni changé depuis plusieurs jours. Il portait un jean usé, un chandail de marin et un imperméable crasseux. Quand la police était venue l'arrêter, il avait mis son bonnet de laine qu'il avait gardé depuis et qu'il avait glissé dans sa poche en quittant la cellule où il avait passé la nuit à siffloter une chanson d'Elvis Presley. Le gardien avait cru reconnaître *Heartbreak Hotel*.

Konrad l'attendait dans la salle d'interrogatoire. Farouchement opposé à ce qu'on accorde aux individus de son espèce des traitements de faveur en se pliant à leurs souhaits, il avait accepté de le voir uniquement parce qu'il avait besoin de renseignements supplémentaires sur Nanna. Eymundur était une des seules personnes susceptibles de les lui communiquer.

Il remarqua des taches dont il supposa que c'étaient des traces de sang sur la manche du pull qui dépassait de son imperméable. Marta lui avait dit qu'il faudrait longtemps à la victime pour se remettre. Eymundur l'avait principalement frappée à la tête, de manière à lui faire le plus de mal possible. Il lui avait cassé la mâchoire et les os des pommettes, elle souffrait d'un hématome interne à l'œil droit et risquait de perdre partiellement la vue. Elle avait une commotion cérébrale et avait perdu quatre dents, dont deux avaient été retrouvées sur les manches de son agresseur.

– Alors, ça vous a fait du bien ? demanda Konrad dès qu'Eymundur se fut installé.

Le gardien attendait dans le couloir. Konrad regrettait de ne pas avoir été plus clair lorsqu'il avait mis en garde la vieille dame, il aurait voulu empêcher cette agression même s'il ne voyait pas comment. Il n'avait pas peur d'être seul avec cet homme, son expérience lui ayant enseigné que ceux qui s'en prennent aux femmes sont généralement des lâches minables.

– Du bien ? s'étonna Eymundur.

– Je veux dire, maintenant que vous avez frappé votre pauvre voisine sans défense et que vous l'avez presque tuée, vous devez vous sentir mieux. Je suppose que vous êtes… parfaitement satisfait.

– Pensez ce que vous voulez.

– Qu'est-ce qu'elle vous a donc fait ?

– Elle m'agace, répondit Eymundur.

– Ah oui ? Apparemment, c'est le cas de beaucoup de gens.

– Je n'aime pas qu'elle se mêle d'histoires qui ne la regardent pas.

– Et de quoi est-ce qu'elle s'est mêlée ? Sa seule erreur, c'est d'avoir loué une chambre sous le même toit qu'un imbécile comme vous.

– Vous ne la connaissez pas.

– Vous non plus, d'ailleurs. Pourquoi vous vouliez me voir ? demanda Konrad.

– Et vous, pourquoi vous êtes venu me poser des questions sur la gamine ? rétorqua Eymundur.

– Je vous l'ai déjà expliqué. Qu'est-ce que vous voulez ? Et dites-moi plutôt pourquoi vous n'êtes pas allé travailler le lendemain du décès de Nanna.

Eymundur ne s'attendait pas à cette question.

– Comment ça ?

– Vous n'êtes pas allé au travail ce jour-là ! Pourquoi ? Vous n'en avez pas eu le courage ?

– Qui vous a dit ça ?

– Votre père en a parlé à quelqu'un. Il est passé vous voir là-bas et ne vous a pas trouvé. Pourquoi ? Vous étiez où ?

– Mon père ?

– Quelles étaient vos relations avec Nanna ?

– On n'en avait aucune. Je ne la connaissais presque pas. Quant à cette histoire d'absence à mon travail, je ne m'en souviens pas.

– Évidemment. Vous fricotiez avec elle ? C'est ça ? Vous l'avez violée puis balancée dans le lac de Tjörnin ?

Eymundur secoua la tête.

– Violée ? Comment ça ? Je croyais que c'était un accident ! Pourquoi vous me demandez si je l'ai violée ? Qu'est-ce qui s'est réellement passé ?

– Vous êtes bien sûr de ne pas le savoir ?

– Vous croyez que c'est moi qui l'ai tuée ?

– D'ailleurs, vous n'avez pas changé. Vous continuez à agir exactement de la même manière, n'est-ce pas ? À vous en prendre aux femmes. À vous en prendre à celles sur qui vous avez facilement le dessus. Aux plus faibles que vous. Je veux savoir pourquoi vous avez demandé à me voir.

Eymundur réfléchissait en silence aux paroles de Konrad.

– Je me souviens d'un homme qui est venu une fois ou deux au baraquement, déclara-t-il. Peut-être plus souvent. Moi, j'y passais le moins de temps possible. En tout cas, ma belle-mère avait rencontré ce type à l'Hôpital national. C'est là-bas qu'elle travaillait.

– Je suis au courant. Et alors ?

– Il avait eu la tuberculose. Je me souviens avoir entendu ma belle-mère dire qu'il avait séjourné au sanatorium de Vifilsstadir. Je ne sais pas s'il travaillait à l'hôpital avec elle ou si elle l'avait rencontré parce qu'il venait s'y faire soigner.

– S'y faire soigner ?

– La tuberculose s'était attaquée à une de ses jambes.

– Et ?

– Il…

Konrad comprit tout à coup ce qu'impliquaient les paroles d'Eymundur.

– Il boitait ?

– J'ai pensé que ça vous intéresserait étant donné que vous m'avez dit l'autre fois que, le jour de la mort de la gamine, quelqu'un avait vu tout près de Tjörnin un homme qui marchait en boitant.

– Vous savez qui c'était ? Comment il s'appelait ?

– Je l'ignore.

– Pourquoi me dire ça maintenant ?

– Ça ne vous intéresse pas ?

– Je pense que vous essayez…

– Je me fiche de ce que vous pensez de moi, interrompit Eymundur. Je n'ai rien fait à la petite. J'ai réfléchi à tout ça après votre visite. J'ai revu cet homme plus tard, je veux dire, ce type qui boitait.

Konrad lui fit signe de poursuivre.

– Je buvais beaucoup à l'époque, mes souvenirs ne sont donc pas très clairs et jamais ce détail ne me serait revenu en mémoire si vous n'aviez pas parlé d'un homme qui boitait. J'étais avec quelques copains sur la place d'Austurvöllur. Il est arrivé, il a discuté avec nous un moment et, quand il est reparti, un de mes copains a dit que c'était une véritable ordure. Il connaissait des filles à qui ce sale type s'en était pris. Des gamines. D'après lui, c'était un violeur d'enfants.

– Et vous ne savez pas comment il s'appelle ?

– Non.

– Il était plutôt âgé ? Plutôt jeune ?

– À mon avis, il est mort, si c'est ce que vous voulez savoir. Ce gars était affreux, repoussant, et il s'est éloigné en boitant comme un pauvre diable.

– Vos copains n'ont rien dit de plus ?

– Sans doute que si, mais j'ai oublié le reste.

– Qu'est-ce qu'il venait faire chez votre belle-mère ?

– Je n'en sais rien. Je n'ai jamais posé la question.

– Si Nanna avait été abusée, vous pensez que sa mère ne l'aurait pas vu ? Elle était au courant ? Elle l'acceptait ?

– Je n'en sais rien. C'était une pauvre fille. Elle buvait, je vous l'ai déjà dit, non ? Malgré ça, elle a quand même conservé son boulot à l'hôpital.

Eymundur s'avança sur sa chaise.

– Je veux que vous leur parliez, murmura-t-il en faisant un signe de tête vers la porte. Que vous leur disiez que je vous ai aidé. Que je vous ai rendu service.

Konrad secoua la tête pour lui signifier clairement que c'était exclu.

– Je ne vous ai pas rendu service ?

– Non.

– C'est pourtant bien l'homme que vous cherchez ? Vous m'avez bien dit que la gamine avait été violée ? Et qu'on avait vu ce type traîner à côté du lac ?

– À mon avis, vous essayez de faire diversion et de tirer avantage de la situation.

– Vous ne me croyez pas ?

– Pour moi, vous n'êtes qu'un imbécile, Eymundur, répondit Konrad en secouant la tête. Et c'est ce que vous serez toujours. Un pauvre imbécile.

Eymundur eut un sourire acerbe, comme si rien de ce que son interlocuteur lui disait n'avait le pouvoir de le blesser. Il lui manquait deux dents à la mâchoire inférieure et ça faisait un petit chuintement quand il parlait.

– C'est ce que m'a toujours répété mon père. Du plus loin que je me souvienne, conclut-il.

48

Konrad suivit Eymundur du regard tandis qu'on le raccompagnait à sa cellule au terme de leur conversation. Il avait eu beau le harceler sur l'homme qui boitait, ses relations avec la mère de Nanna et ses visites dans les baraquements de la colline, Eymundur n'avait pas été en mesure de lui en dire plus. À moins qu'il n'ait retenu ces informations dans l'espoir de s'en servir comme monnaie d'échange pour qu'on le traite avec plus d'indulgence. Il n'avait pas appris grand-chose à Konrad, il lui avait seulement permis d'établir un lien avec l'ancien sanatorium.

Avant qu'un service spécialisé ne soit créé au sein de la police, Konrad avait parfois enquêté sur des crimes sexuels, il ne se rappelait aucun délinquant correspondant au signalement fourni par Eymundur. Il lui faudrait un temps fou pour comparer les registres de l'ancien sanatorium de Vifilsstadir et les plaintes déposées pour abus sexuels. Encore fallait-il que les victimes aient effectivement porté plainte. Il supposait que Marta n'accepterait pas de demander un mandat pour que la police puisse accéder aux dossiers des anciens malades. En outre, elle ne disposait pas du personnel nécessaire pour éplucher ces registres, et il y avait peu de chances qu'elle y consente pour satisfaire une lubie de son ancien collègue. Il lui fallait des éléments plus solides avant de se lancer dans une telle opération.

Si tant est qu'Eymundur n'ait pas raconté un tissu de mensonges. Konrad n'avait aucune raison de croire cet homme même s'il l'avait mis sur la piste de la poupée.

Alors qu'il réfléchissait à la prochaine étape dans le couloir des cellules, son portable sonna. C'était Eyglo. Elle souhaitait le voir. Il lui promit qu'il ferait une halte à son domicile avant de rentrer chez lui.

– Ce n'est pas grave si vous passez un peu tard, ajouta-t-elle. En tout cas, nous avons maintenant la preuve qu'ils avaient repris leurs magouilles.

– Il semble bien, en effet, répondit Konrad, comprenant qu'elle parlait de leurs pères.

– Et ils ont rencontré la mère de Nanna.

– Oui, au moment où elle était le plus vulnérable.

– Vous croyez qu'ils en ont profité ?

– Ils n'auraient en tout cas pas hésité pendant la guerre, à l'époque où ils travaillaient ensemble, répondit Konrad.

– En effet, convint Eyglo en lui rappelant de ne pas oublier de passer chez elle.

Il comprenait qu'elle ait besoin de parler depuis qu'ils avaient découvert que la mère de Nanna avait croisé la route de leurs pères. Eyglo se posait une foule de questions, elle avait besoin de quelqu'un à qui confier ses inquiétudes.

Konrad rangea son téléphone dans sa poche. Il piétinait dans le couloir des cellules en repensant à sa conversation avec Eymundur. Il avait beau retourner le problème dans tous les sens, il retombait toujours sur la même conclusion déplaisante. Il essaya d'envisager d'autres solutions, mais n'en trouva aucune. Il retourna à sa voiture, s'installa au volant et prit la direction du quartier ouest. Il connaissait depuis longtemps l'adresse de l'homme qu'il devait aller voir et supposait qu'il n'avait pas déménagé depuis la dernière fois qu'il avait eu affaire à lui, à la fin des années 90. Apparemment, il n'avait pas eu de problèmes avec la justice depuis cette époque.

Il vivait dans une maison qu'il avait héritée de ses parents, une bicoque en bois recouverte de tôle ondulée complètement délabrée. Petites fenêtres, porte noire. Les murs portaient des graffitis que Konrad n'arrivait pas à déchiffrer, ce n'étaient sans doute pas les premiers. Par endroits, le propriétaire avait repeint par-dessus d'autres tags plus anciens. Il supposait qu'il avait fini par renoncer à lutter contre ces actes de vandalisme.

Il n'y avait aucun nom à la porte. Konrad appuya sur la sonnette, elle ne fonctionnait pas. Il frappa, d'abord doucement, puis un peu plus fort sans que personne ne réponde. Il redescendit dans la rue, vit de la lumière à l'intérieur, retourna à la porte et constata que le propriétaire avait allumé une lampe. Il ramassa un petit caillou, le lança sur la vitre. Rien. Il recommença et vit une ombre traverser la pièce. Un homme maigre comme un clou, aux cheveux hirsutes, plaqua son visage à la fenêtre. Konrad supposa qu'il l'avait reconnu.

Il retourna devant la maison et remarqua que la porte était entrouverte. Il attendit quelques instants puis la poussa et entra.

– Refermez derrière vous, ordonna le propriétaire depuis le salon.

Konrad s'exécuta et attendit que ses yeux s'habituent à la pénombre. Il était venu dans cette maison une seule fois, pour arrêter cet homme et l'emmener, menotté, au commissariat de la rue Hverfisgata. Cette fois-là, il était accusé d'agression sexuelle sur deux petits garçons originaires de Selfoss. Ces affaires avaient pendant longtemps été étouffées ou traitées avec une surprenante légèreté par le système judiciaire. Bien qu'ayant été déjà jugé coupable d'agressions sur mineurs, cet homme avait continué à travailler au contact d'enfants et d'adolescents. Les condamnations encourues étaient minimes et les délinquants sexuels ne bénéficiaient d'aucune surveillance.

– On m'a dit que vous étiez à la retraite.

Konrad entendit le filet de voix aigrelet venu du salon où il distingua une silhouette à peine éclairée d'un rai de lumière filtrant par la porte entrouverte de la chambre. L'homme était debout à côté d'une grande bibliothèque vitrée. Quand les yeux de l'ancien policier se furent habitués à la pénombre, il découvrit un vieillard maladif, le dos voûté, le visage mangé par une barbe en broussaille, les yeux délavés, et une épaisse chevelure qui retombait sur ses épaules. Vêtu d'un peignoir crasseux, il semblait souffrir de gêne respiratoire. Konrad supposa qu'il était malade et que ses jours étaient comptés.

– En effet. Et vous ? répondit-il. Vous avez décroché ?

– Qu'est-ce que vous me voulez ? demanda le vieillard.

– Pardon si je vous ai réveillé. Tout va bien ? Vous souhaitez que j'appelle un médecin ? Vous n'avez pas l'air en forme.

– Ne vous inquiétez pas pour ça. Qu'est-ce ce que vous voulez ?

Le vieillard fut secoué par une quinte de toux dont il eut du mal à se remettre. Il s'installa dans le fauteuil en poussant un profond soupir.

– Qu'est-ce que vous me voulez ? répéta-t-il.

– Je vais essayer d'être bref, répondit Konrad, n'ayant pas envie de s'attarder plus que nécessaire. Je voulais vous poser une question.

– Une question ?

– Sur un homme auquel je m'intéresse et qui avait peut-être les mêmes… comment dire… les mêmes penchants que vous. Un violeur qui, comme vous, n'avait aucun scrupule.

Le vieillard était assis dans la pénombre, on ne distinguait que les contours de son visage. Konrad entendait sa respiration lourde, il supposait qu'il était cardiaque et craignait qu'il ne soit en détresse respiratoire.

– Eh bien, je crois que vous feriez mieux de partir, répondit l'homme après un long moment. Je n'ai rien à vous dire. Par conséquent, vous devriez déguerpir.

– Cet homme était malade, éluda Konrad. Il avait de la tuberculose osseuse à une jambe. Il boitait. Ça ne vous dit rien ?

Le vieillard haletait. Il tendit le bras vers un bidon d'oxygène auquel était attaché un masque qu'il n'arrivait pas à attraper. Il suffoquait. Konrad l'observa quelques instants puis s'approcha et lui tendit le masque. L'homme l'attrapa, soulagé, le mit en place et happa l'air jusqu'à ce que sa respiration redevienne presque normale.

– Ça vous fait plaisir de me voir dans cet état, reprit-il dès qu'il eut récupéré.

– Vous voulez que je vous emmène à l'hôpital ?

Le vieil homme fit non de la tête.

– Alors, ce tuberculeux, vous voyez qui c'est ? reprit Konrad.

– Pourquoi vous le cherchez ?

– Pour une vieille histoire. La description que je viens de faire vous dit quelque chose ?

– Une vieille histoire ? Laquelle ?

– Vous le connaissez ? Vous pouvez me dire son nom ?

– Quelle vieille histoire ?

– Une jeune fille de douze ans s'est noyée dans le lac de Tjörnin il y a des dizaines d'années. Elle a peut-être connu cet homme.

Le vieillard avait ôté son masque, il le reprit et inspira l'oxygène. Deux minutes s'écoulèrent. Il fixait l'ancien policier. Seuls ses efforts pour happer l'air troublaient le silence. Enfin, il retira le masque. Konrad devina à l'expression de son visage la question qu'il allait lui poser.

– Qu'est-ce qu'il lui a fait ? demanda le vieil homme.

– Peu importe. Rien ne dit qu'il lui ait fait quoi que ce soit. Qu'est-ce qui vous fait croire ça ?

– Dans le cas contraire, vous n'auriez aucune raison de me poser ces questions. Elle a été assassinée ?

Konrad ne répondit pas. Il commençait à regretter d'être venu dans cette maison. Il s'y sentait mal. Une odeur désagréable dont il ignorait l'origine flottait dans l'air. L'homme s'avança sur son fauteuil. Son regard s'était allumé.

– Elle a d'abord été violée ?

– Je vous ai dit que ce n'était pas important.

– C'est lui qui a fait ça ?

– Est-ce que vous comprenez ce que je vous raconte ?

– Comment ?

– Comment quoi ?

– Comment est-ce qu'il l'a souillée ?

Konrad grimaça.

– Je n'ai jamais dit qu'elle avait été violée, répondit-il en s'efforçant de garder son calme. Est-ce que vous connaissez cet homme ? Est-ce que vous pouvez me dire qui c'est ? Si vous n'en êtes pas capable, je m'en vais et je vous laisse mourir tranquille.

Le vieillard le fixa un long moment puis se recula dans son fauteuil.

– D'accord, murmura-t-il. Nous allons faire comme vous voulez. Pardonnez-moi, mais il y a longtemps que je n'avais pas reçu ce genre de… visite.

– Faire comme je veux ? C'est-à-dire ?

– Parlez-moi de la mère de cette gamine, suggéra l'homme. Sa respiration était régulière, il avait posé le masque sur ses genoux. Ses paupières s'étaient fermées sur ses yeux délavés. Konrad avait l'impression qu'il s'endormait.

– La mère de la petite ?

– Elle faisait quoi ?

– Elle habitait dans le baraquement numéro 9 sur la colline de Skolavörduholt et travaillait à l'Hôpital national, répondit Konrad.

– Elle y faisait quoi, dans cet hôpital ?

– Elle travaillait à la cantine.

– À la cantine, répéta le vieillard. Elle était mariée ?

– Elle vivait avec un homme dont je ne sais presque rien, mais qui avait un fils qui est toujours en vie. Il s'appelle Eymundur.

– Cette femme, il y avait longtemps qu'elle travaillait à l'hôpital au moment de la noyade ?

– Je n'en sais rien. Elle y était sans doute depuis un moment.

– Est-ce que cet homme, dont la jambe était atteinte par la tuberculose, est allé chez la gamine ?

– Oui, au moins une fois. C'était qui ? Comment est-ce qu'il s'appelait ? Vous pouvez me le dire ?

– Qu'est-ce que vous savez sur cet Eymundur ?

– Il a été marin sur des cargos. Il est célibataire, c'est une brute.

– Comment ça ? Qu'est-ce qui vous fait dire que c'est une brute ?

– Il est en taule en ce moment. Pour agression.

– Il s'en prend aux femmes ?

– Oui.

– Aux femmes sans défense ?

– Oui.

– Il les viole ?

– Non, enfin, je ne pense pas.

– Comment il s'entendait avec la gamine ?

– Il dit qu'il ne la connaissait pratiquement pas.

– Il était plus vieux qu'elle ?

– Il avait seize ans.

– Vous le croyez ?

– Je ne sais pas ce que je dois croire.

– Et le beau-père ?

– J'ignore presque tout de lui.

– Est-ce que la police a enquêté sur la mort de la gamine ?

– Oui.

– Qui a été chargé de l'enquête ?

– Nikulas.

– Saint Nikulas, murmura le vieil homme. Quand la mère de la petite allait travailler, est-ce qu'elle l'emmenait avec elle ?

– Je ne sais pas. Je suppose que c'est arrivé. Pourquoi cette question ?

– Elle aimait son travail ?

– Autant que je sache, oui.

– Elle travaillait le soir ?

– Je ne sais pas.

– La gamine était en bonne santé ?

– Je crois.
– Est-ce qu'elle était… formée ?
– Je suppose que oui.
– Si jeune ?
– Nous n'en sommes pas certains. Pourquoi vous avez appelé Nikulas comme ça ?
– C'était un homme extrêmement désagréable. Corrompu. Il suffisait de lui glisser quelques pièces dans la poche pour qu'il ferme les yeux sur n'importe quoi. Quand la petite accompagnait sa mère à l'hôpital… est-ce qu'elle rechignait ? Est-ce qu'elle faisait tout pour ne pas y aller ? Ou est-ce qu'elle s'en fichait ? Comment elle réagissait ?
– Je n'en sais rien. Du reste, je ne sais absolument pas si cette petite accompagnait sa mère au travail, répondit Konrad. Cet interrogatoire lui déplaisait au plus haut point, mais il se disait qu'il n'avait pas d'autre choix que de jouer le jeu et de répondre aux questions du vieillard.
– Eh bien, vous ne savez pas grand-chose, n'est-ce pas ?
– À votre avis, pourquoi je suis venu vous débusquer dans votre tanière ? rétorqua Konrad d'un ton sec. J'ai besoin d'en savoir plus. Vous croyez peut-être que c'est une visite de courtoisie ?
Ces mots piquèrent le vieillard au vif.
– Je me souviens bien de votre père, Konrad, répondit-il, les yeux mi-clos. Ce n'était pas le genre d'homme qu'on aime fréquenter. Pas plus que vous. Vous vous entendiez bien ?
– Est-ce que vous allez me dire qui était cet homme…
– C'était un bon père ?
Konrad ne répondit pas.
– Il était gentil avec son petit garçon ?

– Est-ce que vous connaissez le nom de l'homme dont je parle ?

– Si je me souviens bien, vous aviez une petite sœur.

Konrad n'était pas sûr d'avoir bien entendu.

– Un joli brin de fille qui était parfois toute seule à la maison avec son papa.

Konrad se leva.

– Je refuse d'écouter vos saletés plus longtemps, s'emporta-t-il.

– J'ai touché le point faible, se réjouit le vieillard en graillonnant et en attrapant son masque. J'y suis venu une fois. Dans votre appartement. Je ne vous l'avais jamais dit ?

– Taisez-vous !

– Beta, c'est bien ça ? Ce qu'elle pouvait être jolie. Il me semble que votre père l'appelait Beta.

– Allez vous faire foutre !!

Konrad préférait quitter cette maison avant de perdre son sang-froid. Il avait peur de lui faire du mal. Il aurait voulu lui arracher son masque à oxygène et le lui enfoncer dans le gosier puis le regarder étouffer. Sa quête désespérée de réponses ne justifiait pas qu'il écoute le venin que déversait la bouche du vieillard.

– Est-ce que la gamine était enceinte ? C'est pour ça qu'elle accompagnait parfois sa mère à l'hôpital ? Parce que quelqu'un l'avait mise enceinte ?

Konrad s'avança vers la porte.

– Konrad ! cria le vieil homme. C'est ça ? Est-ce que la gamine était enceinte ?

Il entendit la porte s'ouvrir.

– Konrad ! Répondez-moi !

Il se dressa sur son fauteuil.

– Pardonnez-moi ! J'ai été ignoble. Je n'aurais pas dû parler de votre père !

Le vieil homme s'était levé. Grand et maigre, il flottait dans sa robe de chambre dont les pans s'écartaient, dévoilant un corps blanc et décharné.

– Trouvez Luther ! Allez éplucher les dossiers médicaux ! cria-t-il, mais sa voix se brisa et se changea en murmures inaudibles.

La porte se referma en claquant. Le vieillard marmonna quelques mots, s'effondra dans son fauteuil, plaça le masque sur son visage et avala goulûment l'oxygène comme si chaque respiration était la dernière.

49

Konrad errait à travers Reykjavik au volant de sa voiture, prêtant à peine attention à la circulation. Il envisagea de retourner voir ce vieux débris humain pour accomplir ce qu'il avait brûlé de faire lorsqu'il était chez lui et le regarder s'étouffer dans sa fange. Les poings serrés sur le volant, il essayait d'oublier les propos que ce monstre avait tenus sur son père et Beta. Il espérait de tout son cœur qu'il avait dit ça uniquement pour le déstabiliser, pour jouer avec ses nerfs et le mettre en colère. Cette pourriture connaissait cependant le prénom de sa sœur. Il avait prononcé le nom de Beta.

Il abattit son poing sur le volant, furieux, débordant de désespoir, de regrets et de haine de soi. Sa mère avait eu de sacrées bonnes raisons de quitter définitivement le foyer familial en emmenant Beta. Comment Konrad avait-il pu être aussi aveugle sur son père ? Toutes ces années, jusqu'au moment où il avait finalement claqué la porte, le jour où on avait fini par le retrouver assassiné. Il s'était souvent demandé ce qui l'avait poussé à essayer de comprendre cet homme. Il l'avait écouté quand il s'était plaint en disant que le monde était hostile aux gens comme lui, il l'avait cru quand il s'était posé en victime des circonstances, de son éducation, de son environnement, de la police, de la société, de son épouse ou d'hommes comme Svanbjörn. Konrad aurait dû comprendre que les seules victimes étaient les gens qui avaient le malheur de croiser sa route et que toutes ses paroles et ses actes ne servaient qu'à satisfaire son esprit détraqué.

Alors qu'il s'apprêtait à rentrer chez lui, il se rappela qu'il avait promis à Eyglo de passer la voir à Fossvogur. Même s'il ne se sentait pas d'humeur à lui rendre visite, il décida de tenir parole.

Elle ne tarda pas à remarquer qu'il n'était pas dans son état normal, mais ne lui posa pas de questions. Il s'était installé sur le canapé du salon. L'air grave, peu loquace, il se contentait d'acquiescer brièvement à ses propos, la tête ailleurs. Agissant comme si de rien n'était, Eyglo lui fit part des réflexions que lui avait inspirées leur visite chez Theodor, où ils avaient obtenu confirmation que leurs pères avaient renoué ensemble. Elle avait essayé d'imaginer la nature de leurs relations et s'était demandé s'ils avaient à nouveau abusé des gens en organisant des séances de spiritisme dont les dés étaient pipés, comme ils l'avaient fait pendant la guerre. Elle n'osait envisager sérieusement que la mère de Nanna ait pu compter parmi leurs victimes et qu'elle soit tombée entre leurs griffes.

– Ça ne m'étonnerait pas qu'ils lui aient menti sur toute la ligne pour lui prendre le peu qu'elle possédait, répondit Konrad.

– Nous n'en savons rien.

– N'essayez pas de les défendre. Et surtout pas mon père. Il faut s'attendre au pire venant de lui.

– Konrad, il y a quelque chose qui ne va pas ? s'inquiéta Eyglo.

– Non, tout va bien.

Elle n'insista pas et lui expliqua que, ces derniers jours, elle avait tenté de se rappeler si Engilbert avait parlé de la mère de Nanna ou s'il avait dit qu'une jeune fille s'était noyée dans le lac de Tjörnin. C'était peut-être ainsi que l'image de la gamine cherchant sa poupée s'était ancrée dans l'esprit d'Eyglo, ou plutôt dans son subconscient. Elle ne se souvenait pas qu'il ait mentionné cet événement. Il était également possible qu'elle ait entendu une conversation entre ses parents et que l'image se soit fixée dans son esprit sans qu'elle sache d'où elle venait.

– Il y a aussi ce que vous m'avez dit à propos d'Engilbert et de votre père, reprit-elle. L'idée que mon père aurait pu s'en prendre au vôtre devant les abattoirs autant que n'importe qui d'autre.

– À votre place, je ne m'inquiéterais pas trop et je m'abstiendrais de ressasser tout ça, répondit Konrad.

– C'est pourtant ce que vous faites, fit remarquer Eyglo. Qu'est-ce qui se passe ? Pourquoi vous êtes si grognon ?

– Vous feriez mieux d'oublier ça. D'oublier mon crétin de père.

– Pourquoi ? Pourquoi vous parlez de lui de cette manière ?

– Parce que c'était un salaud, répondit Konrad. Un ignoble salaud. Et j'aurais dû m'en rendre compte au lieu de refuser de voir la vérité en face.

– C'était la manière que vous aviez trouvée pour cohabiter avec lui, n'est-ce pas ? s'enquit Eyglo.

– Il n'a pas été gentil avec ma sœur, avoua Konrad, et le mot est faible.

– Ah bon ?

– Je n'ai appris ça que bien plus tard, et maintenant je regrette d'avoir gobé tous ses mensonges.

– Ce n'est pas bon d'éprouver de la colère contre des choses qu'on ne maîtrise pas, répondit Eyglo.

– En effet, j'en ai bien conscience, c'est aussi ce que disait Erna. Ça ne suffit pas. On me rappelle constamment l'homme qu'il était et la manière dont il s'est comporté avec sa famille. Ce fardeau me poursuit depuis toujours et j'en ai ma claque. C'était comme ça quand j'étais policier et ça continue maintenant que je suis à la retraite. C'est un poids dont je ne me débarrasserai jamais. Jamais.

Son portable sonna. C'était Marta. Il pria Eyglo de l'excuser en lui disant qu'il devait prendre cet appel. Marta était rentrée chez elle et se montrait plus bavarde que jamais. Elle espérait ne pas le déranger. Il lui répondit qu'il était en visite et qu'il ne pouvait trop s'attarder au téléphone.

– En visite ? Chez qui ? interrogea-t-elle, curieuse et toujours aussi directe. Une femme ? Il y a donc une femme ?

– Je suis chez une amie qui s'appelle Eyglo, répondit Konrad, comprenant que Marta avait bu quelques verres. C'est elle qui m'a mis sur l'affaire de cette jeune fille pour laquelle tu refuses de nous aider.

– Tu parles d'une affaire !

– Oh que si, c'en est une, et une grosse ! rétorqua Konrad. Il faut que je te parle de quelques petites choses…

– Ça attendra demain. Je t'appelais pour te dire que je rentre de chez la grand-mère et qu'il se passe là-bas des trucs pas très nets. Apparemment, Danni voulait publier des choses sur Internet avant sa mort. Randver s'est emballé en apprenant ça, persuadé qu'elle voulait dévoiler des secrets les concernant, lui ou ses copains trafiquants. Il nie en bloc même s'il ne faut pas trop croire ce que dit ce crétin. Toujours est-il que Lassi m'a laissé entendre que la grand-mère était au courant de cette histoire.

– Tu as pu interroger Lassi ?

– Il a dit quelques mots puis il s'est rendormi et il n'a pas repris conscience depuis.

– Donc, ce que Danni voulait publier sur le Net n'a peut-être rien à voir avec Randver et ses copains. Ce serait simplement ce que Randver a supposé dans son délire de drogué ?

– Tout à fait, convint Marta. Après avoir vu Lassi, je suis allée chez la grand-mère. Inutile de te dire qu'elle est très perturbée. Je lui ai fait part de tout ça. Elle semblait tomber des nues, elle s'est mise à parler d'enfant idéal et de trésor. Pauvre femme ! Je ne peux pas m'empêcher de la plaindre !

– Tu crois que Danni voulait publier des secrets concernant ses grands-parents ?

– Pourquoi pas ?

– Des secrets de famille ?

– L'hypothèse n'est pas stupide. Cette femme très élégante était une figure politique. Très active au Parlement. Constamment à la télé. Une femme de principes. Elle se pavane comme une grande dame dans tous les maudits cocktails. Et elle m'appelle mademoiselle comme si j'étais serveuse de restaurant ! Franchement, qui fait ça aujourd'hui ?!

– Et tu crois que son mari et elle sont responsables de la mort de la petite ? Tu ne trouves pas ça… ?

– On a le droit de se poser la question, non ?

– Mais…

– Konrad, pourquoi ces gamins se retrouvent dans le caniveau ? Dis-le-moi. Pourquoi est-ce qu'ils tombent si bas ?

– Par exemple, parce qu'ils ont eu une enfance difficile.

– Danni était aussi épanouie qu'une fleur chez ses grands-parents. Cette femme me l'a dit deux fois. C'était l'enfant rêvé et leur unique trésor. Si ce n'est que cette fleur les haïssait. L'enfant rêvé les détestait de toute son âme. En quoi c'est compatible avec ce que nous dit cette femme ? Tu peux me l'expliquer ?

– Je n'en sais rien… à quoi tu penses ?

– À des abus. Tu trouves que l'idée est absurde ? La gamine a voulu les dévoiler, les publier sur ces pages MeToo qui regorgent de récits de viols et d'abus sexuels subis par des femmes. Ça te semble impossible ?

– Le grand-père, qu'est-ce qu'il t'a dit ? Il était là ?

– Non, il laisse sa femme se dépatouiller seule avec ces histoires. Je ne l'ai pas vu.

– Tu veux les convoquer au commissariat pour les interroger ?

– Ça mettrait un sacré bordel.

– C'est sûr. Tu ferais mieux d'aller dormir, conseilla Konrad.

– Va donc dormir toi-même ! s'emporta Marta avant de lui raccrocher au nez.

Il rangea son portable avant d'aller retrouver Eyglo dans la cuisine où elle préparait une tisane.

– Voilà qui vous calmera, dit-elle en lui tendant une tasse.

– Il faut absolument que j'aille consulter les anciens dossiers médicaux du sanatorium de Vifilsstadir, déclara-t-il. Et essayer d'y trouver des informations sur un certain Luther.

– Tout de suite ? s'étonna-t-elle, percevant son impatience.

– Oui, répondit Konrad. Tout de suite, ça ne peut pas attendre.

50

L'ancien sanatorium de Vifilsstadir se trouvait au sommet de la colline, comme un château, forteresse ultime dans la lutte contre une maladie mortelle. Il avait été construit en 1910, au plus fort de l'épidémie de tuberculose, alors première cause de décès en Islande, et était destiné à héberger et isoler dans les meilleures conditions ceux qui étaient victimes de cette maladie endémique mais n'avaient pas d'endroit où aller. À cette époque, le bâtiment était situé à l'écart de la ville, mais aujourd'hui il se trouvait à proximité d'une des principales artères de la capitale. En contrebas de l'établissement, vers le sud, il y avait jadis un beau lac désormais asséché. À l'ouest du bâtiment principal se trouvait l'ancienne salle où les malades étaient assis en rangs par les belles journées d'été pour profiter de la vue et du bon air. Au plus fort de son activité, la production agricole de ce sanatorium était équivalente à celle de n'importe quelle grande ferme européenne. Il y avait là une grande étable, une grange, un poulailler, une laiterie, un atelier de menuiserie et tout ce qui permettait à l'établissement de fonctionner pour ainsi dire en autarcie.

Depuis qu'on avait éradiqué la tuberculose, le bâtiment avait abrité plusieurs activités. C'était aujourd'hui une maison de retraite. Konrad approcha lentement et coupa le moteur. Seules quelques fenêtres étaient éclairées, la plupart des pensionnaires dormaient. Tout était calme. Konrad imaginait cet endroit à l'époque de la tuberculose, lorsqu'on essayait d'endiguer l'épidémie en isolant les patients. Il pensait aux histoires d'amour, de victoires et de morts dont les épais murs du sanatorium avaient été le théâtre. Le bâtiment souffrait d'un manque d'entretien évident depuis des années pour cause de restrictions budgétaires. De plus, il avait été fermé pendant un certain temps jusqu'à ce que le manque de place dans les hôpitaux provoque sa réouverture.

Plus tôt dans la journée, en se documentant sur l'ancien sanatorium et les archives de l'Hôpital national, Konrad avait découvert que, bien qu'on ait regroupé la majeure partie des dossiers des malades dans l'atelier où on fabriquait jadis les cercueils à côté du cimetière de Fossvogur, certains étaient encore disséminés dans divers services de soins. Il avait appelé sa vieille amie Svanhildur, médecin à l'Hôpital national, qui avait parfois pratiqué des autopsies dans le cadre d'enquêtes policières. Elle était partie faire du golf en Floride avec des amis et s'était étonnée qu'il l'appelle sous le soleil américain pour lui parler des archives. Elle n'avait d'abord pas compris ce qu'il voulait et lui avait dit que toutes les requêtes concernant les dossiers médicaux devaient être adressées aux archives de Fossvogur. Puis, lorsqu'il avait répété sa question, elle avait répondu qu'il avait des chances de trouver les dossiers des patients tuberculeux à l'ancien sanatorium de Vifilsstadir. Elle pensait se souvenir qu'il existait une salle des archives dans le sous-sol du bâtiment. Elle lui avait rappelé qu'il devait s'adresser à Fossvogur s'il souhaitait les consulter, en ajoutant qu'il fallait qu'elle rejoigne ses amis golfeurs.

Konrad lui avait demandé si elle avait connu Heilman, le médecin chargé des autopsies dans les années 60 et 70. Ce nom lui disait vaguement quelque chose.

Le calme régnait dans le bâtiment. Konrad, qui n'y était jamais venu, trouva pourtant immédiatement l'escalier du sous-sol. Il descendit les marches et ne tarda pas à arriver devant une porte verrouillée portant l'inscription Archives. Comme tout ce qui se trouvait ici, la serrure avait subi les ravages du temps. Konrad ne voulait pas causer plus de dégâts que nécessaire. Il poussa la porte d'un coup sec et la serrure céda.

Il referma, alluma la lampe de poche de son portable et découvrit un vaste espace meublé de rangées de classeurs, certains étaient récents, gris et en métal, d'autres plus anciens, en bois, usés et parfois cassés, semblaient dater de la fondation de l'hôpital. Plusieurs tiroirs étaient ouverts et vides, d'autres contenaient des papiers éparpillés et d'autres encore renfermaient des dossiers suspendus jaunis par le temps et classés par ordre alphabétique. Il les passa rapidement en revue, armé de la lampe de son téléphone qu'il avait réglée le plus bas possible. Il prit un dossier et regarda le nom. Sigurgrimur Jonsson. La chemise contenait quelques documents sur le patient. Un bref curriculum vitæ et un historique de sa maladie. Konrad feuilleta le tout rapidement. Originaire de la province de Bardastrandir. Tuberculose pulmonaire. Deux opérations. Ablation des côtes flottantes. Décédé le 14 décembre 1949. Konrad prit un autre dossier. Katrin Andresdottir. Née en 1936. Tuberculose pulmonaire. L'historique de sa maladie occupait deux pages. Aucune intervention chirurgicale majeure. Plusieurs hospitalisations en 1947. Guérison définitive en 1950. Médecin traitant : Bergur Ludviksson. Konrad se souvenait que c'était à cette époque qu'on avait découvert les remèdes permettant d'éradiquer la tuberculose.

Il explora les autres tiroirs jusqu'à trouver les dossiers des patients dont le nom commençait par un L. Le prénom Luther n'était pas courant en Islande, il ne figurait sur aucune des chemises. Il passa en revue tous les tiroirs, des plus anciens aux plus récents, sans y trouver aucun Luther.

La lampe de son portable commençait à faiblir. Il explora les feuilles éparpillées dans les classeurs. De nombreux dossiers avaient été enlevés, sans doute transférés aux archives de Fossvogur. Découragé, il s'apprêtait à renoncer quand il aperçut brièvement le nom de Luther sous le faisceau de sa lampe. Il attrapa les trois feuilles dont il balaya rapidement le contenu. Luther K. Hansson. Tuberculose osseuse de la jambe gauche, sous le genou. A évité l'amputation… Né en 1921 à Reykjavik. Séjourne actuellement à Vifilsstadir…

Le nom du médecin figurait quelque part dans le dossier. Konrad le fixa jusqu'à ce que la lampe de son téléphone s'éteigne et le laisse dans le noir complet.

A. J. Heilman.

51

Le grand-père de Danni s'engouffra dans le tunnel du Hvalfjördur, freina jusqu'à atteindre la vitesse maximale autorisée puis mit le régulateur. Depuis qu'il avait acheté sa première voiture équipée de ce dispositif, il avait pris l'habitude de l'utiliser. À l'époque, on venait d'ouvrir cette voie sous le bras de mer et cette technologie l'avait séduit. Il avait également acheté un badge qui lui permettait de passer sans s'arrêter au péage, évitant ainsi les bouchons. Il optait dans tous les domaines pour le confort.

Jamais il n'avait eu peur de descendre dans les entrailles de la terre, contrairement à sa femme qui s'attendait toujours à une catastrophe. Une collision avec une autre voiture. Un incendie. Ou, pire, que les parois cèdent et que l'eau du fjord les submerge.

Il réfléchissait à tout ça en conduisant. C'était sa manière de chasser de son esprit les choses embarrassantes et douloureuses qui étaient revenues s'abattre sur lui de tout leur poids à la mort de Danni. Depuis son décès, la vie était devenue un enfer, surtout lorsqu'il croisait le regard de sa femme et que tous deux se perdaient en reproches. Ils s'accusaient mutuellement de ce qui était arrivé à leur petite-fille.

Ce n'était pas nouveau. Ils avaient eu le temps de s'y habituer pendant les années où, impuissants, ils l'avaient vue peu à peu perdre pied dans la vie. Se détourner de l'école et de ses amis, et plus encore de ses grands-parents. Ils l'avaient vue rentrer ivre à la maison et avaient supporté ses invectives. Ils s'étaient inquiétés quand elle découchait. Ils avaient essayé de la raisonner quand elle leur demandait de l'argent pour acheter de la drogue et elle leur avait répondu par des hurlements. Tout était arrivé très vite. Elle n'écoutait ni ce qu'ils lui disaient ni les conseils qu'ils lui donnaient. Elle était grossière, elle les insultait. Pleine de haine. De colère et de haine.

Sa femme l'avait appelé alors qu'il roulait au pied du mont Esja, il avait hésité à lui répondre. Elle était dans tous ses états et il n'avait pas réussi à la calmer. Du reste, il avait à peine essayé. Il n'en avait plus la force. Elle était tellement perturbée depuis plusieurs jours, elle pensait que la policière, cette Marta, s'approchait lentement mais sûrement de la vérité.

Il sortit du tunnel, continua vers la bourgade de Borgarfjördur en essayant de ne pas penser à son épouse ni à Danni. Il avait si souvent emprunté cette route qu'il en connaissait chaque colline, chaque monticule. Les silhouettes des montagnes et les fermes qu'il dépassait lui étaient familières. Son téléphone sonna à nouveau. C'était encore sa femme. Il décida de ne pas répondre et éteignit l'appareil. Il avait coupé la radio et le régulateur et jetait un œil à son compteur chaque fois qu'il approchait d'une zone où il savait que la police avait installé un radar.

Une demi-heure plus tard, il atteignit l'auberge, coupa le moteur et pénétra dans la réception. Il n'avait emporté aucun bagage. La jeune femme lui sourit. Il lui demanda si elle avait une chambre.

– Oui, répondit-elle en regardant l'écran de son ordinateur pour vérifier les réservations, même si elle savait que plusieurs chambres étaient libres. La semaine avait été plutôt tranquille. Pour une personne ? ajouta-t-elle.

Le grand-père hocha la tête.

– Une nuit ?

– Oui. J'aimerais avoir une baignoire. C'est possible ?

La jeune femme répondit que la plupart des chambres étaient équipées de douches, mais que quelques-unes avaient une baignoire parce que certains appréciaient ce confort. Elle avoua qu'elle appartenait à cette catégorie. Elle était de bonne humeur, elle avait de la conversation et n'était pas timide avec les inconnus.

– Vous prendrez le petit-déjeuner ?

– Non, merci, je… ce ne sera pas nécessaire.

– D'accord.

Elle trouva une chambre équipée d'une douche et d'une baignoire, l'enregistra et lui tendit la clef en lui disant que, s'il avait besoin de quoi que ce soit, il lui suffisait de demander. C'était une jeune femme adorable. Blonde, comme Danni.

La chambre était agréable et la baignoire promise était bien là. Il évita de se regarder dans la grande glace au-dessus du lavabo, alla s'asseoir sur le lit et attendit. Il ne savait pas quoi. Il retourna dans la salle de bain et ouvrit le robinet de la baignoire.

Il commença à déboutonner sa chemise.

Importée d'Italie.

Il avait toujours opté en toute chose pour le confort.

52

Malgré l'heure tardive, Konrad appela sa sœur Beta en rentrant chez lui. Il voulait prendre de ses nouvelles et lui proposa de se voir bientôt. Elle ne s'offusqua pas de ce coup de fil nocturne. Il lui parla de ses occupations du moment et de sa visite chez l'homme au masque, il lui raconta ce que le vieillard avait dit sur leur père et ajouta qu'il avait prononcé le nom de Beta. Elle avait le droit de le savoir. Il n'avait pas voulu attendre pour le lui dire. À son grand soulagement, Beta ignorait comment cet homme avait appris son nom, elle ne se rappelait pas l'avoir vu à la maison avec leur père et ne se souvenait d'aucune autre visite d'hommes de son genre qui auraient pu lui faire du mal. Quant au tuberculeux qui boitait, ça ne lui disait rien.

Konrad avait quitté la salle des archives de l'ancien sanatorium de Vifilsstadur et était remonté en voiture sans que personne le remarque. Il avait essayé de refermer la porte correctement, mais savait que, dès qu'un employé entrerait dans la pièce, son forfait serait découvert. Si ce dernier prévenait la police qu'il y avait eu effraction et que Marta l'apprenait, elle ne tarderait pas à faire le rapprochement.

Il discuta un long moment avec Beta et lui raconta comment il avait trouvé la poupée dans l'incendie déclenché par l'homme qui la détenait, et qui avait bien failli brûler vif. Cette poupée contenait un document qui laissait supposer que la jeune fille avait été abusée sexuellement. Konrad souhaitait qu'on exhume son corps. Marta s'y opposait et exigeait qu'il lui présente des preuves plus convaincantes. Beta l'encouragea à les chercher. Il lui fit également part de ce qu'il avait découvert dans l'ancien sanatorium. Le médecin de l'homme qui avait la réputation de s'en prendre aux enfants, ce Luther qui était venu chez Nanna, était également celui qui avait autopsié le corps de la petite.

– Et alors, qu'est-ce que tu en déduis ? demanda Beta.

– Je crois que Nanna était enceinte. Luther était venu chez elle. Il connaissait sa mère qui travaillait à l'Hôpital national. Ce médecin, Heilman, avait alors quitté le sanatorium de Vifilsstadir et travaillait également à l'hôpital. C'est lui qui a autopsié le corps de la petite et il n'a pas mentionné qu'elle était enceinte. Pourquoi ? Est-ce que ces deux hommes étaient amis ? Le médecin connaissait-il son… penchant pervers ?

– Donc, Luther viole la petite, il découvre qu'elle est enceinte, la noie pour dissimuler son crime, et le médecin le couvre ? C'est ton hypothèse ?

– Oui, dans les grandes lignes.

– Mais tu ne sais pas si elle était réellement enceinte ?

– Non.

– Et tout tient à ça ?

– Oui.

– C'est seulement ton intime conviction. Tu n'as aucune preuve tangible ?

– C'est pour cette raison qu'il faut exhumer le corps, répéta Konrad. Mais Marta refuse. Et comme tu dis, c'est seulement ma conviction. Elle a donc raison d'une certaine manière. C'est une histoire très ancienne. L'enquête a été complètement bâclée. Toutes les personnes impliquées sont mortes et enterrées. Je n'ai aucune preuve pour affirmer que cette gamine était enceinte. Et je n'en aurai pas tant qu'on n'aura pas ouvert son cercueil. Ce ne sont que des hypothèses. De simples conjectures.

– Où est-ce qu'elle est enterrée ?

– Au cimetière de Fossvogur.

– Merci de m'avoir parlé de ce monstre au masque à oxygène, conclut Beta. Ne t'inquiète pas pour lui. Allez, va te coucher.

Konrad ne trouva le sommeil qu'au milieu de la nuit. Il se tournait dans son lit en pensant à son père, à Beta, à Nanna, aux jeunes filles comme Danni qui sombraient dans la drogue et aux pervers qui s'en prenaient aux gamines sans défense. La tempête qui l'agitait s'apaisa lorsqu'il se mit à penser à Erna. L'air salin de la baie de Nautholsvik lui emplit les narines, il entendit l'écho lointain de rires d'enfants qui avaient retenti il y avait si longtemps et s'endormit sous la caresse de la brise de mer, le baiser d'Erna sur les lèvres et un mot d'amour tracé dans le sable moelleux.

En entrant sur le parking à l'arrière du commissariat de Hverfisgata, Konrad trouva Marta en grande discussion avec deux policiers en uniforme. Il se gara rapidement et les rejoignit. Les deux policiers le saluèrent avant de monter dans leur véhicule et de quitter le parking.

– J'ai décidé de convoquer les grands-parents au commissariat, annonça Marta. Il est inutile d'attendre.

– En effet.

– Je me dis que ça les impressionnera de venir ici. Ils se rendront compte que nous prenons cette affaire très au sérieux.

– Oui, répondit Konrad, la tête ailleurs. Tu as assez à faire comme ça, je vais tâcher d'être bref. Il faut que tu demandes à exhumer le corps de cette gamine. Il faut qu'on examine correctement ses restes. Plus vite tu le feras, mieux ce sera.

Marta le toisa. Elle savait qu'il n'insistait que quand il était intimement convaincu d'avoir raison et, dans ce cas, il valait mieux l'écouter. Il se mit à pleuvoir. Ils entrèrent dans le commissariat, Marta sortit son paquet de cigarettes et en alluma une à la porte. Elle rejetait sa fumée à l'extérieur en écoutant une fois de plus Konrad lui expliquer pourquoi, selon lui, il était nécessaire d'exhumer le corps de Nanna pour découvrir si on lui avait fait du mal.

– Tu sais aussi bien que moi que ce que tu as en main ne justifie pas une telle intervention, asséna Marta après qu'il lui eut exposé ses arguments. Il lui avait parlé de Luther en disant qu'il avait sans doute violé la jeune fille. Il avait mentionné le médecin qui avait soigné Luther au sanatorium, pratiqué l'autopsie sur le corps de la gamine et sans doute dissimulé le crime de son ancien patient. Tout ça n'est qu'un ensemble de suppositions, ajouta-t-elle. L'administration n'accepterait jamais de nous délivrer un permis d'exhumer. Je voudrais bien t'aider, mais je ne le peux pas.

– Il y a peut-être eu meurtre, insista Konrad. C'est même très probable.

– Certes, mais tu n'as rien pour le prouver.

– C'est faux.

– Laisse-moi réfléchir, répondit Marta. Je vais en parler autour de moi et demander conseil aux collègues. Je ne peux pas faire mieux.

– Bien sûr que si.

– Non, Konrad, et tu le sais aussi bien que moi.

– Ça prendra des semaines, voire des mois de faire bouger les choses ici !

– Et tu comptes faire quoi ? L'exhumer toi-même ? s'offusqua Marta.

– J'espérais que tu t'en chargerais.

– Dans ce cas, il va falloir que tu m'apportes des preuves un peu plus solides que ce tissu de conneries.

Furieuse, Marta jeta sa cigarette sur le parking et s'en alla vers le fond du couloir. Puis elle fit volte-face, se précipita vers son ancien collègue et le toisa d'un air furieux.

– Dis donc, tu as bien parlé de l'ancien sanatorium ?

– Oui, Luther s'y est fait soigner, répondit Konrad, espérant qu'il était enfin parvenu à l'intéresser à cette affaire et à se la mettre dans la poche. Loin s'en fallait.

– À Vifilsstadir ?

– Oui, il était là-bas.

– Ne me dis quand même pas que… c'était toi ?!

– Quoi ?

– J'ai appris ce matin que quelqu'un s'était introduit par effraction dans les locaux de Vifilsstadir hier soir. On y conserve les dossiers des anciens patients du sanatorium. C'est une histoire étrange. Rien n'a été dérobé, aucun acte de vandalisme n'a été commis, sauf que la porte est endommagée. Un individu est simplement entré dans cette pièce, puis il en est ressorti tranquillement, sans rien déranger et sans bruit.

Konrad s'était attendu à être confronté à cette situation, il ne savait pas quoi répondre, mais n'avait pas envie de lui mentir.

– C'était toi ? répéta-t-elle.

Il garda le silence.

– Tu es tombé sur la tête ou quoi ?!

– Je sais que j'ai raison, assura-t-il.

– Jésus Marie ! s'exclama Marta avant de tourner les talons et de disparaître dans le couloir.

Debout à la porte, Konrad regardait la pluie en se disant qu'elle n'avait pas tout à fait tort. Au bout d'un long moment, il alla voir Olga aux archives. Aussi aimable qu'à son habitude, elle lui demanda si la police pouvait espérer se débarrasser de lui un jour. Tous deux savaient à quel point cette plaisanterie était éculée.

Olga finit par l'autoriser à consulter les dossiers. Il lui avait déjà raconté ce qui s'était passé au lac de Tjörnin et, même si certains affirmaient que cette femme avait un cœur de pierre, Konrad savait que des sentiments bouillonnaient sous la surface. Il en avait d'ailleurs eu un aperçu à l'occasion d'un bal annuel de la police où elle l'avait dragué, certes très éméchée.

Quelques minutes de recherche lui suffirent à constater que la police n'avait aucun dossier au nom de Luther.

53

La mère de Lassi lisait, assise à son chevet. Elle était parvenue à arracher deux jours de congé à son employeur pour grave événement familial. Le directeur du supermarché n'avait manifesté aucune compassion jusqu'au moment où elle avait fondu en larmes en disant qu'elle avait absolument besoin d'être aux côtés de son fils dont elle ignorait les chances de survie. Leurs relations n'avaient pas toujours été au beau fixe, mais là, il avait cruellement besoin d'elle. D'accord, avait répondu le directeur, agacé, je te donne deux jours.

Elle avait emprunté à la bibliothèque de l'hôpital la traduction datée d'un roman d'amour qui se passait en Norvège et qu'elle lisait à voix haute. Le médecin lui avait expliqué que, malgré son état, Lassi l'entendrait peut-être. Elle trouvait cette histoire ennuyeuse, elle interrompait régulièrement sa lecture, parfois elle s'endormait sur sa chaise et se réveillait quand un soignant entrait dans la chambre ou qu'il y avait du bruit dans le couloir.

Lassi était immobile. Selon le médecin, il finirait par se réveiller. Il avait repris brièvement conscience trois fois puis s'était rendormi, et le sommeil ne pouvait que lui être profitable. Ses plaies se refermaient peu à peu, il était en voie de rémission.

Elle n'avait pas contacté son ex-mari, mais leurs deux autres fils lui avaient dit qu'il avait pris l'avion pour Reykjavik. Il avait passé une partie de la journée au chevet de Lassi et vu le médecin. Ses frères lui avaient eux aussi rendu visite, le jeune homme n'était donc pas tout à fait seul au monde. Elle était heureuse de voir que toute la famille le soutenait et se rassemblait autour de lui. Ses frères lui avaient dit sans la brusquer qu'ils espéraient qu'après cette horrible expérience, Lassi allait enfin réfléchir.

D'après la police, l'enquête suivait son cours et les deux bourreaux avaient été placés en détention provisoire. On ignorait encore pourquoi son fils avait été enlevé et si sauvagement torturé, si ce n'est qu'il était impliqué dans un trafic de drogue mettant en jeu d'importantes sommes d'argent et que la livraison de cette drogue n'avait pas été honorée. À cela venait s'ajouter la jeune fille qu'on avait découverte chez lui, une aiguille plantée dans le bras. La mère de Lassi avait demandé des précisions aux policiers qui lui avaient répondu que son fils n'avait probablement rien à voir avec le décès de cette gamine. En revanche, on le soupçonnait de l'avoir aidée à passer la drogue à la douane. Il devrait donc répondre aux questions des enquêteurs là-dessus. Il valait mieux qu'il collabore avec la police de manière à faire la lumière sur cette affaire dès qu'il reprendrait conscience.

Depuis quelques jours, elle avait beaucoup pensé à son fils et à la situation dans laquelle il se trouvait. Elle s'était demandé pourquoi il s'était attiré autant de problèmes, pourquoi il avait sombré si jeune dans l'addiction, contrairement à ses frères qui avaient pourtant reçu la même éducation. Elle n'avait trouvé aucune réponse. Lassi n'était pas différent des autres enfants, mais il ne travaillait pas bien à l'école et avait été victime de harcèlement. Elle le savait même s'il n'en parlait pas beaucoup. Il avait changé d'établissement, mais ça n'avait servi à rien et il avait arrêté ses études à la fin de la scolarité obligatoire. À cette époque, il buvait déjà depuis longtemps. Si jeune. Il devait toujours de l'argent à des gens qui le maltraitaient.

Sur ce lit d'hôpital, son visage semblait apaisé, il exprimait une sérénité qu'elle ne lui avait pas vue depuis qu'il était tout petit. Elle maudissait le destin et espérait de tout son cœur que ses frères avaient raison quand ils disaient que l'affreuse expérience qu'il venait de vivre l'amènerait peut-être à réfléchir et qu'il trouverait enfin le moyen de sortir de cet enfer. Elle ne voulait pas être une seconde fois contrainte d'aller voir son fils lutter contre la mort dans une chambre d'hôpital.

Elle leva les yeux de son livre. Un médecin d'âge respectable et vêtu d'une blouse blanche passa dans le couloir, son stéthoscope autour du cou. L'état de Lassi étant stable, elle décida d'aller fumer une cigarette. Une adorable jeune fille en sabots blancs lui avait proposé un café et apporté une tasse en lui souriant gentiment. Elle lui avait demandé s'il y avait un endroit où fumer à cet étage, peut-être sur un balcon. Le tabac est strictement interdit dans tout l'hôpital, avait répondu la gamine. Il fallait descendre au rez-de-chaussée et fumer sur le parking.

– Je ferais d'ailleurs mieux d'arrêter, avait-elle commenté en attrapant la tasse, mais bon, c'est comme ça.

Elle était absente depuis quelques minutes à peine. Le médecin entra dans la chambre et examina le patient. Il avait consulté son dossier et connaissait les doses qu'on lui avait administrées. Tout était en ordre. Les perspectives de guérison étaient bonnes. D'ici peu, il reprendrait conscience.

Le praticien ne resta que quelques dizaines de secondes dans la chambre avant de disparaître à nouveau dans le couloir sans que personne n'ait remarqué son passage.

54

Un des noms que Konrad avait notés à l'ancien sanatorium de Vifilsstadir était celui de Katrin Andresdottir. Elle avait aujourd'hui plus de quatre-vingts ans. Il avait retrouvé sa trace en faisant quelques recherches. En tout cas, l'âge correspondait. Il appela le numéro qu'il avait relevé dans l'annuaire. La vieille dame confirma qu'elle avait séjourné au sanatorium à la fin des années 40 et ajouta qu'il pouvait passer la voir chez elle. Il était rare qu'elle reçoive des visites, et elle se réjouissait de rompre un peu sa routine.

Veuve, elle habitait dans une résidence pour personnes âgées. Il y avait un concierge qui s'occupait de régler divers petits problèmes et une cantine pour ceux qui le souhaitaient. Katrin expliqua en souriant à son visiteur qu'elle était encore capable de se faire à manger et pouvait se passer de ce service de restauration. Il lui avait d'abord demandé si elle se sentait bien dans son appartement. Elle n'avait pas à se plaindre. Loquace et enjouée, elle se souvenait très bien de ses séjours à Vifilsstadir et n'avait pas de mots assez forts pour dire à quel point le personnel de cet établissement était excellent, prévenant et respectueux, que ce soient les infirmières, les aides-soignants ou les médecins. Elle y avait séjourné trois fois et faisait partie des premiers patients à avoir bénéficié du nouveau traitement contre la tuberculose, ce qui l'avait définitivement guérie.

– Ce personnel adorable faisait tout pour rendre notre séjour là-bas plus agréable, mais évidemment ce n'était pas une partie de plaisir. Beaucoup de patients souffraient énormément, c'était une maladie affreuse et très handicapante dont l'issue était bien souvent la mort. Il y avait beaucoup de jeunes. C'était le pire. J'avais onze ans quand je suis allée soigner mes poumons là-bas pour la première fois… oui, le pire, c'était d'y voir tous ces jeunes.

– Vous vous souvenez d'un patient qui s'appelait Luther ? demanda Konrad. Il souffrait de tuberculose osseuse dans une jambe.

– Luther ?

– Il était beaucoup plus âgé que vous. Luther K. Hansson, né en 1921.

Elle s'accorda un instant de réflexion. Les cheveux blancs, le visage rond, elle était souriante. L'odeur du pain qu'elle venait de sortir du four flottait dans son appartement.

– Non, je ne…

– Il boitait. Le médecin qui le suivait s'appelait Heilman.

– Désolée, je n'ai pas connu cet homme.

Konrad se demandait jusqu'où il pouvait aller pour l'aider à se souvenir et comment il allait formuler les questions qui le préoccupaient concernant Luther.

– Si je vous parle de lui, c'est parce que cet homme avait peut-être un comportement, comment dire, déviant, si vous voyez ce que je veux dire.

Elle le regarda d'un air inquisiteur.

– Un comportement anormal avec les jeunes filles, précisa-t-il. Les jeunes filles de votre âge.

La vieille dame sembla subitement comprendre la véritable raison de cette visite. Au téléphone, Konrad s'était contenté de lui dire qu'il se documentait sur la vie quotidienne au sanatorium, elle avait supposé qu'il était journaliste. Il lui avait donné son nom sans préciser sa profession.

– Vous m'avez bien dit que vous travailliez pour un journal ? vérifia-t-elle.

– Non, en fait, j'ai longtemps été policier. Mais je suis maintenant à la retraite.

– Et… ce Luther… en quoi est-ce qu'il… pourquoi venir m'interroger sur lui ?

– Vous vous souvenez de cet homme ?

– Une de mes amies, hélas aujourd'hui décédée…

– Oui ?

– Pourquoi ces questions ? En quoi est-ce que ça concerne la police ?

Konrad vit l'inquiétude envahir le visage de la vieille dame lorsqu'elle comprit qu'il ne lui rendait pas là une simple visite de courtoisie, mais qu'elle était face à un ancien policier venu lui poser des questions sur des choses anormales qui avaient eu lieu au sanatorium il y avait de ça une vie. Il décida donc de lui raconter ce qu'il avait découvert en lui demandant la discrétion la plus totale. Il lui parla de la jeune fille retrouvée noyée dans le lac de Tjörnin en disant qu'elle avait peut-être connu Luther et que cet homme l'avait probablement violée.

– Dieu tout-puissant ! s'exclama-t-elle.

– Attention, ce ne sont que des suppositions, souligna Konrad. Il n'est pas certain que ces choses-là se soient produites, mais j'aimerais savoir si on peut sérieusement l'envisager. Pour être parfaitement honnête, l'histoire de cette jeune fille me hante énormément depuis quelque temps.

– Je comprends, répondit la vieille dame. Pauvre enfant, si ce que vous dites est vrai.

– Vous alliez me parler de votre amie.

– Oui, je suppose que ça ne changera pas grand-chose, étant donné le contexte. Ça n'a rien à voir avec ce… cet homme dont vous parlez.

– Luther ?

– Oui, je ne me souviens pas de lui. En revanche, je me rappelle très bien le médecin que vous avez mentionné. Heilman.

– Ah bon ?

– Un jour, cette amie de Reykjavik est venue me voir au sanatorium et elle me l'a montré.

– Comment ça ?

– Je n'avais jamais eu aucun problème avec lui. Il a toujours été poli. Enfin, peu importe. Cette amie était venue me rendre visite et, quand elle l'a vu dans le couloir, elle s'est raidie et semblait très gênée. Elle m'a conseillé de me méfier de cet homme. Elle a été formée très jeune, contrairement à moi. Cet homme avait un cabinet en ville, je veux dire à Reykjavik. Elle m'a dit qu'un jour, il l'avait examinée et en avait profité pour la tripoter. Elle m'a dit qu'elle ne retournerait jamais le voir. Elle était morte de honte. À l'époque, on ne parlait pas de ces choses-là. Contrairement à maintenant.

– Et c'était bien le même médecin ?

– Oui, il s'appelait Heilman. Anton J. Heilman. Elle m'a dit… je n'ai pas oublié parce que en général elle ne s'exprimait pas comme ça et que c'était un homme respectable. Elle m'a dit qu'il lui avait fait des choses affreuses…

55

Comme la plupart des citoyens ordinaires, la grand-mère de Danni n'était jamais entrée dans un commissariat. On l'avait accompagnée, décontenancée et hésitante, dans la salle d'interrogatoire où Marta l'attendait, l'air grave. Elle avait envoyé des hommes en uniforme chez les grands-parents pour les impressionner, mais également pour qu'ils mesurent la gravité de la situation et soient conscients de leur statut de témoins. Seule la femme était à la maison et avait pu suivre les policiers.

Elle aurait pu refuser puisqu'elle n'avait pas été arrêtée. Elle aurait pu contacter un avocat. Elle n'avait fait ni l'un ni l'autre et s'était contentée de dévisager les policiers sans comprendre ce qu'ils voulaient. Ils avaient répété qu'elle devait les suivre. Elle les avait priés de l'excuser le temps d'aller enfiler son manteau en demandant si elle pouvait téléphoner à son époux, injoignable depuis un moment. Elle avait sorti son portable, composé le numéro et, voyant qu'il ne répondait pas, quitté la maison pour embarquer dans le véhicule. Les uniformes et le trajet en voiture de police avaient produit l'effet escompté. Lorsqu'elle était entrée dans la salle, elle semblait en état de choc, épuisée par le manque de sommeil et complètement désorientée. Marta était consciente qu'elle payait un lourd tribut aux événements des jours passés. Elle plaignait cette femme, mais considérait le moment venu de mettre fin aux visites de courtoisie qu'elle lui avait rendues jusque-là, et qui n'apportaient rien.

– Vous savez où est mon mari ? demanda la grand-mère après avoir salué d'une poignée de main la policière qui l'avait invitée à s'asseoir.

– Je m'attendais à le voir ici avec vous.

– Je n'ai aucune nouvelle de lui depuis un certain temps, répondit-elle, inquiète. Ça ne lui ressemble pas de disparaître comme ça sans rien dire. Pour être honnête, je m'apprêtais à vous contacter.

– Vous croyez qu'il s'est arrangé pour disparaître ? Il aurait des raisons de le faire ?

– Disparaître, je ne suis pas sûre que le mot soit approprié. Ces événements l'ont profondément atteint. Toute cette histoire. Nous sommes tous deux très perturbés, je suppose que vous le comprenez. Il m'a dit qu'il allait faire un tour en voiture et maintenant je n'arrive plus à le joindre. Il n'est pas rentré cette nuit et je ne sais pas quoi faire.

– Il finira bien par rentrer, la rassura Marta.

– Pourquoi vous m'avez fait venir ici ? demanda la grand-mère en observant la salle, cet environnement froid, la table usée, le magnétophone, la lumière crue du néon suspendu au plafond.

– Je continue à rassembler des informations sur Danni, répondit Marta, et je ne suis pas certaine que vous m'ayez dit tout ce que vous savez.

– Je ne comprends pas ce que tout cela signifie ni pourquoi on m'a amenée ici. Vous me connaissez. Ça ne manquera pas d'aiguiser les curiosités. J'espère que vous saurez faire preuve de discrétion.

– Vous trouvez que c'est plus important que de découvrir la vérité sur Danni ?

– Quelle vérité ? Je vous ai tout dit. En tout cas, tout ce que je sais.

– Vous êtes sûre d'ignorer où se trouve votre mari ?

– Évidemment que j'en suis sûre. Je l'ai appelé hier, nous avons parlé un moment et, depuis, c'est le silence.

– Vous avez parlé de quoi ?

– De choses et d'autres, répondit la grand-mère. Je lui ai demandé à quelle heure il comptait rentrer.

– Qu'est-ce qu'il vous a répondu ?

– Qu'il était en route. Depuis, je n'ai plus de nouvelles et je dois dire que je commence à m'inquiéter.

– Bien sûr. Nous devons également l'interroger, il faudrait peut-être lancer un avis de recherche. C'est ce que vous souhaitez ?

La grand-mère ne répondit pas.

– Vous voulez qu'on lance un avis de recherche, oui ou non ?

– Je préférerais qu'on attende un peu, répondit-elle, comme si elle craignait que la presse ne s'empare de l'affaire plus encore qu'elle ne l'avait déjà fait. Comme si les questions de réputation passaient toujours avant le reste.

– Nous avons des raisons de croire que vous ne nous dites pas toute la vérité, reprit Marta, patiente. Nous savons que Danni voulait publier sur Internet des informations très probablement compromettantes. Vous et peut-être aussi votre mari étiez au courant de ses intentions et connaissiez la nature de ces informations. Nous en saurons plus quand son petit ami reprendra conscience, mais je voulais vous donner l'occasion de nous dire tout ce que vous savez et si vous pensez que tout cela a joué un rôle dans le décès de votre petite-fille. Vous pensez que j'ai tort ?

– Eh bien, je ne sais pas quoi… en fait, j'ignore de quoi vous parlez. Je ne comprends pas. Je crois que vous êtes persuadée que mon mari et moi portons d'une certaine manière la responsabilité du décès de Danni. Je ne comprends pas comment vous pouvez arriver à une telle conclusion.

– J'ignore si vous êtes responsables de quoi que ce soit, mais j'ai l'impression que vous et votre mari, et surtout vous, nous cachez des choses, insista Marta. Je pense qu'il est important qu'on les découvre, ce n'est pas votre avis ? Est-ce que nous sommes d'accord sur ce point ?

– Évidemment.

La grand-mère garda le silence quelques instants, pensive. Marta avait depuis longtemps l'impression qu'elle désirait être totalement honnête, mais que quelque chose l'en empêchait. Sans doute manquait-elle de courage pour sauter le pas. La policière espérait qu'elle réussirait à l'aider à trouver la force de le faire.

– J'essayais de joindre mon mari et j'ai appelé son frère, déclara la grand-mère. Je me suis dit qu'il était peut-être chez lui. Je ne sais pas pourquoi. Ils ne s'entendent pas bien… pas bien du tout.

– Le frère de votre mari ?

– Oui, il est médecin et… leurs parents n'ont eu que deux enfants. Nous pensions que nous pouvions avoir confiance en lui.

– Confiance en lui ?

– Leur père aussi était médecin. Ils ont abandonné son nom de famille. Ils n'utilisent que leur patronyme. Ils trouvent que ça fait snob d'avoir un nom de famille en Islande. En tout cas, c'est l'explication que m'a donnée mon mari. Je ne sais pas si elle est vraie. Je ne sais plus ce qui est vrai et ce qui ne l'est pas.

– Comment ça ? Ils utilisent leur patronyme ?

– Eh bien, ils ont renoncé à porter le nom de Heilman comme ils devraient peut-être le faire, répondit la grand-mère en caressant le plateau de la table à laquelle des voleurs, des violeurs et des assassins s'étaient assis avant elle. Ils se font simplement appeler Antonsson, c'est-à-dire fils d'Anton, à l'islandaise.

– Ce qui veut dire qu'ils sont les fils de… ?

– Les fils d'Anton J. Heilman. Médecin. Et Gustaf est également médecin, comme son père.

– Gustaf ?

– Gustaf Antonsson, mon beau-frère. Il travaille à l'Hôpital national de Fossvogur. C'est un médecin très respecté.

Le portable de Marta sonna. Elle pria la grand-mère de l'excuser, se leva et alla dans le couloir pour répondre. À son retour, quelques instants plus tard, elle avait le visage écarlate. Elle lui expliqua qu'elle devait interrompre cet interrogatoire sur-le-champ. Des policiers la raccompagneraient chez elle. Marta reviendrait l'interroger.

– Ah bon, mais pourquoi ? s'étonna la grand-mère.

– Hélas, je dois m'occuper d'une affaire urgente. Merci pour votre aide.

Marta reprit son téléphone et se précipita dans le couloir pour appeler Konrad.

– Qu'est-ce que tu as encore fait comme connerie ? vociféra-t-elle. Il n'y a donc aucune limite à ce dont tu es capable pour tirer au clair cette putain d'histoire qui te trotte dans la tête ?

– Comment ça ? répondit Konrad qui sortait tout juste de la résidence pour personnes âgées où vivait Katrin.

– Tu le sais parfaitement !

– De quoi tu parles ?

– Tu veux me faire avaler que ce n'est pas toi qui as fait ça ?

– Fait quoi, Marta ? Qu'est-ce que je suis censé avoir fait ? Qu'est-ce qui justifie cette colère ?

Il y eut un long silence dans le combiné. Konrad entendait la respiration lourde de son amie.

– Qu'est-ce que tu me reproches ? insista-t-il.

– Nous venons de recevoir un appel du service des cimetières de Reykjavik.

– Ah bon ?

– Ils nous signalent une profanation à Fossvogur.

– Une profanation ?

– Oui, Konrad, une profanation ! Ne joue pas les innocents, je te connais.

– Je ne vois pas du tout de quoi tu parles.

– Une tombe a été ouverte, répondit Marta. Celle de la gamine qui t'obsède. Quelqu'un l'a exhumée en laissant la tombe ouverte exactement comme tu le souhaitais. Tu ne trouves pas que c'est un hasard troublant ?!

– Marta…

– Ne me dis pas que tu y es étranger !

– Marta, je…

– Ne me mens pas, Konrad ! N'essaie même pas !!

56

Les employés du cimetière n'avaient rien remarqué d'anormal jusqu'à la fin de la journée où ils avaient découvert qu'une tombe avait été préparée alors qu'aucun enterrement n'était programmé. Les deux hommes qui avaient aperçu le monticule étaient certains de ne pas avoir creusé là. L'un d'eux avait pris son téléphone et, en quelques instants, on lui avait confirmé qu'aucune nouvelle concession n'avait été accordée à cet endroit.

Ils se tenaient alors en surplomb du trou au fond duquel ils voyaient un petit cercueil en bois bon marché. La tombe était très peu profonde et le bois avait souffert, les planches avaient cédé, le couvercle s'était affaissé, laissant entrer un peu de terre dans le cercueil. Le périmètre était criblé de traces de pas, sans doute faites par des bottes comme celles qu'ils portaient. Ils avaient cependant remarqué que les auteurs de la profanation avaient travaillé avec méthode, en veillant à ne pas saccager les lieux ni endommager les sépultures voisines. Ils avaient prévenu la police qui leur avait dit de ne toucher à rien et de ne pas enlever le joli bouquet qu'ils avaient trouvé sur le couvercle brisé du cercueil. Une rose esseulée reposait sur l'herbe à côté.

Leurs collègues avaient vite accouru. Une voiture de police avait descendu tout doucement les allées jusqu'à la tombe. Ce type de profanation était extrêmement rare.

Marta arriva peu après avoir été prévenue par téléphone. Elle savait un certain nombre de choses sur la jeune fille qui reposait là après ses longues discussions avec Konrad. Elle éclaira le fond de la tombe avec sa lampe de poche sans y distinguer les ossements de la gamine. Konrad avait obtenu ce qu'il voulait, mais la manière dont il s'y était pris déplaisait fortement à son ancienne collègue.

– Ces derniers temps, plusieurs personnes se sont renseignées sur cette sépulture, avoua un employé du service des cimetières. Comment peut-on faire une chose pareille… c'est… c'est tout de même incroyable !

– Vous avez les noms de ces gens ? demanda Marta.

– Hélas, nous ne consignons pas ces informations. Nous nous contentons d'orienter les visiteurs et nous essayons de les aider.

– Je dirais qu'ils étaient au moins trois, déclara le gars de la Scientifique qui avait chassé Marta en lui disant qu'elle risquait de détruire des indices quand elle avait éclairé le cercueil avec sa lampe de poche. Il me semble que les traces de pas autour de la tombe proviennent de trois paires de bottes différentes.

– Donc, ils ont fait ça hier soir, quand nous avions fini notre journée, observa un des deux employés qui avaient découvert le forfait.

Le gars de la Scientifique leur avait demandé de lui indiquer où ils avaient posé leurs pieds de manière à pouvoir exclure leurs traces. Il restait les empreintes de trois types de semelles de chaussures ou de bottes d'assez petite taille. D'après lui, l'une des trois personnes impliquées ou peut-être même les trois étaient des femmes.

– Des femmes ? réagit Marta en observant Konrad qui descendait l'allée.

– C'est ce que je suppose.

– Je devrais t'arrêter sur-le-champ, déclara Marta en se tournant vers son ancien collègue dès qu'il fut arrivé à proximité.

– Ce n'est pas moi, rétorqua-t-il, abasourdi, les yeux baissés sur la tombe ouverte. Je te jure que ce n'est pas moi. Je n'ai rien à voir avec cette histoire et je ne sais pas qui a fait ça.

– Selon lui, c'est l'œuvre de trois femmes, répondit Marta en pointant son index vers le gars de la Scientifique. Mais ça ne signifie pas que tu ne tires pas les ficelles.

– Elles ont apporté un bouquet, observa Konrad. Elles ont respecté le lieu. Celles qui ont fait ça veulent attirer l'attention sur l'histoire de cette gamine. L'attention de la police.

Marta bouillonnait. Elle lui lança un regard noir. Il savait que sa colère était exclusivement orientée sur lui et il osait à peine lui parler de la décision qu'elle serait nécessairement amenée à prendre. Il passa cependant à l'attaque.

– Tu vas faire reboucher le trou ou bien…

– Ou bien quoi ?!

– Faire ce que je t'ai demandé, et examiner les restes de la petite.

– À ton avis ?!

Quand la Scientifique eut fini de prendre les photos et achevé son travail, ils observèrent en silence les employés qui sortaient le cercueil avant de le poser sur un chariot qui remonta doucement l'allée jusqu'au parking. On l'installa ensuite dans un véhicule de police qui l'emporta à la morgue de Baronsstigur.

Konrad suivit la voiture qui avançait péniblement, ralentie par les bouchons du début de soirée. Il appela Eyglo qui finit par décrocher au bout d'un certain nombre de sonneries et lui demanda si elle était allée au cimetière de Fossvogur la veille, après que les employés avaient terminé leur journée. Elle répondit que non. Le cercueil de la petite Nanna a été déterré avec beaucoup de soin et on a déposé un bouquet sur le couvercle, annonça-t-il. Ses paroles furent suivies d'un long silence.

– Qui… qui a pu faire une chose pareille ?

– Je pensais que c'était vous.

– Moi ? Jamais. Jamais de la vie.

– Vous en êtes sûre ?

– Évidemment. Ce n'est pas moi. Je vous le jure. Et qu'est-ce que… compte faire la police ?

– Marta est folle de rage, elle m'accuse d'être responsable de cette profanation. Cela dit, elle va faire examiner les restes du corps, répondit Konrad. Par conséquent, c'est plutôt positif. Nous touchons peut-être au but…

Alors qu'il regardait la voiture de police entrer sur le parking de la morgue, il comprit tout à coup qui était le coupable.

– Pauvre gamine, conclut Eyglo. Elle en a supporté, des choses. Elle n'a jamais pu reposer en paix.

Ce coup de fil avait sorti Eyglo de son sommeil. Le rêve dans lequel elle était plongée avait tardé à se dissiper. Fatiguée, elle s'était couchée sur le canapé avec un livre et n'avait pas tardé à s'assoupir. Elle était incapable de dire combien de temps elle était restée allongée quand le téléphone avait sonné. Encore engourdie, elle se leva et alla regarder la pendule sur le mur de la cuisine. Elle s'était assoupie pendant plus de deux heures.

Après avoir raccroché, elle était restée immobile, assommée par ce long sommeil autant que par la nouvelle que Konrad venait de lui annoncer. Prise de vertige, elle s'agrippa à la table du salon qui avait autrefois servi pendant ses séances.

Il lui fallut quelques instants pour retrouver ses esprits, encore envahie par le rêve qu'elle venait de faire sur la jeune fille de Tjörnin.

Debout à côté du pont de Skothusvegur, vêtue de sa robe usée et de ses chaussures d'été, Nanna était tout à coup illuminée par des phares puissants qui fonçaient sur elle à toute vitesse. Juste avant que le véhicule la percute, les faisceaux de lumière disparaissaient. Le rêve s'était évanoui, laissant Eyglo seule avec ses interrogations et sa tristesse, comme chaque fois qu'elle pensait à cette petite.

57

Beta regarda son frère sans rien dire un long moment en attendant sa réaction. Elle lui avait parlé de l'initiative qu'elle avait prise avec deux de ses amies en précisant qu'elles n'avaient pas honte de ce qu'elles avaient fait. Il était resté impassible pendant qu'elle lui racontait leur expédition sur la tombe de Nanna.

Les trois femmes avaient attendu que les employés du cimetière aient fini leur journée et que les mises en bière et les enterrements soient terminés. Elles avaient garé le vieux tacot appartenant à l'une d'elles à l'extrémité du parking, juste à côté de l'église. La voiture au pare-chocs avant cabossé et aux portes rouillées était restée là un bon moment tandis qu'elles prenaient leur décision, persuadées que, dès qu'elles seraient dans le cimetière, elles n'auraient plus moyen de reculer.

Quelques instants plus tard, les portières s'étaient ouvertes et les trois femmes s'étaient dirigées vers le coffre. Toutes étaient habillées pour des travaux de jardinage, elles portaient des bottes, des gants, de vieux pantalons usés et d'épais chandails. L'une d'elles avait ouvert le coffre pour en sortir deux pelles et une pioche qu'elle avait tendues à ses amies. Toute trace d'hésitation s'était évanouie dès qu'elles étaient entrées dans le cimetière.

Elles n'étaient pas pressées, les alentours de la tombe de Nanna étaient déserts. Elles n'avaient vu que deux ou trois voitures sur le parking. Elles avaient vérifié les autres entrées du cimetière. Il n'y avait pas un souffle de vent, une bruine douce se déposait sur leurs vêtements et sur la terre.

Beta était allée à Stigamot pour essayer de convaincre deux de ses amies de l'accompagner. Elles avaient le même âge, toutes avaient subi des abus sexuels et conseillé depuis des années ceux qui s'adressaient à cette association d'aide aux victimes de violences de toutes sortes. Elles étaient devenues amies. Beta leur avait donné rendez-vous à Stigamot, elle avait une histoire à leur raconter.

Elles connaissaient des histoires que personne n'aurait dû connaître et qui n'auraient pas dû exister, mais qui arrivaient presque tous les jours. Des histoires de viols et de comportements indignes, des histoires d'enfants, de petites filles, de petits garçons, des histoires de femmes piégées dans des relations violentes, des histoires d'hommes qui les harcelaient, les menaçaient, elles et leurs enfants. Des histoires de filles, de mères, d'amies, de cousines et de sœurs. Des histoires d'épouses qui craignaient de recevoir des coups de poing dans la figure à la moindre occasion.

Elles entendaient maintenant celle de Nanna. Elles n'avaient même pas sursauté quand Beta leur avait parlé du pervers qui était venu chez elle, du dessin qu'elle avait caché dans sa poupée et de sa mort par noyade dans le lac de Tjörnin. Ni quand elle leur avait dit que l'enquête avait été bâclée, qu'on ignorait les conclusions de l'autopsie puisque le rapport avait disparu et qu'aucune de ces conclusions n'apparaissait dans les procès-verbaux. Ni quand elle avait ajouté que, pour l'instant, la police ne jugeait pas nécessaire de procéder à une exhumation pour examiner les restes de la jeune fille. Si on découvre qu'elle a été abusée, avait conclu Beta, on peut aussi envisager qu'elle ait été assassinée.

– Je vous ai dit qu'elle avait douze ans à sa mort ? avait-elle vérifié à la fin de son récit.

Ses amies avaient hoché la tête.

– Qu'est-ce que tu veux faire ? avait demandé l'une d'elles.

– Aller au cimetière et ouvrir sa tombe.

Ses copines avaient échangé un regard.

– Au cas où nous hésiterions, avait repris Beta, au cas où nous penserions que nous n'en avons pas le droit, nous n'avons qu'à penser à ce que nous avons subi sans jamais obtenir justice. Nous n'avons qu'à penser aux enfants qui croisent notre route et qui sont malheureux parce qu'on les a délaissés, humiliés, maltraités.

– Nous avons fait ça par respect pour cette gamine, expliqua-t-elle à Konrad, voyant qu'il tardait à réagir. Personne ne peut dire le contraire. Pour faire la lumière sur cette affaire. Je suis soulagée que Marta ait décidé de faire examiner ses restes. Si on ne trouve rien, alors nous serons rassurés de savoir que personne n'a fait de mal à cette petite. Sinon…

– … il faudra rouvrir l'enquête, répondit Konrad, terminant la phrase de sa sœur. J'espère ne pas avoir exagéré quand je t'ai parlé de Nanna. Marta n'a pas entièrement tort non plus. Tu le sais.

Beta hocha la tête.

– Je crois malgré tout que nous avons bien fait.

Konrad venait de recevoir un message sur son portable. Il l'ouvrit. Marta lui demandait de venir la rejoindre à la morgue de Baronsstigur.

– Nous serons bientôt fixés, dit-il à sa sœur tout en répondant à son ancienne collègue qu'il était en route.

58

Debout devant la morgue, Marta fumait une de ses fines cigarettes mentholées. En baissant les yeux sur le trottoir, Konrad constata qu'elle n'en était pas à sa première. Sa tasse de café vide à la main, elle était plus calme qu'au cimetière et semblait épuisée. Il reconnaissait cet air fatigué qu'il lui avait vu à l'époque où ils travaillaient ensemble, chaque fois qu'elle en avait assez de ce boulot. Assez de ce qu'elle voyait, entendait et vivait tous les jours. Assez des pauvres types auxquels elle était confrontée, qu'elle devait arrêter et dont elle devait supporter les insultes. Assez de toutes ces histoires. Si quelqu'un était venu lui proposer un emploi comme éboueuse en lui disant qu'elle devrait travailler gratis, elle aurait pu accepter l'offre avec joie et quitter la police sur-le-champ, semblait-il.

– Évidemment, tu ne fumes plus, n'est-ce pas ? demanda-t-elle en écrasant sa cigarette sous sa chaussure.

– Presque plus, confirma Konrad qui s'accordait parfois un cigarillo quand l'envie devenait trop forte.

– Je t'ai déjà dit qu'en fait, je n'ai jamais voulu être flic ? reprit Marta. Elle sortit une autre cigarette qu'elle alluma aussitôt et dont elle rejeta la fumée en regardant le nuage se dissiper dans la nuit.

– Oui, plus d'une fois.
– C'est un boulot de merde.
– À qui le dis-tu !
– Un boulot insupportable et payé au lance-pierre, insista-t-elle. Je ne sais pas pourquoi je le fais. Je ne sais toujours pas pourquoi je fais partie de cette maudite police.
– Parce que tu veux faire le bien.
– Je t'en prie, épargne-moi ça !
– J'avais le droit d'essayer. Je suppose que c'est un truc auquel on s'habitue et, au bout de quelques années, on se rend compte que c'est ce boulot qu'on connaît le mieux et qu'on ne sait pas ce qu'on pourrait faire d'autre. Tu ne crois pas que c'est comme ça pour la plupart des flics ?
– Autrefois, je me disais que ça devait être sympa d'être guide touristique et de faire découvrir son pays aux étrangers. Le problème, c'est que je ne sais rien de l'Islande. Absolument rien. Je n'ai jamais rien su. Je ne connais pas un fjord, pas une montagne. Et je ne quitte pratiquement jamais cette putain de ville.
– Oui, je…
– Je crois que ça ne me ferait pas de mal de partir d'ici un moment, poursuivit Marta. De quitter tout ça.
Konrad ne savait pas quoi répondre à ces propos désabusés.
– Nous avons enfin reçu les analyses toxicologiques de Danni, déclara-t-elle après un long silence. Je ne sais pas ce qu'ils ont foutu pour nous les envoyer si tard. Elle ne s'est pas piquée avec des amphétamines, mais avec du Fentanyl.
– Du Fentanyl ? C'est un médicament ?
– Un analgésique extrêmement puissant. Certains junkies réussissent à s'en faire prescrire. On le trouve

assez facilement. On peut même l'acheter sur Internet, comme presque toutes les drogues aujourd'hui.

Il y eut à nouveau un silence. Konrad se racla la gorge. Il se sentait obligé d'avouer à Marta ce qu'il avait appris de la bouche de sa sœur qui, du reste, ne s'y était pas opposée.

– Je connais les coupables de la profanation, annonça-t-il. C'était ma sœur. Et ses copines. Je lui ai parlé de la gamine de Tjörnin, cette histoire l'a touchée, aussi parce qu'elle connaît… ces questions d'abus et de viols. Elle a des amies à Stigamot. Elles sont allées toutes les trois au cimetière et n'éprouvent pas le moindre remords. Elles ne regrettent absolument pas ce qu'elles ont fait.

– Je ne vois d'ailleurs pas pourquoi elles auraient honte.

– Comment ça ?

– Je suppose que je devrais plutôt te présenter mes excuses.

– Qu'est-ce que tu as découvert ?

– Que tu avais raison, répondit Marta en jetant sa cigarette, ayant totalement oublié sa colère. J'aurais dû t'écouter. J'ai mendié un examen préliminaire auprès du légiste. La petite était enceinte. On a trouvé les restes d'un fœtus dans le cercueil. L'homme qui a pratiqué l'autopsie à l'époque s'en serait rendu compte immédiatement s'il avait vraiment fait son travail. Le légiste de la morgue m'a dit qu'elle avait été bâclée. Il a cherché le nom du médecin qui s'en était chargé. Il lui a fallu un certain temps pour le trouver et le rapport d'autopsie a disparu, cela dit il ne faut sans doute pas s'en étonner.

– Ce médecin, c'était Anton Heilman ? demanda Konrad.

– Exact, confirma-t-elle en le regardant d'un air inquisiteur. D'ailleurs, c'est étrange. C'est la deuxième fois que j'entends ce nom aujourd'hui. Un nom que je ne connaissais pas et qui maintenant me poursuit.

– Tu l'as déjà entendu ?

– Anton Heilman est l'arrière-grand-père de Danni.

– Comment ça ?

– Anton a eu deux fils. L'un d'eux est le grand-père de Danni.

– Tu en es sûre ?!

Konrad était abasourdi. Il lui fallut un moment pour comprendre les implications de ce que Marta venait de lui dire.

– Attends. Attends un peu. Anton Heilman est le médecin qui s'est chargé de l'autopsie de Nanna et personne n'a jamais vu son rapport. C'était aussi le médecin de Luther, un violeur d'enfants, d'après ce que m'ont dit Eymundur et une vieille ordure que je suis allé interroger à son domicile. Luther est venu chez Nanna qui accompagnait parfois sa mère à l'Hôpital national où elle travaillait. Anton Heilman y travaillait également. Il connaissait Luther pour l'avoir eu comme patient à Vifilsstadir. Quelqu'un a aperçu un homme correspondant au signalement de Luther aux abords du lac de Tjörnin le soir où Nanna s'est noyée. Anton Heilman a autopsié le corps et…

Konrad baissa les yeux sur les mégots que Marta avait écrasés sur le trottoir.

– … et pour couronner le tout, murmura-t-il, Nikulas était un flic complètement nul.

– Tu veux dire que Luther a violé la gamine et que le médecin l'a couvert quand il s'est débarrassé d'elle ? s'enquit Marta. Pourquoi Heilman aurait fait ça ? Quel intérêt il avait à… ?

– Tu vas demander des analyses d'ADN du fœtus ?

– Évidemment.

– Luther n'était peut-être pas le père, reprit Konrad. L'enfant n'était peut-être pas de lui, mais…

– Mais ??

– Du médecin. D'Anton Heilman.

– Tu veux dire qu'il l'aurait violée ? Et qu'il se serait ensuite débarrassé d'elle ? Tu ne crois pas que ç'aurait été plus simple pour lui de faire avorter la gamine ?

– Je n'en sais rien.

– Mais…

– Peut-être que ces deux hommes abusaient d'elle, peut-être que Luther est allé trop loin et qu'il a fini par la tuer. Je ne sais pas. Putain de salauds ! Je ne comprends vraiment pas ce que ces pauvres types avaient dans la tête !

Une voiture passa dans la rue, le bruit du moteur résonna dans la maison puis s'éloigna et le silence revint. Bientôt, on n'entendit plus que la respiration discrète du vieil homme. Assis en peignoir dans son canapé, le masque à oxygène sur le visage, il avait de plus en plus de mal à respirer. Chaque souffle menaçait d'être le dernier. Il avait pensé appeler une ambulance, mais n'avait pas encore téléphoné. Peut-être s'y résoudrait-il plus tard. Il l'avait fait de nombreuses fois, on l'avait emmené à l'hôpital où les médecins l'avaient remis sur pied puis renvoyé chez lui où il avait à nouveau décliné. C'était chaque fois le même manège.

Il se mit à tousser, son corps tout entier était secoué, il suffoquait. La quinte se calma enfin, il replaça le masque sur son visage et happa l'air. Il repensait à la visite de ce policier qu'il connaissait de longue date, à l'histoire de la jeune fille de Tjörnin et à ce que ce rat de Luther avait un jour insinué. À l'époque, il s'était dit que c'était un mensonge, mais aujourd'hui il se demandait s'il n'y avait pas de la vérité dans tout ça.

Il ignorait la quantité d'oxygène qui restait dans la bouteille, mais se disait qu'il avait duré longtemps et le débit avait perdu en puissance. Il essaya d'attraper le téléphone posé sur la table à côté de lui, se remit à tousser longuement et eut à nouveau cette sensation de suffocation. Il essaya de se lever, mais s'effondra sur le sol et le masque lui échappa des mains.

– Luther… murmura-t-il.

Il chercha le masque mais ne le trouva pas, continua à tousser sans fin et tenta de prendre de l'air, en vain. Il avait l'impression qu'il allait vomir, cette toux refusait de s'arrêter, il n'arrivait pas à reprendre son souffle, il tenta à nouveau de trouver le masque, mais il avait disparu et cette toux continuait à le secouer. Il essayait de happer l'air sans y parvenir et toussait, toussait, toussait, toussait…

Quelques instants plus tard, un silence absolu régnait dans la maison, à peine troublé par le moteur d'une voiture qui passa dans la rue puis s'éloigna.

59

La maison n'impressionnait plus autant Konrad que la première fois qu'il y était venu, à la demande du couple qui ne voulait pas qu'on apprenne que leur petite-fille avait sombré dans la drogue. Il l'avait alors trouvée magnifique. Ces belles pelouses, ces grandes baies vitrées, ce toit en cuivre cadraient parfaitement avec le quartier où seuls les riches avaient les moyens d'habiter. Il était évident que cette demeure appartenait à des gens aisés qui savaient profiter de leur statut. Elle avait désormais perdu tout son lustre. Brusquement, Konrad la trouvait laide, ridicule et exagérément grande.

Erna lui avait dit que le mari était expert-comptable, il possédait des parts dans un grand cabinet en ville et était réputé pour sa fiabilité. Elle était allée deux ou trois fois lui demander des conseils pour sa déclaration de revenus et celle de Konrad, il l'avait beaucoup aidée sans lui demander aucun paiement. C'est un homme adorable, avait-elle dit. L'épouse s'était retirée du cirque politique. Tous deux avaient pris leur retraite alors qu'ils étaient encore dans la force de l'âge. Les rares fois où Erna lui avait parlé d'eux, elle les avait décrits comme un couple qui savait profiter de son argent sans ostentation.

Konrad avait compris qu'elle les tenait en haute estime. Quant à lui, il ne connaissait ces gens que par ce que lui avait dit sa femme.

Désormais, il les connaissait un peu mieux. Marta se gara à quelques pas de leur domicile et coupa le moteur. Elle lui avait demandé de l'accompagner pour reprendre l'interrogatoire qu'elle avait dû interrompre plus tôt dans la journée. La présence de Konrad, qui était en quelque sorte un ami de la famille, aiderait peut-être l'épouse à se confier si elle avait réellement quelque chose à cacher. En outre, ces gens avaient fait appel à lui pour essayer de débrouiller leurs problèmes et Konrad était parmi ceux qui connaissaient le mieux cette affaire. D'une certaine manière, il était devenu leur confident. Il avait essayé d'expliquer à Marta que tout cela était arrivé contre sa volonté, mais elle avait fait la sourde oreille.

La porte de la maison était entrouverte. Ils hésitèrent un instant puis entrèrent. Marta cria le nom de la femme, mais n'obtint aucune réponse. Ils avancèrent vers la cuisine. Ils avaient vu de la lumière aux fenêtres, mais il n'y avait personne. Ils se regardaient avec perplexité au milieu du salon. Le couple s'était sans doute absenté précipitamment. Konrad avait remarqué à ses précédentes visites que deux voitures étaient garées devant la maison, une grosse jeep et une berline. Aujourd'hui, il n'en avait vu aucune.

Ils repartirent sans toucher à rien, si ce n'est que Marta préféra fermer correctement la porte. Alors qu'ils retournaient à leur véhicule, un homme grassouillet les interpella, ils supposèrent que c'était le voisin le plus proche. Il venait de rentrer de son jogging et faisait des étirements devant sa maison. L'homme leur demanda s'il cherchait les grands-parents de Danni.

Ils répondirent que oui en précisant qu'ils étaient de la police. Il interrompit ses exercices, s'approcha et leur expliqua qu'il avait croisé sa voisine au moment où il était sorti courir. Affolée, elle lui avait dit en montant dans sa voiture qu'elle n'avait aucune nouvelle de son mari et qu'elle se faisait un sang d'encre. Elle lui avait demandé, au cas où son époux rentrerait pendant son absence, de bien vouloir lui transmettre un message : elle était partie voir son frère à l'hôpital de Fossvogur.

– Pauvre femme, déclara l'homme en survêtement. Je la plains énormément, lui aussi bien sûr. Tout ça les a complètement bouleversés. On le serait à moins. Quand je pense que leur petite-fille est partie comme ça. Enfin, on ne sait jamais. Laissez-moi vous dire que je ne pourrais pas avoir de meilleurs voisins. Puis, tout à coup, on découvre aux informations que la gamine faisait du trafic de drogue. Je n'aurais jamais imaginé une chose pareille. Vraiment jamais. Et surtout pas venant de ces gens. J'en parlais justement à Tommi qui habite au numéro 15…

Intarissable, le voisin avait repris ses étirements. Konrad l'interrompit, le remercia et monta en voiture avec Marta. Ils décidèrent d'aller directement à l'hôpital de Fossvogur pour interroger l'épouse. Marta envisageait de plus en plus sérieusement de lancer un avis de recherche pour le mari. C'était tout de même un peu fort de disparaître ainsi et de laisser sa femme assumer seule tous ces chocs. La pression des médias était de plus en plus forte. Les journaux étaient au courant des grandes lignes de l'enquête, les questions qu'ils posaient à la police étaient de plus en plus précises et ils exigeaient avec toujours plus d'insistance des réponses claires.

– À ton avis, pourquoi le grand-père ne veut pas se faire pincer ? demanda Marta après un long silence tandis qu'ils pénétraient sous la bruine dans le quartier de Fossvogur. D'après toi, il est où ? Tu crois qu'il a pris la fuite ?

– Je me posais les mêmes questions, répondit Konrad. Je trouve ça plutôt choquant de laisser sa femme affronter seule toutes ces turbulences.

– Lassi affirme que la grand-mère savait ce que Danni voulait publier sur le Net. Peut-être que ça le concernait. Que ça concernait le grand-père. Une chose qu'il lui aurait faite. Une chose inavouable.

– Peut-être, mais ça m'étonnerait qu'il ait assassiné sa petite-fille pour la faire taire.

– Nom de Dieu ! s'exclama Marta. Tu veux dire, à cause du secret que la grand-mère connaît ?

– Qui sait ? soupira Konrad avant de lui faire part d'une chose qui lui occupait l'esprit depuis sa visite chez l'homme au masque à oxygène.

– J'ai eu l'impression qu'il en savait beaucoup plus qu'il ne m'en a dit. Il m'a d'ailleurs posé des questions assez bizarres. Par exemple, il voulait savoir si la mère de Nanna emmenait parfois sa fille avec elle à l'hôpital où elle travaillait.

– Oui. Et ?

– Évidemment, il arrivait à Nanna de l'accompagner, mais je me demande pourquoi il m'a posé cette question. Pourquoi il voulait savoir ça ? Peut-être parce qu'il savait qu'une personne susceptible d'avoir fait du mal à la gamine travaillait aussi dans cet hôpital ?

– Le médecin ?

– Anton Heilman. Le père de l'homme qui se cache, dont la petite-fille a sombré dans l'enfer de la drogue et voulait publier sur Internet un secret inavouable.

– Tu es en train de dire que c'est héréditaire ? C'est ça que tu affirmes ? demanda Marta après un long silence.

– Quoi donc ?

– Le vice.

60

La soirée était avancée quand ils se garèrent sur le parking de l'hôpital où le calme était revenu après l'agitation de la journée. Les lieux étaient presque déserts. Ils se rendirent à l'accueil et demandèrent le docteur Gustaf Antonsson. Le gardien consulta son ordinateur et leur répondit qu'il venait de partir. Marta précisa qu'elle était policière et qu'elle souhaitait savoir si une femme d'âge mûr était passée en demandant également à voir ce médecin. En effet, une dame avait posé au gardien la même question. Il lui avait donné la même réponse.

– Vous savez où elle est ? interrogea Konrad.

– Vous êtes de la police ? rétorqua le gardien, surpris par l'apparence de Marta et de Konrad qui ne correspondaient pas à l'image qu'il se faisait des représentants de l'ordre. Konrad avait l'air du retraité fatigué qu'il était et Marta portait généralement des tuniques sous sa longue veste noire, elle se fichait de sa tenue vestimentaire, surtout quand elle était au travail.

Elle sortit sa carte et la montra au vigile qui lui répondit que la vieille dame lui avait demandé où elle trouverait Larus Hinriksson. Il lui avait donné le numéro de sa chambre.

Ils le remercièrent, se dirigèrent vers l'ascenseur, montèrent en silence jusqu'à l'étage où Lassi était hospitalisé. Konrad demanda à son amie pourquoi on n'avait pas mis un policier en faction devant la porte. Elle supposait qu'on l'avait envisagé, mais qu'on avait jugé le coût trop élevé.

La porte de la chambre était grand ouverte. La femme qu'ils cherchaient était assise au chevet du patient. Elle leva les yeux quand ils entrèrent, tenta d'esquisser un sourire, mais son visage n'afficha qu'une douloureuse grimace. Son téléphone à la main, elle avait une fois encore essayé de joindre son époux.

– Je ne sais absolument pas où il est, dit-elle, désespérée. Il ne répond pas et ne me rappelle pas.

L'état de Lassi était stationnaire. Allongé sur le lit, immobile, il ne semblait pas souffrir. Il était toujours branché à divers appareils dont Konrad ignorait en grande partie le fonctionnement. Le malade avait sur le dos de chaque main une perfusion qui administrait une solution saline et des traitements.

– Je commence à m'inquiéter énormément, reprit la grand-mère. Ce comportement n'est pas normal. Je ne comprends pas pourquoi il réagit comme ça.

– Nous ferions peut-être mieux de lancer un avis de recherche, suggéra Marta.

– C'est préférable, n'est-ce pas ? demanda la grand-mère, qui semblait ne pas avoir eu le temps de se reposer depuis qu'on l'avait ramenée du commissariat. Je pense qu'il ne faut plus attendre, puisqu'il ne se manifeste pas.

– Mais vous, comment ça va ? On peut faire quelque chose pour vous ? demanda Konrad, mesurant combien elle était accablée. Il avait l'impression qu'elle n'avait pas dormi.

– Ça va, merci beaucoup. Simplement, tout ça me désespère. Je n'arrive pas à trouver le sommeil et je m'inquiète tellement pour mon mari. C'est la première fois qu'il se comporte de cette manière. Jamais il n'a agi comme ça. J'ai surtout peur qu'il lui soit arrivé quelque chose. Qu'il ait eu un accident ou…

– Aucun accident n'a été signalé à la police, répondit Marta. À votre avis, pourquoi il ne veut pas qu'on le trouve ?

– Je l'ignore. Je voudrais tellement qu'il soit à mes côtés. Je suis tellement exténuée. Tellement fatiguée de ces éternels faux-semblants. De ces éternels… tout ça m'épuise, je suis éreintée…

– Comment ça, ces faux-semblants ?

La grand-mère ne répondit pas.

– Vous croyez que c'est à cause de Danni qu'il se cache ?

– De Danni ?

– Il lui a fait du mal ? demanda Marta. Vous pensez qu'il essaie d'échapper aux conséquences ?

– Aux conséquences de quoi ?

– Nous savons que votre petite-fille gardait un secret qu'elle s'apprêtait à dévoiler. Peut-être une histoire de famille qui la touchait de près, et dont vous et votre mari étiez au courant. Votre époux a peut-être voulu la faire taire.

La grand-mère les regarda tour à tour puis baissa les yeux sur Lassi.

– Elle a tout raconté à ce jeune homme. Elle lui a dit qui avait fait ça et expliqué ce qui s'était passé. Je crois que c'est lui qui l'a encouragée à tout raconter publiquement en dévoilant nos noms… il y a ces pages sur Internet où des femmes racontent ce qu'elles ont subi… Danni nous en a parlé. Elle nous a dit que Lassi voulait qu'elle publie toute cette histoire…

– Et votre mari lui a imposé le silence ?

– Oui, c'est ce qu'il a fait, répondit-elle, la voix brisée. La première fois qu'elle nous en a parlé, il l'a fait taire. Je ne vois pas comment dire ça autrement. Moi aussi, d'ailleurs, je lui ai demandé de garder ça pour elle. Je suis tout aussi coupable que lui. Nous ne voulions pas de scandale. Il avait son travail, moi j'avais été un personnage public, une femme politique. Il disait que nous n'avions pas le choix. Que nous ne pouvions pas faire autrement. Et évidemment… c'était un secret de famille… ce n'est pas étonnant que la pauvre gamine ait déraillé. J'ai dit à mon mari que c'est de notre faute si tout ça est arrivé. Si seulement nous avions été corrects avec elle, si nous l'avions écoutée, aidée à régler tous ses problèmes et à repartir du bon pied. Nous n'aurions jamais dû imposer le silence à cette pauvre gamine en la laissant porter seule ce fardeau, cette responsabilité, cette honte.

La grand-mère était au bord des larmes.

– C'est tellement difficile, soupira-t-elle. C'est tellement difficile de parler de tout ça. Je voudrais tant que mon mari soit ici. Il pourrait vous expliquer. Il pourrait vous raconter tout ce qui s'est passé.

Konrad lança un regard à Marta comme pour lui demander s'il pouvait continuer à l'interroger. Marta hocha discrètement la tête.

– On doit absolument trouver votre mari, dit-il. La police le soupçonne d'avoir abusé de Danni et elle doit le questionner sur les relations qu'ils entretenaient.

– Mon mari ? s'étonna-t-elle.

– Danni a subi des abus, n'est-ce pas ? vérifia Konrad.

Des infirmiers passèrent devant la porte en poussant un lit sur lequel était allongé un vieil homme qui les regarda, imperturbable. Une des roulettes grinçait, ils l'entendirent jusqu'au fond du couloir.

La grand-mère était assise, tête basse.

– Pauvre petite. Elle ne nous en a parlé qu'à l'âge de douze ans, murmura-t-elle. Elle… elle n'aimait pas du tout être avec lui. Dans son chalet d'été, en week-end ou quand nous partions à l'étranger. Elle était extrêmement jeune quand ça a commencé. Au début, nous pensions que c'était par caprice qu'elle rechignait à aller chez lui, il était toujours adorable avec elle et nous disions à la petite qu'elle s'habituerait vite à notre absence. En réalité, ça n'avait rien à voir avec des caprices, mais avec ça. Avec ces horreurs. Nous l'avons crue dès qu'elle nous en a parlé. Parfois… parfois, il demandait de ses nouvelles. Il nous demandait si nous n'avions pas besoin de la faire garder. On aurait dit un… un animal. J'ai bien cru que mon mari allait le tuer.

– Votre mari ?

– Oui…

– Qui ? demanda Konrad. Qui est-ce qu'il voulait tuer ?

– Eh bien, son frère, évidemment. Son ordure de frère… le pire, c'est que nous avons décidé d'agir comme si rien n'était arrivé. Comme si Danni n'avait rien subi.

– Gustaf ?! C'est lui qui a abusé de votre petite-fille ? Ce n'est pas votre époux ?

– Mon époux ? Non ! Quelle idée !

– C'était son frère ?

– Bien sûr, nous aurions dû le dénoncer immédiatement. Porter plainte. Mais nous ne l'avons pas fait. Nous sommes restés les bras croisés. Nous nous sommes tus. Évidemment, nous avons fait cesser ces abus dès que nous avons découvert toutes les choses qu'il avait fait subir à Danni, mais nous n'avons jamais porté plainte. Nous n'avons jamais agi. En grandissant, Danni nous a dit que notre crime était tout aussi grave. Elle nous a reproché notre déni. Notre silence.

La grand-mère prit la main de Lassi dans la sienne et se mit à la caresser.

– Je suis venue ici pour veiller à ce que Gustaf ne fasse pas de mal à ce garçon, précisa-t-elle. Veiller à ce qu'il ne lui arrive rien de fâcheux. Je crois que Danni était amoureuse de lui. Nous pensions qu'elle pouvait trouver mieux. Un garçon plus stable. Comme si c'était ça, l'important. Nous nous sommes trompés sur toute la ligne, murmura-t-elle. Nous avons tout fait en dépit du bon sens, nous avons très mal agi, nous avons été ignobles…

– Pourquoi votre beau-frère voudrait faire du mal à Lassi ? demanda Konrad.

– Parce que ce jeune homme sait tout.

– Tout quoi ?

– Tout le mal qu'il a fait à Danni. D'ailleurs, je l'ai croisé ici, il sortait quand je suis arrivée. Il a refusé de me parler et m'a ordonné de rentrer chez moi. Il n'était plus lui-même. Je me demande s'il n'a pas recommencé à boire. Il m'a dit que le gamin ne parlerait pas. Qu'il s'était arrangé pour qu'il se taise. Je ne vois pas ce qu'il voulait dire. Il avait l'impression de nous rendre un service, à moi et mon mari.

– Il était ici, dans la chambre ? s'inquiéta Konrad.

– Je lui ai demandé ce qu'il avait fait à Danni, répondit la grand-mère en hochant la tête. Je ne l'en croyais pas capable, mais je lui ai quand même demandé si c'était lui qui avait planté cette seringue dans son bras. S'il était allé chez Lassi pour lui administrer cette dose massive. Il m'a répondu que j'étais cinglée. Je ne vais plus me taire. Il ne peut pas me forcer à garder le silence…

Konrad remarqua tout à coup que Lassi avait cessé de respirer. Il lui prit le poignet sans y trouver aucun pouls et constata qu'on avait éteint l'électrocardiographe censé biper en cas de problème. Il regarda la perfusion qui administrait les traitements par intraveineuse dans la main du jeune homme.

Le petit clapet de la chambre à goutte qui prenait le relais de l'aiguille était ouvert. Konrad comprit brusquement qu'on assassinait Lassi sous leurs yeux.

61

La jeune fille de l'auberge de Borgarfjördur était allée frapper deux fois à la porte en signalant à l'homme qui occupait la chambre qu'il aurait dû la libérer depuis un moment. Il avait accroché à la poignée la pancarte indiquant qu'il ne voulait pas être dérangé. Désireuse de respecter son souhait, elle n'avait pas osé l'importuner avec des problèmes de ménage. C'était elle qui avait accueilli ce client à la réception. Il avait souhaité une chambre équipée d'une baignoire. Elle était plusieurs fois venue frapper à sa porte, et il n'avait pas répondu. Elle se demandait s'il était encore là. Sa jeep était cependant toujours garée devant l'auberge. Il n'était donc allé nulle part. Il n'avait pas filé sans régler sa chambre, comme cela arrivait parfois, à moins qu'il ne soit parti à pied ou qu'il ait demandé à quelqu'un de venir le chercher. Ce genre de choses avait déjà dû se produire, même si elle-même n'avait jamais été confrontée à une telle situation.

La chambre était réservée pour la nuit suivante et les prochains occupants allaient arriver, un couple de Français venus visiter l'Islande en voiture. Heureusement, ils avaient téléphoné pour prévenir qu'ils seraient très en retard et qu'ils n'arriveraient qu'en fin de soirée. Considérant qu'elle était restée jusque-là extrêmement polie, la jeune femme s'impatienta. Elle alla chercher la clef et l'enfonça dans la serrure. Elle appela pour prévenir de son arrivée, ouvrit la porte et passa sa tête dans l'embrasure.

Elle remarqua immédiatement que personne n'avait dormi dans le grand lit préparé avec soin par le personnel de l'auberge. Les rideaux étaient tirés, il faisait sombre. Un pantalon noir était plié sur le couvre-lit, une paire de chaussettes également noires gisaient par terre et une jolie chemise blanche avait été délicatement placée sur le dossier de la chaise.

– Ohé ! cria-t-elle sans obtenir aucune réponse.

Elle ôta la clef de la serrure et entra dans la chambre. La porte se referma d'elle-même. La lumière de la salle de bain était allumée.

– Ohé ! Il y a quelqu'un ?

Elle hésitait à y entrer puis s'arma de courage, regarda à l'intérieur et sursauta, comprenant brusquement pourquoi le client ne lui répondait pas.

Allongé dans la baignoire, il était immergé dans une eau d'un rouge étrange qui avait débordé sur le carrelage et coulé jusqu'au lavabo. Il avait un canif à côté de lui. Sa tête reposait sur une serviette installée sur le bord de la baignoire et sa main droite, également posée sur le rebord, portait une profonde entaille au poignet.

Son visage était serein bien que complètement hâve. Elle comprit immédiatement qu'il était mort. L'homme s'était vidé de son sang.

62

Konrad entreprit immédiatement un massage cardiaque. Marta se précipita dans le couloir pour prévenir les médecins et les infirmiers. Elle alla jusqu'au box vitré où elle avait aperçu deux employées, leur cria qu'un patient était en train de mourir dans sa chambre et qu'il fallait intervenir de toute urgence.

Konrad continuait le massage cardiaque. Il lui semblait que ça n'avait aucun effet. Lassi reposait, complètement inerte, sur son lit.

La grand-mère se leva et l'observa quelques instants, impassible, puis alla à la fenêtre qui donnait sur le parking. Elle resta un moment immobile, les yeux baissés sur les voitures garées en contrebas.

– Il est là, murmura-t-elle.

Konrad essayait de se souvenir comment s'y prendre. Il avait un jour participé à un stage de secourisme, mais avait pratiquement tout oublié. Les deux mains sur la poitrine. Presser fort. Relâcher. Compresser…

Il appela Marta qui arriva aussitôt en lui disant que les médecins étaient en route. Une équipe de soignants apparut dans le couloir, entra dans la chambre et prit les opérations en main, équipée d'un défibrillateur. Konrad leur céda la place.

– On lui a sans doute injecté un produit qui entraîne un arrêt cardiaque, expliqua-t-il au médecin. On le lui a administré avec intention délibérée de nuire.

Au même moment, la grand-mère pointa son index par la vitre et s'écria :

– Le voilà !!

Konrad se précipita vers elle. Elle lui montra sur le parking un homme qui levait les yeux vers la fenêtre, il les regarda un instant et bondit vers son énorme jeep.

– C'est lui, répéta-t-elle. Le voilà !

Konrad détala aussitôt et cria à Marta de le suivre. La porte de l'ascenseur était restée ouverte sur le couloir, ils s'engouffrèrent dans la cabine et enfoncèrent le bouton du rez-de-chaussée. Konrad s'impatientait. Dès que la porte s'ouvrit, ils coururent à toutes jambes vers le parking et virent la jeep foncer vers la rue Bustadavegur.

Ils foncèrent à la voiture de Marta. Le moteur calait chaque fois qu'elle essayait de le démarrer. La policière avait déjà pris son portable pour appeler des renforts, elle le tendit à Konrad pendant qu'elle se débattait avec sa clef de contact.

– Il faut savoir s'y prendre, commenta-t-elle.

– Il va nous filer sous le nez !

– Cette bagnole a treize ans ! C'est tout ce que je peux m'offrir avec mon salaire de merde !

Le tacot démarra après plusieurs tentatives. Marta partit en trombe, arracha le téléphone à Konrad et expliqua à ses collègues à l'autre bout du fil que la jeep qu'ils recherchaient semblait rouler vers l'ouest sur Bustadavegur.

– Il risque de prendre le boulevard Kringlumyrarbraut, je ne sais pas encore. Ou de partir vers le centre-ville. C'est une jeep de couleur noire, son propriétaire s'appelle Gustaf Heilman… pardon, je veux dire Antonsson.

Elle s'engagea sur Bustadavegur, le moteur épuisé toussait et se plaignait chaque fois qu'elle essayait de le pousser à pleine puissance. Elle ralentit en franchissant le pont qui enjambait le boulevard Kringlumyrarbraut sur lequel elle et Konrad cherchèrent la jeep du regard avant de continuer leur route.

Ils dépassèrent le local du club de foot Valur et, en arrivant sur le pont qui enjambait le boulevard Hringbraut, repérèrent une jeep semblable à celle qu'ils avaient vue quitter le parking de l'hôpital. Elle passa à toute vitesse sous le pont et fila vers le centre. Au lieu de continuer à rouler sur le boulevard Snorrabraut, Marta décida d'emprunter Hringbraut et obliqua à droite, descendant la bretelle en lacet qui permettait d'y accéder. Elle prit le virage beaucoup trop vite. L'aile de la voiture frotta contre la glissière en béton dans un bruit infernal en lançant des gerbes d'étincelles. Puis Marta redressa et s'élança sur Hringbraut.

– Ça va encore me coûter cher, marmonna-t-elle.

Il n'y avait pour ainsi dire aucune circulation. La jeep noire roulait assez loin devant eux et grilla un feu rouge. Aucun véhicule de police n'était visible dans les parages, Marta hurla au téléphone qu'elle exigeait des renforts. Konrad entendit une de ses collègues lui répondre de se calmer un peu.

– Calme-toi toi-même ! hurla-t-elle en balançant son portable d'un geste rageur sur le plancher de la bagnole.

La jeep s'engagea dans la rue Njardargata, prit le rond-point à l'envers et descendit vers Soleyjargata avant de disparaître derrière l'épais rideau d'arbres de Hljomskalagardur, le Parc du kiosque à musique. Quelques instants plus tard, Marta et Konrad arrivèrent sur Soleyjargata. La jeep noire avait disparu.

Ils franchirent au rouge le croisement avec la rue Skothusvegur et Konrad remarqua que de grosses vagues agitaient le lac de Tjörnin. Il regarda un peu plus loin et constata que la jeep était tombée à l'eau, tout près du pont.

Le véhicule reposait, les roues en l'air, presque entièrement immergé. Ses pneus continuaient à tourner à toute vitesse, le moteur ne s'étant pas encore noyé. Apparemment, le conducteur avait voulu tourner à gauche sur Skothusvegur, mais il avait pris le virage à trop grande vitesse et atterri dans Tjörnin. Des lumières rouges et jaunes éclairaient la surface de l'eau, nimbant les lieux d'une clarté irréelle.

Il n'y avait aucune trace du conducteur.

Marta pila comme s'il en allait de sa vie, enclencha la marche arrière et recula jusqu'au carrefour avec Skothusvegur. Elle évita de peu une voiture qui arrivait dans l'autre sens et eut une sacrée chance de ne pas tomber elle aussi dans le lac.

Konrad sauta du véhicule avant même qu'il ne soit immobilisé, il courut vers le pont et entra dans l'eau pour atteindre la jeep. Les pneus continuaient à tourner en crissant et le moteur ne s'était pas encore éteint. L'eau boueuse envahissait l'habitacle. Les vitres entrouvertes laissaient entrer la vase. La portière était bloquée au fond du lac et le conducteur n'avait aucun moyen de l'ouvrir. Assis à l'envers sur son siège, attaché par la ceinture de sécurité, il avait la tête immergée et était en train de se noyer.

Konrad avait de l'eau jusqu'à la poitrine. Il prit une profonde inspiration et plongea pour essayer de débloquer la portière. Il parvint à l'entrouvrir, mais trop peu pour pouvoir atteindre l'homme qui était prisonnier de la voiture. Il frappa la vitre à grands coups de talon, mais l'eau en atténuait la force.

Le conducteur était en train de se noyer. Sa bouche tentait d'avaler de l'air, ses yeux s'écarquillaient puis se refermaient. Sa tête étant immergée, sa situation était critique. Marta avait rejoint Konrad. Ils parvinrent enfin à ouvrir suffisamment la portière pour que Konrad puisse se glisser dans l'habitacle. Après bien des difficultés, il le libéra de sa ceinture. Il ne trouvait pas le bouton pour la débloquer et, quand il le repéra enfin, il se rendit compte qu'il était coincé. Ayant perdu tout espoir de le détacher, il était sur le point d'extraire le noyé sans ôter cette maudite ceinture quand le bouton se décoinça soudain. Konrad attrapa le bras du noyé, tira de toutes ses forces et le ramena vers la terre ferme.

Marta l'attendait avec d'autres policiers qui hissèrent l'homme sur le bord du lac et commencèrent la ranimation. Konrad aperçut deux voitures de police sur Skothusvegur et une ambulance qui arrivait au carrefour de Soleyjargata. Marta l'aida à sortir de l'eau et s'assit sur l'herbe avec lui. À bout de souffle après ces efforts, transi et ruisselant, il était très fatigué. Un policier leur apporta deux couvertures et leur demanda s'ils avaient besoin d'autre chose.

– Il va s'en tirer ? demanda Konrad en désignant d'un coup de tête le brancard sur lequel on emmenait le médecin.

– Ils ont réussi à le ranimer, répondit le policier. Il s'en est vraiment fallu de peu.

– Tu as des nouvelles de Lassi ? demanda-t-il à Marta.

– Je vais appeler l'hôpital, répondit-elle en demandant au policier de bien vouloir lui prêter son portable puisque le sien était trempé.

Konrad se leva et se dirigea vers la civière. Les ambulanciers s'apprêtaient à repartir. L'homme était sonné après l'accident qui avait failli lui coûter la vie. Il reconnut toutefois immédiatement Konrad et comprit que c'était lui qui l'avait sauvé en l'extrayant du véhicule.

– Vous n'auriez… pas dû le faire, murmura-t-il, manifestement épuisé après avoir échappé de peu à la noyade.

– Il s'en est fallu d'un cheveu, répondit Konrad en se disant que le médecin avait un air de famille avec le grand-père de Danni.

– Il y avait quelque chose… une silhouette sur la route… Vous ne l'avez pas vue ?

Konrad secoua la tête.

– Et le garçon… comment il va ? demanda le médecin.

– Quel garçon ?

– Celui qui est à l'hôpital.

Konrad revoyait Lassi sur son lit, il revoyait Danni gisant sur le sol de la chambre, une seringue plantée dans le bras, il pensait aux secrets inavouables et aux hommes qui en étaient la cause.

– Je n'en sais rien, répondit-il.

– Vous savez sans doute pour Danni ? murmura le rescapé.

– Oui.

– Je… je n'ai pas supporté l'idée qu'elle puisse dévoiler ça… je ne le supportais pas… elle voulait tout déballer sur Internet, sur ces forums spécialisés… tout raconter et me détruire…

Le médecin chercha une once de compassion dans les yeux de Konrad, mais n'y lut que mépris. On l'installa dans l'ambulance, les portières claquèrent et, l'instant d'après, il partit dans la lumière des gyrophares.

– Le gamin s'en est tiré, annonça Marta en passant à côté de Konrad pour regagner sa voiture. Demande qu'on te dépose chez toi quand tu voudras.

Emmitouflé dans sa couverture, il suivit l'ambulance du regard jusqu'à ce qu'elle ait disparu au bout de la rue. Il observa le lac que les phares de la jeep continuaient à éclairer et la ville qui luisait comme un récif de corail au fond de l'océan en pensant au poème de Johann Sigurjonsson qui parlait de la cité déchue. Il regarda le pont et le Parc du kiosque à musique où la nuit était tapie entre les arbres et vit en pensée un autre événement qui avait eu lieu à cet endroit même, un drame qui le hantait depuis des jours et dont il savait maintenant qu'il ne serait jamais complètement éclairci.

63

Leifur donna son accord pour qu'Eyglo honore la mémoire de Nanna à sa manière.

Il était sorti de l'hôpital. Lassi se remettait, il serait bientôt prêt à témoigner contre Randver, dont on considérait qu'il tirait les ficelles du trafic de drogue. Lassi pleurait sa petite amie. Il affirmait qu'elle était sur le point de dévoiler le nom de l'homme qui lui avait fait subir des violences sexuelles entre sept et douze ans et de dénoncer également le silence que lui avaient imposé ses grands-parents après qu'elle leur avait confié sa souffrance. Le médecin, son grand-oncle, lui avait proposé de l'argent et des doses de médicaments pour la dissuader avant d'en arriver à ces terribles extrémités. Elle en avait assez de se taire.

Les restes de la petite Nanna avaient été placés dans un nouveau cercueil, on l'avait inhumée en faisant appel à un pasteur qui s'était occupé de la cérémonie.

On voyait encore les traces autour de sa tombe quand, quelques jours plus tard, Konrad et Eyglo se rendirent au cimetière avec une jolie croix en fer que cette dernière avait achetée dans un magasin funéraire. Elle y avait fait poser une petite plaque gravée au nom de l'enfant, accompagné de sa date de naissance et de celle de son décès. C'était une croix discrète qu'ils installèrent sur la tombe en la fixant soigneusement.

L'autopsie avait révélé que Nanna avait été victime de viol. Elle était enceinte et les résultats des analyses d'ADN pratiquées sur le fœtus avaient démontré que le père de l'enfant était Anton J. Heilman. Gustaf affirmait qu'il ne savait rien de cette histoire. Il ignorait que son père avait fait subir à Nanna les mêmes choses que celles qu'il avait lui-même imposées à Danni.

On ignorait dans quelles circonstances Nanna avait trouvé la mort même si Konrad avait une idée assez précise de l'enchaînement des faits. Il n'y avait pas moyen de dire si elle s'était noyée par accident ou si le médecin y avait veillé après avoir découvert la grossesse. Nikulas avait considéré n'avoir aucune raison d'enquêter, il était resté les bras croisés. Ayant lui-même pratiqué l'autopsie, le médecin était dans la position idéale pour dissimuler le crime. On pouvait tout à fait imaginer que Heilman avait tout orchestré dès le début et demandé à Luther d'assassiner la petite. Ce dernier s'était arrangé pour maquiller le meurtre en noyade accidentelle. Konrad n'excluait aucune de ces hypothèses, persuadé que c'était cet homme que le jeune poète avait vu ce soir-là rue Soleyjargata.

Ils quittèrent le cimetière, encore enveloppés d'un calme recueillement qui les accompagna tandis qu'ils roulaient vers le centre. Ils se garèrent à proximité du pont de Skothusvegur. Le soir tombait, le vent du Nord ridait la surface de Tjörnin.

Ils montèrent sur le pont et se postèrent face au Parc du kiosque à musique. Eyglo baissait les yeux sur l'eau, à l'endroit où Leifur avait jadis trouvé la poupée.

Ils la contemplèrent un long moment, pour la dernière fois. Eyglo lui déposa un baiser sur le front puis la laissa tomber dans le lac et regarda les vaguelettes l'emporter jusqu'au moment où elle coula dans les profondeurs, réminiscence d'une mort lointaine, souvenir d'une jeune fille qui, enfin, reposait en paix.

DU MÊME AUTEUR

La Cité des Jarres
prix Clé de verre du roman noir scandinave 2002
prix Mystère de la critique 2006
prix Cœur noir 2006
Métailié, 2005
et « Points Policier », n° P1494

La Femme en vert
prix Clé de verre du roman noir scandinave 2003
prix CWA Gold Dagger 2005
prix Fiction du livre insulaire d'Ouessant 2006
Grand Prix des lectrices de « Elle » 2007
Métailié, 2006
et « Points Policier », n° P1598

La Voix
Grand Prix de littérature policière 2007
Trophée 813 2007
Métailié, 2007
et « Points Policier », n° P1831

L'Homme du lac
prix du polar européen du « Point » 2008
Métailié, 2008
et « Points Policier », n° P2169

Hiver arctique
Métailié, 2009
et « Points Policier », n° P2407

Hypothermie
Métailié, 2010
et « Points Policier », n° P2632

La Rivière noire
Métailié, 2011
et « Points Policier », n° P2828

Bettý
Métailié, 2011
et « Points Policier », n° P2924

La Muraille de lave
Métailié, 2012
et « Points Policier », n° P3028

Étranges rivages
Métailié, 2013
et « Points Policier », n° P3251

Le Livre du roi
Métailié, 2013
et « Points », n° P3388

Le Duel
Métailié, 2014
et « Points Policier », n° P4093

Les Nuits de Reykjavik
Métailié, 2015
et « Points Policier », n° P4224

Opération Napoléon
Métailié, 2015
et « Points Policier », n° P4430

Le Lagon noir
Métailié, 2016
et « Points Policier », n° P4578

Dans l'ombre
Métailié, 2017
et « Points Policier », n° P4730

La Femme de l'ombre
Métailié, 2017
et « Points Policier », n° P4882

Passage des Ombres
Métailié, 2018
et « Points Policier », n° P5023

Les Fils de la poussière
Métailié, 2018
et « Points Policier », n° P5093

Ce que savait la nuit
Métailié, 2019
et « Points Policier », n° P5125

Les Roses de la nuit
Métailié, 2019
et « Points Policier », n° P5283

RÉALISATION : NORD COMPO À VILLENEUVE-D'ASCQ
IMPRESSION : CPI FRANCE
DÉPÔT LÉGAL : MARS 2021. N° 143998 (3041760)
IMPRIMÉ EN FRANCE

Éditions Points

Collection Points Policier

P1886. La Mort du privé, *Michael Koryta*
P1907. Drama City, *George P. Pelecanos*
P1913. Saveurs assassines, *Kalpana Swaminathan*
P1914. La Quatrième Plaie, *Patrick Bard*
P1939. De soie et de sang, *Qiu Xiaolong*
P1940. Les Thermes, *Manuel Vázquez Montalbán*
P1941. Femme qui tombe du ciel, *Kirk Mitchell*
P1942. Passé parfait, *Leonardo Padura*
P1963. Jack l'Éventreur démasqué, *Sophie Herfort*
P1964. Chicago banlieue sud, *Sara Paretsky*
P1965. L'Illusion du péché, *Alexandra Marinina*
P1988. Double Homicide, *Faye et Jonathan Kellerman*
P1989. La Couleur du deuil, *Ravi Shankar Etteth*
P1990. Le Mur du silence, *Håkan Nesser*
P2042. 5 octobre, 23 h 33, *Donald Harstad*
P2043. La Griffe du chien, *Don Wislow*
P2044. Mort d'un cuisinier chinois, *Frédéric Lenormand*
P2056. De sang et d'ébène, *Donna Leon*
P2057. Passage du Désir, *Dominique Sylvain*
P2058. L'Absence de l'ogre, *Dominique Sylvain*
P2059. Le Labyrinthe grec, *Manuel Vázquez Montalbán*
P2060. Vents de carême, *Leonardo Padura*
P2061. Cela n'arrive jamais, *Anne Holt*
P2065. Commis d'office, *Hannelore Cayre*
P2139. La Danseuse de Mao, *Qiu Xiaolong*
P2140. L'Homme délaissé, *C.J. Box*
P2141. Les Jardins de la mort, *George P. Pelecanos*
P2142. Avril rouge, *Santiago Roncagliolo*
P2157. À genoux, *Michael Connelly*
P2158. Baka !, *Dominique Sylvain*
P2169. L'Homme du lac, *Arnaldur Indridason*
P2170. Et que justice soit faite, *Michael Koryta*
P2172. Le Noir qui marche à pied, *Louis-Ferdinand Despreez*
P2181. Mort sur liste d'attente, *Veit Heinichen*
P2189. Les Oiseaux de Bangkok, *Manuel Vázquez Montalbán*
P2215. Fureur assassine, *Jonathan Kellerman*
P2216. Misterioso, *Arne Dahl*
P2229. Brandebourg, *Henry Porter*
P2254. Meurtres en bleu marine, *C.J. Box*

P2255. Le Dresseur d'insectes, *Arni Thorarinsson*
P2256. La Saison des massacres, *Giancarlo de Cataldo*
P2271. Quatre Jours avant Noël, *Donald Harstad*
P2272. Petite Bombe noire, *Christopher Brookmyre*
P2276. Homicide special, *Miles Corwin*
P2277. Mort d'un Chinois à La Havane, *Leonardo Padura*
P2288. L'Art délicat du deuil, *Frédéric Lenormand*
P2290. Lemmer, l'invisible, *Deon Meyer*
P2291. Requiem pour une cité de verre, *Donna Leon*
P2292. La Fille du samouraï, *Dominique Sylvain*
P2296. Le Livre noir des serial killers, *Stéphane Bourgoin*
P2297. Une tombe accueillante, *Michael Koryta*
P2298. Roldán, ni mort ni vif, *Manuel Vásquez Montalbán*
P2299. Le Petit Frère, *Manuel Vásquez Montalbán*
P2321. La Malédiction du lamantin, *Moussa Konaté*
P2333. Le Transfuge, *Robert Littell*
P2354. Comédies en tout genre, *Jonathan Kellerman*
P2355. L'Athlète, *Knut Faldbakken*
P2356. Le Diable de Blind River, *Steve Hamilton*
P2381. Un mort à l'Hôtel Koryo, *James Church*
P2382. Ciels de foudre, *C. J. Box*
P2397. Le Verdict du plomb, *Michael Connelly*
P2398. Heureux au jeu, *Lawrence Block*
P2399. Corbeau à Hollywood, *Joseph Wambaugh*
P2407. Hiver arctique, *Arnaldur Indridason*
P2408. Sœurs de sang, *Dominique Sylvain*
P2426. Blonde de nuit, *Thomas Perry*
P2430. Petit Bréviaire du braqueur, *Christopher Brookmyre*
P2431. Un jour en mai, *George Pelecanos*
P2434. À l'ombre de la mort, *Veit Heinichen*
P2435. Ce que savent les morts, *Laura Lippman*
P2454. Crimes d'amour et de haine, *Faye et Jonathan Kellerman*
P2455. Publicité meurtrière, *Petros Markaris*
P2456. Le Club du crime parfait, *Andrés Trapiello*
P2457. Mort d'un maître de go, *Frédéric Lenormand*
P2492. Fakirs, *Antonin Varenne*
P2493. Madame la présidente, *Anne Holt*
P2494. Zone de tir libre, *C.J. Box*
P2513. Six heures plus tard, *Donald Harstad*
P2525. Le Cantique des innocents, *Donna Leon*
P2526. Manta Corridor, *Dominique Sylvain*
P2527. Les Sœurs, *Robert Littell*
P2528. Profileuse. Une femme sur la trace des serial killers, *Stéphane Bourgoin*
P2529. Venise sur les traces de Brunetti. 12 promenades au fil des romans de Donna Leon, *Toni Sepeda*

P2530. Les Brumes du passé, *Leonardo Padura*
P2531. Les Mers du Sud, *Manuel Vázquez Montalbán*
P2532. Funestes carambolages, *Håkan Nesser*
P2579. 13 heures, *Deon Meyer*
P2589. Dix petits démons chinois, *Frédéric Lenormand*
P2607. Les Courants fourbes du lac Tai, *Qiu Xiaolong*
P2608. Le Poisson mouillé, *Volker Kutscher*
P2609. Faux et usage de faux, *Elvin Post*
P2612. Meurtre et Obsession, *Jonathan Kellerman*
P2623. L'Épouvantail, *Michael Connelly*
P2632. Hypothermie, *Arnaldur Indridason*
P2633. La Nuit de Tomahawk, *Michael Koryta*
P2634. Les Raisons du doute, *Gianrico Carofiglio*
P2655. Mère Russie, *Robert Littell*
P2658. Le Prédateur, *C.J. Box*
P2659. Keller en cavale, *Lawrence Block*
P2680. Hiver, *Mons Kallentoft*
P2681. Habillé pour tuer, *Jonathan Kellerman*
P2682. Un festin de hyènes, *Michael Stanley*
P2692. Guide de survie d'un juge en Chine, *Frédéric Lenormand*
P2706. Donne-moi tes yeux, *Torsten Pettersson*
P2717. Un nommé Peter Karras, *George P. Pelecanos*
P2718. Haine, *Anne Holt*
P2726. Le Septième Fils, *Arni Thorarinsson*
P2740. Un espion d'hier et de demain, *Robert Littell*
P2741. L'Homme inquiet, *Henning Mankell*
P2742. La Petite Fille de ses rêves, *Donna Leon*
P2744. La Nuit sauvage, *Terri Jentz*
P2747. Eva Moreno, *Håkan Nesser*
P2748. La 7e Victime, *Alexandra Marinina*
P2749. Mauvais fils, *George P. Pelecanos*
P2751. La Femme congelée, *Jon Michelet*
P2753. Brunetti passe à table. Recettes et récits
Roberta Pianaro et Donna Leon
P2754. Les Leçons du mal, *Thomas H. Cook*
P2788. Jeux de vilains, *Jonathan Kellerman*
P2798. Les Neuf Dragons, *Michael Connelly*
P2804. Secondes noires, *Karin Fossum*
P2805. Ultimes Rituels, *Yrsa Sigurdardottir*
P2808. Frontière mouvante, *Knut Faldbakken*
P2809. Je ne porte pas mon nom, *Anna Grue*
P2810. Tueurs, *Stéphane Bourgoin*
P2811. La Nuit de Geronimo, *Dominique Sylvain*
P2823. Les Enquêtes de Brunetti, *Donna Leon*
P2825. Été, *Mons Kallentoft*
P2828. La Rivière noire, *Arnaldur Indridason*

P2841. Trois semaines pour un adieu, *C.J. Box*
P2842. Orphelins de sang, *Patrick Bard*
P2868. Automne, *Mons Kallentoft*
P2869. Du sang sur l'autel, *Thomas H. Cook*
P2870. Le Vingt et Unième Cas, *Håkan Nesser*
P2882. Tatouage, *Manuel Vázquez Montalbán*
P2897. Philby. Portrait de l'espion en jeune homme
Robert Littell
P2920. Les Anges perdus, *Jonathan Kellerman*
P2922. Les Enquêtes d'Erlendur, *Arnaldur Indridason*
P2933. Disparues, *Chris Mooney*
P2934. La Prisonnière de la tour. Et autres nouvelles
Boris Akounine
P2936. Le Chinois, *Henning Mankell*
P2937. La Femme au masque de chair, *Donna Leon*
P2938. Comme neige, *Jon Michelet*
P2939. Par amitié, *George P. Pelecanos*
P2963. La Mort muette, *Volker Kutscher*
P2990. Mes conversations avec les tueurs, *Stéphane Bourgoin*
P2991. Double meurtre à Borodi Lane, *Jonathan Kellerman*
P2992. Poussière tu seras, *Sam Millar*
P3002. Le Chapelet de jade, *Boris Akounine*
P3007. Printemps, *Mons Kallentoft*
P3015. La Peau de l'autre, *David Carkeet*
P3028. La Muraille de lave, *Arnaldur Indridason*
P3035. À la trace, *Deon Meyer*
P3043. Sur le fil du rasoir, *Oliver Harris*
P3051. L'Empreinte des morts, *C.J. Box*
P3052. Qui a tué l'ayatollah Kanuni ?, *Naïri Nahapétian*
P3053. Cyber China, *Qiu Xiaolong*
P3065. Frissons d'assises. L'instant où le procès bascule
Stéphane Durand-Souffland
P3091. Les Joyaux du paradis, *Donna Leon*
P3103. Le Dernier Lapon, *Olivier Truc*
P3115. Meurtre au Comité central, *Manuel Vázquez Montalbán*
P3123. Liquidations à la grecque, *Petros Markaris*
P3124. Baltimore, *David Simon*
P3125. Je sais qui tu es, *Yrsa Sigurdardóttir*
P3141. Le Baiser de Judas, *Anna Grue*
P3142. L'Ange du matin, *Arni Thorarinsson*
P3149. Le Roi Lézard, *Dominique Sylvain*
P3161. La Faille souterraine. Et autres enquêtes
Henning Mankell
P3162. Les Deux Premières Enquêtes cultes de Wallander :
Meurtriers sans visage & Les Chiens de Riga
Henning Mankell

P3163. Brunetti et le mauvais augure, *Donna Leon*
P3164. La Cinquième Saison, *Mons Kallentoft*
P3165. Panique sur la Grande Muraille & Le Mystère du jardin chinois, *Frédéric Lenormand*
P3166. Rouge est le sang, *Sam Millar*
P3167. L'Énigme de Flatey, *Viktor Arnar Ingólfsson*
P3168. Goldstein, *Volker Kutscher*
P3219. Guerre sale, *Dominique Sylvain*
P3220. Arab Jazz, *Karim Miské*
P3228. Avant la fin du monde, *Boris Akounine*
P3229. Au fond de ton cœur, *Torsten Pettersson*
P3234. Une belle saloperie, *Robert Littell*
P3235. Fin de course, *C.J. Box*
P3251. Étranges Rivages, *Arnaldur Indridason*
P3267. Les Tricheurs, *Jonathan Kellerman*
P3268. Dernier refrain à Ispahan, *Naïri Nahapétian*
P3279. Kind of Blue, *Miles Corwin*
P3280. La fille qui avait de la neige dans les cheveux *Ninni Schulman*
P3295. Sept pépins de grenade, *Jane Bradley*
P3296. À qui se fier ?, *Peter Spiegelman*
P3315. Techno Bobo, *Dominique Sylvain*
P3316. Première station avant l'abattoir, *Romain Slocombe*
P3317. Bien mal acquis, *Yrsa Sigurdardottir*
P3330. Le Justicier d'Athènes, *Petros Markaris*
P3331. La Solitude du manager, *Manuel Vázquez Montalbán*
P3349. 7 jours, *Deon Meyer*
P3350. Homme sans chien, *Håkan Nesser*
P3351. Dernier verre à Manhattan, *Don Winslow*
P3374. Mon parrain de Brooklyn, *Hesh Kestin*
P3389. Piégés dans le Yellowstone, *C.J. Box*
P3390. On the Brinks, *Sam Millar*
P3399. Deux veuves pour un testament, *Donna Leon*
P4004. Terminus Belz, *Emmanuel Grand*
P4005. Les Anges aquatiques, *Mons Kallentoft*
P4006. Strad, *Dominique Sylvain*
P4007. Les Chiens de Belfast, *Sam Millar*
P4008. Marée d'équinoxe, *Cilla et Rolf Börjlind*
P4050. L'Inconnue du bar, *Jonathan Kellerman*
P4051. Une disparition inquiétante, *Dror Mishani*
P4065. Thé vert et arsenic, *Frédéric Lenormand*
P4068. Pain, éducation, liberté, *Petros Markaris*
P4088. Meurtre à Tombouctou, *Moussa Konaté*
P4089. L'Empreinte massaï, *Richard Crompton*
P4093. Le Duel, *Arnaldur Indridason*
P4101. Dark Horse, *Craig Johnson*

P4102. Dragon bleu, tigre blanc, *Qiu Xiaolong*
P4114. Le garçon qui ne pleurait plus, *Ninni Schulman*
P4115. Trottoirs du crépuscule, *Karen Campbell*
P4117. Dawa, *Julien Suaudeau*
P4127. Vent froid, *C.J. Box*
P4159. Une main encombrante, *Henning Mankell*
P4160. Un été avec Kim Novak, *Håkan Nesser*
P4171. Le Détroit du Loup, *Olivier Truc*
P4188. L'Ombre des chats, *Arni Thorarinsson*
P4189. Le Gâteau mexicain, *Antonin Varenne*
P4210. La Lionne blanche & L'homme qui souriait
Henning Mankell
P4211. Kobra, *Deon Meyer*
P4212. Point Dume, *Dan Fante*
P4224. Les Nuits de Reykjavik, *Arnaldur Indridason*
P4225. L'Inconnu du Grand Canal, *Donna Leon*
P4226. Little Bird, *Craig Johnson*
P4227. Une si jolie petite fille. Les crimes de Mary Bell
Gitta Sereny
P4228. La Madone de Notre-Dame, *Alexis Ragougneau*
P4229. Midnight Alley, *Miles Corwin*
P4230. La Ville des morts, *Sara Gran*
P4231. Un Chinois ne ment jamais & Diplomatie en kimono
Frédéric Lenormand
P4232. Le Passager d'Istanbul, *Joseph Kanon*
P4233. Retour à Watersbridge, *James Scott*
P4234. Petits meurtres à l'étouffée, *Noël Balen et Vanessa Barrot*
P4285. La Revanche du petit juge, *Mimmo Gangemi*
P4286. Les Écailles d'or, *Parker Bilal*
P4287. Les Loups blessés, *Christophe Molmy*
P4295. La Cabane des pendus, *Gordon Ferris*
P4305. Un type bien. Correspondance 1921-1960
Dashiell Hammett
P4313. Le Cannibale de Crumlin Road, *Sam Millar*
P4326. Molosses, *Craig Johnson*
P4334. Tango Parano, *Hervé Le Corre*
P4341. Un maniaque dans la ville, *Jonathan Kellerman*
P4342. Du sang sur l'arc-en-ciel, *Mike Nicol*
P4351. Au bout de la route, l'enfer, *C.J. Box*
P4352. Le garçon qui ne parlait pas, *Donna Leon*
P4353. Les Couleurs de la ville, *Liam McIlvanney*
P4363. Ombres et Soleil, *Dominique Sylvain*
P4367. La Rose d'Alexandrie, *Manuel Vázquez Montalbán*
P4393. Battues, *Antonin Varenne*
P4417. À chaque jour suffit son crime, *Stéphane Bourgoin*
P4425. Des garçons bien élevés, *Tony Parsons*

P4430. Opération Napoléon, *Arnaldur Indridason*
P4461. Épilogue meurtrier, *Petros Markaris*
P4467. En vrille, *Deon Meyer*
P4468. Le Camp des morts, *Craig Johnson*
P4476. Les Justiciers de Glasgow, *Gordon Ferris*
P4477. L'Équation du chat, *Christine Adamo*
P4482. Une contrée paisible et froide, *Clayton Lindemuth*
P4486. Brunetti entre les lignes, *Donna Leon*
P4487. Suburra, *Carlo Bonini et Giancarlo De Cataldo*
P4488. Le Pacte du petit juge, *Mimmo Gangemi*
P4516. Meurtres rituels à Imbaba, *Parker Bilal*
P4526. Snjór, *Ragnar Jónasson*
P4527. La Violence en embuscade, *Dror Mishani*
P4528. L'Archange du chaos, *Dominique Sylvain*
P4529. Évangile pour un gueux, *Alexis Ragougneau*
P4530. Baad, *Cédric Bannel*
P4531. Le Fleuve des brumes, *Valerio Varesi*
P4532. Dodgers, *Bill Beverly*
P4547. L'Innocence pervertie, *Thomas H. Cook*
P4549. Sex Beast. Sur la trace du pire tueur en série de tous les temps, *Stéphane Bourgoin*
P4560. Des petits os si propres, *Jonathan Kellerman*
P4561. Un sale hiver, *Sam Millar*
P4562. La Peine capitale, *Santiago Roncagliolo*
P4568. La crème était presque parfaite, *Noël Balen et Vanessa Barrot*
P4577. L.A. nocturne, *Miles Corwin*
P4578. Le Lagon noir, *Arnaldur Indridason*
P4585. Le Crime, *Arni Thorarinsson*
P4593. Là où vont les morts, *Liam McIlvanney*
P4602. L'Empoisonneuse d'Istanbul, *Petros Markaris*
P4611. Tous les démons sont ici, *Craig Johnson*
P4616. Lagos Lady, *Leye Adenle*
P4617. L'Affaire des coupeurs de têtes, *Moussa Konaté*
P4618. La Fiancée massaï, *Richard Crompton*
P4629. Sur les hauteurs du mont Crève-Cœur, *Thomas H. Cook*
P4640. L'Affaire Léon Sadorski, *Romain Slocombe*
P4644. Les Doutes d'Avraham, *Dror Mishani*
P4649. Brunetti en trois actes, *Donna Leon*
P4650. La Mésange et l'Ogresse, *Harold Cobert*
P4655. La Montagne rouge, *Olivier Truc*
P4656. Les Adeptes, *Ingar Johnsrud*
P4660. Tokyo Vice, *Jake Adelstein*
P4661. Mauvais Coûts, *Jacky Schwartzmann*
P4664. Divorce à la chinoise & Meurtres sur le fleuve Jaune *Frédéric Lenormand*

P4665. Il était une fois l'inspecteur Chen, *Qiu Xiaolong*
P4701. Cartel, *Don Winslow*
P4719. Les Anges sans visage, *Tony Parsons*
P4724. Rome brûle, *Carlo Bonini et Giancarlo De Cataldo*
P4730. Dans l'ombre, *Arnaldur Indridason*
P4738. La Longue Marche du juge Ti & Médecine chinoise à l'usage des assassins, *Frédéric Lenormand*
P4757. Mörk, *Ragnar Jónasson*
P4758. Kabukicho, *Dominique Sylvain*
P4759. L'Affaire Isobel Vine, *Tony Cavanaugh*
P4760. La Daronne, *Hannelore Cayre*
P4761. À vol d'oiseau, *Craig Johnson*
P4762. Abattez les grands arbres, *Christophe Guillaumot*
P4763. Kaboul Express, *Cédric Bannel*
P4771. La Maison des brouillards, *Eric Berg*
P4772. La Pension de la via Saffi, *Valerio Varesi*
P4781. Les Sœurs ennemies, *Jonathan Kellerman*
P4782. Des enfants tuent un enfant. L'affaire James Bulger *Gitta Sereny*
P4783. La Fin de l'histoire, *Luis Sepúlveda*
P4801. Les Pièges de l'exil, *Philip Kerr*
P4807. Karst, *David Humbert*
P4808. Mise à jour, *Julien Capron*
P4817. La Femme à droite sur la photo, *Valentin Musso*
P4827. Le Polar de l'été, *Luc Chomarat*
P4830. Banditsky ! Chroniques du crime organisé à Saint-Pétersbourg, *Andreï Constantinov*
P4848. L'Étoile jaune de l'inspecteur Sadorski, *Romain Slocombe*
P4851. Si belle, mais si morte, *Rosa Mogliasso*
P4853. Danser dans la poussière, *Thomas H. Cook*
P4859. Missing : New York, *Don Winslow*
P4861. Minuit sur le canal San Boldo, *Donna Leon*
P4868. Justice soit-elle, *Marie Vindy*
P4881. Vulnérables, *Richard Krawiec*
P4882. La Femme de l'ombre, *Arnaldur Indridason*
P4883. L'Année du lion, *Deon Meyer*
P4884. La Chance du perdant, *Christophe Guillaumot*
P4885. Demain c'est loin, *Jacky Schwartzmann*
P4886. Les Géants, *Benoît Minville*
P4887. L'Homme de Kaboul, *Cédric Bannel*
P4907. Le Dernier des yakuzas, *Jake Adelstein*
P4918. Les Chemins de la haine, *Eva Dolan*
P4924. La Dent du serpent, *Craig Johnson*
P4925. Quelque part entre le bien et le mal, *Christophe Molmy*
P4937. Nátt, *Ragnar Jónasson*
P4942. Offshore, *Petros Markaris*

P4958. La Griffe du chat, *Sophie Chabanel*
P4959. Les Ombres de Montelupo, *Valerio Varesi*
P4960. Le Collectionneur d'herbe, *Francisco José Viegas*
P4961. La Sirène qui fume, *Benjamin Dierstein*
P4962. La Promesse, *Tony Cavanaugh*
P4963. Tuez-les tous... mais pas ici, *Pierre Pouchairet*
P4964. Judas, *Astrid Holleeder*
P4965. Bleu de Prusse, *Philip Kerr*
P4966. Les Planificateurs, *Kim Un-Su*
P4978. Qaanaaq, *Mo Malø*
P4982. Meurtres à Pooklyn, *Mod Dunn*
P4983. Iboga, *Christian Blanchard*
P4995. Moi, serial killer. Les terrifiantes confessions de 12 tueurs en série, *Stéphane Bourgoin*
P5023. Passage des ombres, *Arnaldur Indridason*
P5024. Les Saisons inversées, *Renaud S. Lyautey*
P5025. Dernier Été pour Lisa, *Valentin Musso*
P5026. Le Jeu de la défense, *André Buffard*
P5027. Esclaves de la haute couture, *Thomas H. Cook*
P5028. Crimes de sang-froid, *Collectif*
P5029. Missing : Germany, *Don Winslow*
P5030. Killeuse, *Jonathan Kellerman*
P5031. #HELP, *Sinéad Crowley*
P5054. Sótt, *Ragnar Jónasson*
P5055. Sadorski et l'ange du péché, *Romain Slocombe*
P5067. Dégradation, *Benjamin Myers*
P5068. Les Disparus de la lagune, *Donna Leon*
P5093. Les Fils de la poussière, *Arnaldur Indridason*
P5094. Treize Jours, *Arni Thorarinsson*
P5095. Tuer Jupiter, *François Médéline*
P5096. Pension complète, *Jacky Schwartzmann*
P5097. Jacqui, *Peter Loughran*
P5098. Jours de crimes, *Stéphane Durand-Souffland et Pascale Robert-Diard*
P5099. Esclaves de la haute couture, *Thomas H. Cook*
P5100. Chine, retiens ton souffle, *Qiu Xiaolong*
P5101. Exhumation, *Jesse et Jonathan Kellerman*
P5102. Lola, *Melissa Scrivner Love*
P5123. Tout autre nom, *Craig Johnson*
P5124. Requiem, *Tony Cavanaugh*
P5125. Ce que savait la nuit, *Arnaldur Indridason*
P5126. Scalp, *Cyril Herry*
P5127. Haine pour haine, *Eva Dolan*
P5128. Trois Jours, *Petros Markaris*
P5167. Diskø, *Mo Malø*
P5168. Sombre avec moi, *Chris Brookmyre*
P5169. Les Infidèles, *Dominique Sylvain*

P5170. L'Agent du chaos, *Giancarlo De Cataldo*
P5171. Le Goût de la viande, *Gildas Guyot*
P5172. Les Effarés, *Hervé Le Corre*
P5173. J'ai vendu mon âme en bitcoins, *Jake Adelstein*
P5174. La Dame de Reykjavik, *Ragnar Jónasson*
P5175. La Mort du Khazar rouge, *Shlomo Sand*
P5176. Le Blues du chat, *Sophie Chabanel*
P5177. Les Mains vides, *Valerio Varesi*
P5213. Le Cœur et la Chair, *Ambrose Parry*
P5214. Dernier tacle, *Emmanuel Petit, Gilles Del Pappas*
P5215. Crime et Délice, *Jonathan Kellerman*
P5216. Le Sang noir des hommes, *Julien Suaudeau*
P5217. À l'ombre de l'eau, *Maïko Kato*
P5218. Vik, *Ragnar Jónasson*
P5219. Koba, *Robert Littell*
P5248. Il était une fois dans l'Est, *Arpád Soltész*
P5249. La Tentation du pardon, *Donna Leon*
P5250. Ah, les braves gens !, *Franz Bartelt*
P5251. Crois-le !, *Patrice Guirao*
P5252. Lyao-Ly, *Patrice Guirao*
P5253. À sang perdu, *Rae Delbianco*
P5282. L'Artiste, *Antonin Varenne*
P5283. Les Roses de la nuit, *Arnaldur Indridason*
P5284. Le Diable et Sherlock Holmes, *David Grann*
P5285. Coups de vieux, *Dominique Forma*
P5286. L'Offrande grecque, *Philip Kerr*
P5310. Hammett Détective, *Stéphanie Benson, Benjamin et Julien Guérif, Jérôme Leroy, Marcus Malte, Jean-Hugues Oppel, Benoît Séverac, Marc Villard, Tim Willocks*
P5311. L'Arbre aux fées, *B. Michael Radburn*
P5312. Le Coffre, *Jacky Schwartzmann, Lucian-Dragos Bogdan*
P5313. Le Manteau de neige, *Nicolas Leclerc*
P5314. L'Île au secret, *Ragnar Jónasson*
P5335. L'Homme aux murmures, *Alex North*
P5336. Jeux de dames, *André Buffard*
P5337. Les Fantômes de Reykjavik, *Arnaldur Indridason*
P5338. La Défaite des idoles, *Benjamin Dierstein*
P5339. Les Ombres de la toile, *Christopher Brookmyre*
P5340. Dry Bones, *Craig Johnson*
P5341. Une femme de rêve, *Dominique Sylvain*
P5342. Les Oubliés de Londres, *Eva Dolan*
P5343. Chinatown Beat, *Henry Chang*
P5344. Sang chaud, *Kim Un-Su*
P5345. Si tu nous regardes, *Patrice Guirao*
P5346. Tu vois !, *Patrice Guirao*
P5347. Du sang sur l'asphalte, *Sara Gran*
P5348. Cool Killer, *Sébastien Dourver*